MISSION POLAIRE

EOIN COLFER

MISSION POLAIRE

ARTEMIS FOWL /2

traduit de l'anglais
par Jean-François Ménard

GALLIMARD JEUNESSE

Titre original : *Artemis Fowl / The Arctic Incident*
Édition originale publiée par The Penguin Group, 2002

Pour Betty

ÉVALUATION PSYCHOLOGIQUE

EXTRAIT DE : *Les Années d'adolescence*

A l'âge de treize ans, Artemis Fowl, notre sujet d'étude, montrait les signes d'une intelligence sans équivalent chez un être humain depuis Wolfgang Amadeus Mozart. Artemis avait battu le champion européen d'échecs Evan Kashoggi au cours d'un tournoi en ligne, déposé les brevets de vingt-sept inventions et remporté le concours d'architecture pour la construction du nouvel opéra de Dublin. Il était également l'auteur d'un programme informatique qui lui avait permis de détourner à son profit plusieurs millions de dollars appartenant à des banques suisses. Il avait par ailleurs fabriqué plus d'une douzaine de faux tableaux impressionnistes et soutiré au Peuple des fées une substantielle quantité d'or.

Quelles sont les raisons qui ont pu amener le jeune Artemis à s'engager dans ces entreprises délictueuses ? se demandera-t-on. C'est chez son père qu'il faut chercher la réponse à cette question.

Artemis Fowl senior dirigeait un empire du crime qui s'étendait des docks de Dublin jusqu'aux rues les plus mal famées de Tokyo, mais il nourrissait l'ambition de devenir un homme d'affaires respectable.

Après l'effondrement de l'Union soviétique, il avait ainsi acheté un cargo rempli de deux cent cinquante mille canettes de soda à la noix de cola. Il comptait acheminer sa cargaison jusqu'à Mourmansk, dans le nord de la Russie, où il avait conclu avec des partenaires locaux un accord commercial susceptible de lui rapporter beaucoup d'argent au cours des décennies à venir.

Malheureusement, la Mafiya russe, voyant d'un mauvais œil qu'un magnat irlandais se taille une part du gâteau sur son propre marché, décida de couler le *Fowl Star* dans la baie de Kola.

Artemis Fowl Ier, porté disparu dans le naufrage, fut présumé mort.

Artemis junior se retrouva de ce fait l'héritier d'un empire aux ressources financières sérieusement écornées.

Soucieux de rétablir la fortune familiale, il se lança alors dans une carrière de malfaiteur qui lui permit de réunir en l'espace d'à peine deux ans plus de quinze millions de livres.

L'essentiel de cette immense fortune lui servit à financer des expéditions de secours à destination de la Russie. Artemis, en effet, refusait catégoriquement de croire à la mort de son père, même si chaque jour qui passait la rendait plus vraisemblable.

D'une manière générale, Artemis évitait tout contact avec d'autres adolescents et détestait aller à l'école, préférant passer son temps à mettre sur pied sa prochaine escroquerie.

Aussi, bien que son implication, au cours de sa quatorzième année, dans les événements consécutifs à la révolte des gobelins se soit révélée traumatisante, terrifiante même, et éminemment périlleuse, ce fut sans doute la meilleure chose qui ait pu lui arriver. Au moins eut-il ainsi l'occasion de sortir de chez lui et de rencontrer des personnes nouvelles.

Il est toutefois regrettable que la plupart d'entre elles se soient acharnées à vouloir le tuer.

Rapport établi par : docteur J. Argon, psychologue diplômé, pour le compte des FAR.

PROLOGUE

MOURMANSK, NORD DE LA RUSSIE, IL Y A DEUX ANS

Les deux Russes se serraient autour d'un baril enflammé dans une tentative dérisoire d'éloigner le froid arctique. La baie de Kola n'était pas un lieu de villégiature rêvé, surtout au-delà du mois de septembre. Et Mourmansk encore moins. Là-bas, même les ours polaires portaient des écharpes. Nulle part il ne faisait aussi froid, sauf peut-être à Norilsk.

Tous deux étaient des hommes de main de la Mafiya qui avaient plutôt l'habitude de passer leurs soirées dans des BMW volées. Le plus grand, Mikhael Vassikin, vérifia la présence de sa fausse Rolex sous la manche de son manteau de fourrure.

– Ce machin va finir par geler, dit-il en tapotant le tachymètre. Il ne me servira plus à rien.

– Cesse de te plaindre, répliqua l'autre, un nommé Kamar. D'abord, c'est ta faute si on est coincés dehors.

Vassikin se figea.

– Pardon ?

– Les ordres étaient simples : couler le *Fowl Star*. Tout ce que tu avais à faire, c'était tirer dans les cales. Pourtant, Dieu sait que c'était un gros bateau. Il suffisait de le toucher au milieu et il coulait. Mais non, le grand Vassikin a visé l'arrière. Tu n'as même pas envoyé une deuxième roquette pour finir le boulot. Résultat, on est obligés de chercher des survivants.

– Il a coulé, non ?

Kamar haussa les épaules.

– Et alors ? Il a coulé lentement en donnant tout le temps aux passagers de s'accrocher à quelque chose. Vassikin, le célèbre tireur d'élite ? Ma grand-mère aurait fait mieux.

Lyubkhin, le responsable de la Mafiya dans les docks de Mourmansk, s'approcha avant que la discussion ne tourne au pugilat.

– Où on en est ? demanda le Yakoute à la silhouette d'ours.

Vassikin cracha du haut du quai.

– Qu'est-ce que tu crois ? Vous avez trouvé quelque chose ?

– Des poissons morts et des vieilles caisses, répondit le Yakoute en offrant à chacun des deux hommes une tasse fumante. Rien de vivant. Ça fait plus de huit heures, maintenant. J'ai envoyé des hommes de confiance fouiller toute la côte.

Kamar but une longue gorgée puis il cracha avec une grimace de dégoût.

– Qu'est-ce que c'est que ce truc ? Du goudron ?

Lyubkhin éclata de rire.

– C'est du cola chaud. En provenance directe des cales du *Fowl Star*. La mer en rejette des caisses entières. Ce soir, on peut dire qu'on est vraiment dans la baie de Kola !

– Fais attention, répliqua Vassikin en renversant le liquide dans la neige. Ce temps-là n'améliore pas mon caractère. Alors, fini les calembours. Je suis déjà obligé d'écouter Kamar.

– Plus pour très longtemps, marmonna son partenaire. On ratisse le secteur une dernière fois et on arrête les recherches. Rien ne peut survivre plus de huit heures dans des eaux aussi froides.

Vassikin tendit sa tasse vide.

– Tu n'aurais pas quelque chose de plus fort ? Un fond de vodka pour nous réchauffer ? Je sais que tu gardes toujours une flasque cachée quelque part.

Lyubkhin glissa la main vers sa poche revolver mais il interrompit son geste lorsque le talkie-walkie accroché à sa ceinture se mit à crépiter. Trois fois de suite.

– Trois appels. C'est le signal.

– Le signal de quoi ?

Lyubkhin se précipita le long des docks en criant par-dessus son épaule :

– Trois appels radio. Ça veut dire que l'unité K9 a trouvé quelqu'un.

Le survivant n'était pas russe. Il suffisait de voir la façon dont il était habillé. Tout, depuis le costume de bonne coupe jusqu'au pardessus en cuir, venait à coup sûr d'Occident, peut-être même des États-Unis. C'était du sur mesure de la meilleure qualité.

Malgré ses vêtements presque intacts, l'homme lui-même n'était pas en très bon état. Ses pieds et ses mains nus étaient marbrés d'engelures. L'une de ses jambes pendait étrangement au-dessous du genou et son visage n'était plus qu'un horrible masque couvert de brûlures.

L'équipe de recherche l'avait trouvé dans un ravin situé à trois kilomètres au sud du port et l'avait ramené sur un brancard de fortune constitué d'une bâche. Les hommes se pressaient autour de leur trophée, tapant des pieds pour lutter contre le froid qui se répandait dans leurs bottes. Vassikin se fraya un chemin à coups de coude et s'agenouilla auprès du corps pour l'examiner de plus près.

– Il va perdre sa jambe, ça, c'est sûr, remarqua-t-il. Et sans doute un ou deux doigts. Le visage aussi a l'air d'en avoir pris un coup.

– Merci, docteur Mikhael, commenta sèchement Kamar. Il a des papiers d'identité ?

Vassikin fouilla ses poches avec la dextérité d'un voleur, cherchant un portefeuille ou une montre.

– Rien, assura-t-il. C'est bizarre. On penserait qu'un type aussi riche aurait des effets personnels, non ?

Kamar approuva d'un signe de tête.

– Si.

Il se tourna vers les hommes qui faisaient cercle autour du corps.

– Je vous donne dix secondes. Ensuite, vous aurez de

sérieux ennuis. Vous gardez l'argent, vous me rendez tout le reste.

Les marins réfléchirent. Kamar n'était pas très grand, mais il appartenait à la Mafiya, le syndicat du crime organisé en Russie.

Un portefeuille en cuir passa de main en main au-dessus des têtes et atterrit dans un pli de la bâche. Un instant plus tard, un chronographe de chez Cartier venait le rejoindre. En or incrusté de diamants. Il devait coûter l'équivalent de cinq ans de salaire d'un Russe moyen.

– Sage décision, commenta Kamar en ramassant le trésor.

– Alors ? demanda Vassikin. On le garde ?

Kamar retira une carte Visa Platinum du portefeuille en chevreau et lut le nom qu'elle portait.

– Oh oui, on le garde, répondit-il en allumant son téléphone mobile. On le garde et on l'enroule dans des couvertures pour qu'il soit bien au chaud. Avec la chance qu'on a, il risque d'attraper une pneumonie. Et croyez-moi, nous avons tout intérêt à ce qu'il n'arrive rien à cet homme-là. C'est notre ticket d'entrée pour la belle vie.

Kamar avait l'air très excité. Ce n'était pas dans son caractère.

Vassikin se releva.

– Qui tu appelles ? C'est qui, ce type ?

Kamar sélectionna un des numéros en mémoire.

– J'appelle Britva, dit-il. Qui d'autre ?

Vassikin pâlit. Téléphoner au boss était dangereux.

Britva était connu pour tirer sur les porteurs de mauvaises nouvelles.

– Tu as de bonnes nouvelles à lui annoncer, j'espère ?

Kamar lança la carte Visa à son partenaire.

– Lis ça.

Vassikin examina pendant un bon moment le morceau de plastique.

– Je ne sais pas lire l'angliskii. Qu'est-ce qui est écrit ? C'est quoi, son nom ?

Kamar le lui révéla. Un lent sourire étira alors les lèvres de Mikhael.

– Appelle-le vite, dit-il.

CHAPITRE I

LIENS FAMILIAUX

La perte de son mari avait eu sur Angeline Fowl un effet désastreux. Depuis sa disparition, elle s'était enfermée dans sa chambre pour ne plus en sortir. Réfugiée dans les rêves de son passé, elle refusait tout contact avec la vie réelle. Sans doute ne se serait-elle jamais remise si son fils, Artemis II, n'avait conclu un marché avec une elfe du nom de Holly Short : la santé mentale de sa mère en échange de la moitié de l'or qu'il avait extorqué à la police des fées. Dès que sa mère eut recouvré la raison, Artemis junior consacra tous ses efforts à essayer de retrouver son père, investissant une grande partie de la fortune familiale dans des excursions en Russie, la recherche de renseignements sur place et des enquêtes confiées à des sociétés spécialisées dans l'Internet.

Le jeune Artemis avait hérité d'une part généreuse de la ruse légendaire des Fowl. Mais, depuis la guérison de sa mère, une femme dont on saluait la beauté et l'élévation morale, il lui était devenu de plus en plus difficile de mettre en œuvre les plans que son ingéniosité lui inspirait. Or, ces plans étaient plus nécessaires que jamais pour financer la recherche de son père.

Angeline, alarmée par l'obsession de son fils et craignant que les événements des deux années précédentes n'aient de fâcheux effets sur son équilibre mental, avait confié l'adolescent, âgé alors de treize ans, au conseiller psychologique de son école.

Comme on l'aura compris, il était bien à plaindre. Le conseiller, bien sûr...

ÉCOLE DE GARÇONS SAINT-BARTLEBY, COMTÉ DE WICKLOW, IRLANDE, AUJOURD'HUI

Le docteur Po s'appuya contre le dossier de son fauteuil rembourré, ses yeux parcourant la page ouverte devant lui.

– Et maintenant, si nous parlions un peu, jeune homme ?

Artemis poussa un profond soupir, lissant en arrière ses cheveux bruns pour mieux dégager son front large et pâle. Quand donc les gens voudraient-ils bien comprendre qu'un esprit comme le sien était impossible à analyser ? Lui-même avait lu beaucoup plus de livres de psychologie que le conseiller. Il avait même écrit un article dans la *Revue des psychologues* sous le pseudonyme du docteur F. Roy Dean Schlippe.

– Bien sûr, docteur. Parlons de votre fauteuil, par exemple. Époque victorienne, n'est-ce pas ?

Po caressa avec amour le bras recouvert de cuir.

– Oui, c'est bien cela. Un meuble de famille. Mon grand-père en a fait l'acquisition lors d'une vente aux enchères de Sotheby's. On dit qu'il a appartenu au mobilier du palais. C'était même le fauteuil préféré de la reine.

Un mince sourire étira d'environ un centimètre les lèvres d'Artemis.

– Vous êtes sûr, docteur ? Il est rare qu'on tolère les faux au palais.

La main du docteur Po se crispa sur le cuir patiné.

– Faux ? Je puis vous assurer, jeune homme, que ce fauteuil est parfaitement authentique.

Artemis se pencha en avant pour l'examiner de plus près.

– L'imitation est remarquable, je vous l'accorde. Mais voyez ceci.

Le regard du docteur Po suivit l'index juvénile.

– Ces motifs en forme de croix sur la tête des clous. Ils ont été faits à la machine. 1920 au plus tôt. Votre grand-père s'est laissé abuser. Mais après tout, qui s'en soucie ? Un fauteuil en vaut un autre. C'est sans importance, n'est-ce pas, docteur ?

Po dissimula son désarroi en gribouillant furieusement dans son carnet.

– Vous êtes décidément très intelligent, Artemis. Comme l'indique votre dossier. Toujours vos petits jeux. A présent, si nous en revenions à votre cas ?

Artemis Fowl II tira le pli de son pantalon.

– Nous allons avoir un problème, docteur.

– Vraiment ? De quelle nature ?

– Le problème, c'est que je connais d'avance les réponses qu'il convient de donner à n'importe quelle question que vous aurez envie de me poser.

Le docteur Po griffonna dans son carnet pendant une bonne minute.

– Nous avons en effet un problème, Artemis. Mais ce n'est pas celui-là, dit-il enfin.

Artemis faillit sourire. Le docteur s'apprêtait sans nul doute à lui appliquer une autre théorie tout aussi prévisible que les précédentes. De quel mal souffrirait-il cette fois-ci ? Peut-être de dédoublement de la personnalité ou encore de mensonge pathologique ?

– Le problème, c'est que vous ne respectez personne suffisamment pour le traiter d'égal à égal.

Artemis fut interloqué. Ce docteur était plus intelligent que les autres.

– C'est ridicule. Il y a des gens que je tiens en très haute estime.

Po ne releva pas les yeux de son carnet.

– Vraiment ? Qui, par exemple ?

Artemis réfléchit un instant.

– Albert Einstein. Dans l'ensemble, ses théories se sont révélées exactes. Archimède, également, le mathématicien grec.

– Et quelqu'un que vous auriez rencontré personnellement ?

Artemis réfléchit intensément. Aucun nom ne lui vint à l'esprit.

– Alors ? Pas d'idée ?

Artemis haussa les épaules.

– Vous semblez posséder toutes les réponses, docteur Po. Pourquoi ne pas les formuler vous-même ?

Po ouvrit une fenêtre sur l'écran de son ordinateur portable.

– Extraordinaire. Chaque fois que je lis ceci...

– Ma biographie, j'imagine ?

– Oui. Elle explique beaucoup de choses.

– Par exemple ? demanda Artemis, intéressé malgré lui.

Le docteur Po imprima une page.

– Tout d'abord, il y a votre associé, Butler. Un garde du corps, si j'ai bien compris. Pas vraiment le compagnon idéal pour un jeune garçon impressionnable. Ensuite, votre mère. Une femme exceptionnelle, à mon avis, mais sans aucun contrôle sur votre conduite. Enfin, votre père. Si j'en crois ce document, il n'a jamais constitué un très bon modèle même lorsqu'il vivait encore.

La remarque le piqua au vif mais Artemis ne voulait surtout pas que le docteur Po s'en rende compte.

– Votre dossier est inexact, docteur, dit-il. Mon père est toujours vivant. Disparu, peut-être, mais vivant.

Po consulta la feuille de papier.

– Vraiment ? Il me semblait pourtant qu'il avait disparu depuis près de deux ans. En tout cas, la justice l'a déclaré légalement mort.

Le cœur d'Artemis battait la chamade mais sa voix était dépourvue de toute émotion.

– Peu m'importe ce que dit la justice, ou la Croix-Rouge. Il est vivant et je le retrouverai.

Po gribouilla encore quelques mots.

– En admettant même que votre père revienne, que se passera-t-il ? Allez-vous suivre ses traces ? Deviendrez-vous un malfaiteur comme lui ? D'ailleurs, peut-être l'êtes-vous déjà ?

– Mon père n'est pas un malfaiteur, fit remarquer Artemis avec mauvaise humeur. Il s'apprêtait à investir tous nos avoirs dans des entreprises légales. L'expédition de Mourmansk était parfaitement régulière.

– Vous essayez de vous défiler, fit remarquer Po.

Mais Artemis en avait assez de ce genre de questions. Il était temps de jouer à l'un de ses petits jeux.

– Pourquoi dites-vous cela, docteur ? répliqua-t-il, choqué. C'est un sujet sensible. Imaginez que je souffre de dépression.

– Ce serait possible, dit Po, qui sentit soudain une ouverture. Est-ce le cas ?

Artemis plongea son visage dans ses mains.

– C'est à cause de ma mère, docteur.

– Votre mère ? l'encouragea Po, essayant de ne pas laisser son excitation paraître dans sa voix.

Depuis le début de l'année, Artemis avait déjà eu raison d'une demi-douzaine de conseillers du collège Saint-Bartleby. A la vérité, Po lui-même était sur le point de faire ses valises. Mais à présent...

– Ma mère, elle...

Le docteur Po se pencha en avant dans son fauteuil pseudo-victorien.

– Oui ? Votre mère ?

– Elle m'oblige à subir cette psychothérapie ridicule alors que les prétendus conseillers de l'école ne sont que des ânes diplômés incapables de comprendre quoi que ce soit.

Po soupira.

– Très bien, Artemis. Faites comme il vous plaira, mais vous ne serez jamais en paix avec vous-même tant que vous persisterez à fuir vos problèmes.

La sonnerie de son téléphone portable épargna à Artemis une analyse plus développée. C'était une ligne secrète dont une seule personne possédait le numéro. Le jeune homme retira de sa poche le minuscule appareil et l'ouvrit d'un geste.

– Oui ?

La voix de Butler résonna dans l'écouteur :

– Artemis ? C'est moi.

– Je m'en doute. Mais je suis occupé.

– Nous avons reçu un message.

– Ah. D'où ?

– Je ne sais pas exactement. En tout cas, c'est au sujet du *Fowl Star*.

Un frisson parcourut l'échine d'Artemis.

– Où êtes-vous ?

– A la grande porte.

– Très bien. J'arrive.

Le docteur Po enleva vivement ses lunettes.

– Cette séance n'est pas terminée, jeune homme. Nous avons fait des progrès aujourd'hui, même si vous ne voulez pas l'admettre. Si vous partez maintenant, je me verrai dans l'obligation d'en informer monsieur le directeur.

Cette menace n'eut aucun effet sur Artemis. Il se trouvait déjà ailleurs. Une décharge électrique familière crépitait à la surface de sa peau. On était au début de quelque chose. Il le sentait.

CHAPITRE II

UNE PROMENADE POUR CHIX

RIVE OUEST, HAVEN-VILLE, MONDE SOUTERRAIN

La tradition représente les farfadets sous la forme de petits lutins vêtus de vert. C'est tout au moins l'idée que s'en font les humains. Mais les fées ont leurs propres stéréotypes. En général, les gens du Peuple imaginent les officiers des FARfadet (Forces Armées de Régulation – Fées Aériennes de DETection) comme des gnomes bagarreurs ou des elfes adeptes de la musculation, qu'on recrute directement dans les équipes universitaires de croqueballe.

Le capitaine Holly Short ne correspond cependant à aucune de ces images. A première vue, personne ne pourrait penser qu'elle appartient aux commandos des FARfadet. Si on devait deviner sa profession, sa démarche féline et la souplesse de sa musculature indiqueraient plutôt une gymnaste ou peut-être une spéléologue professionnelle. Pourtant, lorsqu'on fait abstraction de son joli visage et qu'on s'intéresse de plus près à ses yeux, on y remarque une détermination si farouche qu'elle suffirait à allumer une chandelle à dix pas. Son regard trahit également une connaissance du monde de la rue qui en fait l'un des officiers les plus respectés des FARfadet.

Certes, d'un point de vue strictement administratif, Holly n'était plus rattachée au service de Détection. Depuis l'affaire Artemis Fowl, lorsqu'elle avait été enlevée et échangée contre rançon, sa position de premier officier féminin des FARfadet avait été réexaminée. La seule raison pour laquelle, en cet instant, elle ne se trouvait pas chez elle à arroser ses fougères, c'était que le commandant Root avait lui-même menacé de rendre son insigne si Holly était suspendue. Root savait, même si le tribunal des Affaires internes n'en était pas convaincu, que Holly ne portait aucune responsabilité dans son enlèvement et que seule sa présence d'esprit avait permis d'éviter que des vies soient sacrifiées.

Mais les membres du Grand Conseil ne se souciaient guère des pertes en vies humaines ou féeriques. Ils étaient beaucoup plus préoccupés, en revanche, par les pertes en or. Et, selon eux, Holly leur avait coûté une bonne partie du fonds de rançon des FARfadet. Holly Short aurait volontiers volé jusqu'au domaine d'Artemis pour lui tordre le cou jusqu'à ce qu'il rende les lingots mais c'était impossible : le Livre, la bible du Peuple, indiquait clairement que lorsqu'un humain parvenait à s'approprier l'or d'une fée, cet or lui appartenait à tout jamais.

Tout en renonçant à lui reprendre son insigne, le tribunal des Affaires internes avait insisté pour que Holly soit cantonnée à des tâches subalternes, dans un endroit où elle ne pourrait faire aucun mal. La solution la plus évidente, c'était une mission de surveillance. Holly avait ainsi été reléguée au service des Douanes et des Taxes, condamnée à passer son temps dans une capsule collée à la paroi rocheuse qui surplombait un puits à pression. Un vrai placard.

Les activités de contrebande n'en constituaient pas moins une grave préoccupation pour la police du monde souterrain. La marchandise elle-même se limitait généralement à un attirail inoffensif : lunettes de soleil, DVD, machines à café et autres. On s'inquiétait davantage, en revanche, de la méthode utilisée pour acquérir ces objets.

La triade des gobelins du B'wa Kell s'était assuré le monopole du marché noir et manifestait de plus en plus d'audace dans ses expéditions en surface. On disait même que les gobelins avaient construit leur propre navette de transport afin d'accroître la rentabilité de leurs trafics.

Le problème essentiel, c'était la sottise de ces créatures. Il suffisait que l'une d'elles oublie d'activer son bouclier pour que des photos de gobelins relayées par satellite fassent le tour de toutes les chaînes de télé. Le monde souterrain, dernière zone de la planète encore épargnée par les Êtres de Boue, serait alors découvert. Et dans ce cas, la nature humaine étant ce qu'elle est, une longue série de désastres s'ensuivrait : mines à ciel ouvert, exploitation sauvage des richesses naturelles, pollution dévastatrice.

Ainsi, tous les malheureux qui figuraient sur les listes noires de l'administration devaient passer des mois d'affilée à assurer des tâches de surveillance. Voilà pourquoi Holly s'était retrouvée collée à son rocher, à l'entrée d'un puits à pression peu fréquenté.

Le conduit E 37 émergeait au centre de Paris, en France. La capitale européenne comptait parmi les zones à risque, et les visas pour cette destination étaient rarement accordés. Seuls les membres des FAR en mission y avaient droit. Aucun civil n'avait été admis dans ce puits depuis des décennies mais une surveillance y était quand même exercée vingt-quatre heures sur vingt-quatre par six officiers qui se relayaient deux par deux par tranches de huit heures.

Holly avait Chix Verbil pour compagnon de capsule. Comme la plupart des lutins, Chix, avec sa peau bien verte, se croyait désigné par Dieu pour faire le bonheur de la gent féminine et passait davantage de temps à essayer d'impressionner Holly qu'à accomplir son travail.

Ce soir-là, Chix commença par un :

– Vous êtes très jolie, ce soir, mon capitaine. Vous avez changé quelque chose dans votre coiffure ?

Holly régla son écran en se demandant comment elle aurait pu changer quoi que ce soit à ses cheveux auburn coupés en brosse.

– Concentrez-vous, soldat. Nous pouvons être attaqués d'un moment à l'autre.

– J'en doute, mon capitaine. Cet endroit est plus

calme qu'un tombeau. J'aime bien ce genre de poste. Facile, agréable, une vraie promenade.

Holly jeta un coup d'œil au décor qui s'étalait au-dessous d'eux. Verbil avait raison. Ce faubourg autrefois prospère s'était transformé en ville fantôme depuis la fermeture du puits au public. Seul un troll passait parfois devant leur capsule de sa démarche pesante. Lorsque des trolls cherchaient à s'approprier un territoire, c'était le signe que l'endroit était déserté.

– Nous ne sommes que tous les deux, cap. Et nous avons toute la nuit devant nous.

– Calmez-vous, Verbil. Occupez-vous de votre travail. A moins que vous ne cherchiez à obtenir un grade encore inférieur à celui de simple soldat ?

– D'accord, Holly, désolé. Je veux dire, bien, mon capitaine.

Les lutins ! Tous les mêmes. Sous prétexte qu'ils avaient une paire d'ailes, ils se croyaient irrésistibles.

Holly se mordit la lèvre. On avait assez gaspillé l'or des contribuables pour assurer la surveillance de ce puits. Les chefs auraient dû y mettre un terme mais ils ne le feraient sûrement pas. Ce genre de poste était idéal pour éloigner les officiers à problèmes de l'attention du public.

Holly était cependant décidée à accomplir sa tâche au mieux de ses compétences. Il n'était pas question de donner au tribunal des Affaires internes de nouveaux prétextes pour la sanctionner.

Holly fit apparaître sur son écran à plasma la check-list quotidienne de sa capsule. Les voyants des crampons pneumatiques étaient au vert. Il fallait une grande quantité de carburant pour maintenir leur capsule accrochée à la paroi pendant toutes ces longues et fastidieuses semaines.

Venaient ensuite sur la liste les images thermiques.

– Chix, vous allez me faire un petit vol d'observation. J'ai besoin des données thermiques.

Verbil sourit. Les lutins n'aimaient rien tant que voler.

– D'accord, mon capitaine, dit-il en attachant à sa poitrine une barre thermométrique.

Holly déverrouilla une porte de la capsule et Verbil s'engouffra par l'ouverture, s'élevant rapidement dans l'obscurité. La barre accrochée à sa poitrine diffusait dans la zone située au-dessous de lui des rayons sensibles à la chaleur. Holly brancha la fonction thermométrique de son ordinateur. Son écran de contrôle s'emplit d'images floues qui présentaient diverses nuances de gris. Toute créature vivante serait immanquablement repérée, même cachée sous une couche rocheuse. Mais il n'y avait rien, à part quelques crapauds jureurs et la queue d'un troll qui sortait de l'écran d'un pas traînant.

La voix de Verbil crachota dans le haut-parleur :

– Hé, mon capitaine, vous voulez que j'aille voir de plus près ?

L'ennui avec les scanners portables c'était que, plus on s'éloignait, plus les rayons faiblissaient.

– D'accord, Chix. Faites encore un passage. Et soyez prudent.

– Ne vous inquiétez pas, Holly. Ce vieux Chix va se faire un plaisir de rester entier rien que pour vous.

Holly prit une inspiration pour lui lancer une réplique cinglante mais ses mots s'étouffèrent dans sa gorge. Quelque chose venait de bouger sur l'écran.

– Chix, vous avez repéré ça ?

– Affirmatif, cap. Je l'ai repéré mais je ne sais pas ce que c'est.

Holly agrandit une partie de l'image. Deux êtres se déplaçaient au deuxième niveau. Des êtres tout gris.

– Chix, maintenez votre position. Continuez à scanner.

Tout gris ? Comment des choses grises pouvaient-elles bouger ? Le gris était la couleur de la mort. Dépourvue de chaleur, froide comme la tombe. Et pourtant...

– Attention, soldat Verbil. Ennemi possible.

Holly se brancha sur une fréquence du centre de police. Foaly, le surdoué de la technologie au service des FAR, devait certainement recevoir leurs images vidéo dans sa cabine de contrôle.

– Foaly, vous avez vu ?

– Oui, Holly, répondit le centaure. Je viens de vous faire passer sur l'écran central.

– Qu'est-ce que vous pensez de ces silhouettes ? Du gris qui bouge ? Je n'avais encore jamais vu ça.

– Moi non plus.

Il y eut un bref silence, ponctué par le cliquetis des touches d'un clavier.

– Deux explications possibles. Premièrement, un

incident technique. Il s'agit peut-être d'images fantômes venues d'un autre système vidéo. Comme des interférences dans une radio.

– Et l'autre explication ?

– Elle est tellement ridicule que j'ai du mal à la formuler.

– Alors, rendez-moi service et formulez-la quand même.

– Aussi absurde que cela puisse paraître, quelqu'un a peut-être trouvé le moyen de neutraliser mon dispositif.

Holly se sentit pâlir. Si Foaly lui-même admettait cette éventualité, cela signifiait qu'elle était quasiment certaine. Elle coupa la communication avec le centaure et reporta son attention sur le soldat Verbil.

– Chix ! Sortez de là ! Remontez ! Remontez !

Mais le lutin était trop occupé à essayer d'impressionner son séduisant capitaine pour réaliser la gravité de la situation.

– Calmez-vous, Holly. Je suis un lutin. Personne ne peut atteindre un lutin.

Ce fut à cet instant précis qu'un projectile jailli d'une fenêtre du tunnel transperça une aile de Verbil en y faisant un trou de la taille d'un poing.

Holly glissa un Neutrino 2000 dans son holster, lançant ses ordres dans le micro de son casque :

– Code quatorze. Je répète : code quatorze. Lutin touché. Lutin touché. Nous essuyons des tirs. E 37. Envoyez des renforts et des médicosorciers.

Holly se laissa tomber par la trappe. Elle descendit en rappel jusqu'au sol du tunnel et se cacha derrière une statue de Frondelfe, le premier elfe-roi. Chix était étendu sur un tas de décombres, du côté opposé. Il paraissait mal en point. Une partie de son casque avait été enfoncée par les débris d'un muret, rendant son système de communication inutilisable.

Il fallait le tirer de là très vite, sinon il était perdu. Les pouvoirs de guérison des lutins étaient limités. Ils parvenaient à se débarrasser d'une verrue mais ils restaient impuissants devant les plaies béantes.

– Je vais vous brancher sur le commandant, dit le centaure à l'oreille de Holly. Ne quittez pas.

La voix rocailleuse du commandant Root retentit sur les ondes. Il ne semblait pas de très bonne humeur. Ce qui n'avait rien de surprenant.

– Capitaine Short, je veux que vous restiez où vous êtes jusqu'à l'arrivée des renforts.

– Négatif, commandant. Chix est touché. Je dois aller le chercher.

– Holly, le capitaine Kelp sera là dans quelques minutes. Restez où vous êtes. Je répète : restez où vous êtes.

Holly grinça des dents derrière la visière de son casque. Elle était déjà à deux doigts de se faire renvoyer des FAR et maintenant, voilà ce qui lui arrivait ! Si elle voulait porter secours à Chix, il lui faudrait désobéir à un ordre direct.

Root sentit son indécision.

– Holly, écoutez-moi bien. Je ne sais pas quel genre

de projectile ils ont tiré mais en tout cas, il a transpercé l'aile de Verbil. Votre gilet pare-balles ne suffira pas à vous protéger. Alors, ne bougez pas et attendez le capitaine Kelp.

Le capitaine Kelp. Sans doute l'officier des FAR le plus va-t-en-guerre, célèbre pour s'être choisi le surnom de Baroud à l'académie des FAR. Mais Holly n'aurait souhaité personne d'autre pour l'accompagner en cas de coup dur.

– Désolée, commandant, je ne peux pas attendre. Chix a pris un coup dans l'aile. Vous savez ce que ça signifie ?

Les ailes des lutins n'avaient rien à voir avec celles des oiseaux. Elles constituaient leur organe principal et étaient sillonnées par plusieurs artères importantes. Un trou comme celui-ci avait dû en sectionner au moins trois.

Amplifié par le haut-parleur, le soupir du commandant Root donna l'impression d'une violente rafale de vent.

– OK, Holly, mais restez à basse altitude. Je ne veux pas de perte aujourd'hui.

Holly sortit le Neutrino 2000 de son holster et le régla au niveau trois. Elle ne voulait pas prendre de risques face à ses assaillants. S'il s'agissait de gobelins du B'wa Kell, un seul tir à cette puissance suffirait à les assommer pour au moins huit heures d'affilée.

Elle fléchit les jambes et bondit de derrière la statue. Aussitôt, une grêle de coups de feu arracha des morceaux de roche autour d'elle.

Holly se précipita sur son camarade blessé, les projectiles sifflant à ses oreilles comme des abeilles supersoniques. Généralement, en pareille situation, il ne faut surtout pas bouger la victime mais avec ces tirs nourris, Holly n'avait pas le choix. Elle saisit le soldat par ses épaulettes et le traîna derrière l'épave rouillée d'une navette de livraison.

Chix était resté longtemps étendu. Il sourit faiblement.

– Vous êtes venue me chercher, cap. Je le savais.

Holly s'efforça de ne pas paraître inquiète.

– Bien sûr que je suis venue, Chix. Je n'ai jamais laissé personne derrière moi.

– Je savais que vous ne résisteriez pas à mon charme, murmura-t-il. Je le savais.

Puis il ferma les yeux. Sa blessure était grave. Trop, peut-être.

Holly se concentra sur la plaie. « Guérison », pensa-t-elle, et elle sentit la magie monter dans son corps comme un fourmillement intense qui se répandit dans ses bras et jusqu'à l'extrémité de ses doigts. Elle posa les mains sur la blessure de Verbil. Des étincelles bleues jaillirent et dansèrent tout autour de la plaie béante, réparant les tissus brûlés et reconstituant le sang répandu. La respiration du lutin s'apaisa et un teint d'un vert brillant redonna à ses joues un air de santé.

Holly soupira. Chix s'en remettrait. Il ne pourrait sans doute plus accomplir de missions aériennes avec une aile dans cet état, mais il survivrait. Elle tourna le lutin inconscient sur le flanc en prenant bien garde de ne pas appuyer sur l'aile blessée. A présent, il fallait s'occuper des silhouettes grises. Holly fit passer la puissance de son arme au niveau quatre et courut sans hésiter vers l'entrée du puits à pression.

Dès le premier jour à l'académie des FAR, un grand gnome velu à la carrure de troll prend chaque élève un par un et le colle contre le mur en l'avertissant qu'il ne faut jamais se précipiter dans un bâtiment non protégé au cours d'un échange de tirs. Il le martèle de la façon la plus insistante en le répétant chaque jour jusqu'à ce que le principe soit définitivement gravé dans la cervelle de chaque cadet. Pourtant, c'était exactement ce que le capitaine Holly Short de l'unité des FARfadet était en train de faire.

Elle ouvrit à la volée la double porte du terminal, plongeant à l'abri d'un comptoir d'enregistrement. Un peu moins de quatre cents ans auparavant, ce bâtiment avait été une véritable ruche débordant d'activité, avec des queues de touristes qui demandaient des visas pour voyager en surface. Paris était jadis une destination très recherchée. Mais, inévitablement, les humains s'étaient entièrement approprié la capitale européenne. Le seul endroit où les fées se sentaient en sécurité, c'était à Disneyland Paris, où l'on n'était pas étonné de croiser des créatures minuscules, même si elles avaient la peau verte.

Holly activa le filtre détecteur de mouvement intégré à son casque et scanna le bâtiment à travers le panneau de sécurité en quartz du comptoir. Si quelque chose bougeait, l'ordinateur du casque le signalerait par une couronne orange. Holly leva les yeux juste à temps pour voir deux silhouettes qui avançaient rapidement le long d'une galerie en direction de l'aire de stationnement des navettes. C'étaient des gobelins, sans aucun doute. Ils marchaient à quatre pattes pour aller plus vite et traînaient derrière eux un chariot sur coussin d'air. Ils étaient vêtus d'une espèce de combinaison réfléchissante en aluminium destinée de toute évidence à neutraliser les capteurs thermiques. Très intelligent. Beaucoup trop intelligent pour des gobelins.

Un étage plus bas, Holly courut dans la même direction qu'eux. Autour d'elle, d'anciens panneaux publicitaires pendaient de leurs châssis.

PARTEZ EN VOYAGE ORGANISÉ POUR
LES VACANCES DU SOLSTICE. VINGT GRAMMES
D'OR POUR QUINZE JOURS. GRATUIT POUR
LES ENFANTS DE MOINS DE DIX ANS.

Elle sauta par-dessus le tourniquet, passa en trombe devant la zone de sécurité et les boutiques de *duty free*. Les gobelins descendaient à présent, leurs bottes et leurs gants martelant un Escalator immobile. Dans sa hâte, l'un d'eux perdit le casque de sa combinaison. Il devait faire plus d'un mètre, ce qui était grand pour un gobelin. Ses yeux sans paupières se mirent à rouler dans leurs orbites sous l'effet de la panique et sa langue fourchue jaillit de sa bouche pour humidifier ses pupilles.

Sans cesser de courir, le capitaine Short tira à plusieurs reprises. L'un des projectiles atteignit les fesses du gobelin le plus proche. Holly grogna. Il n'y avait aucun centre nerveux à proximité du point d'impact. Mais ce n'était pas nécessaire. Ces combinaisons en aluminium avaient un inconvénient. Leur matériau constituait un puissant conducteur de neutrinos dont les décharges se répandaient comme des ondes brûlantes à la surface d'un étang. Le gobelin fit un bond d'au moins deux mètres puis roula, assommé, jusqu'au pied de l'Escalator. Le chariot à coussin d'air dévia de sa trajectoire et s'écrasa contre un tapis roulant à bagages. Une caisse se fracassa sous le choc, libérant des centaines de petits objets cylindriques qui s'éparpillèrent sur le sol.

Le gobelin numéro deux tira une douzaine de fois en direction de Holly. Il la rata à cause de ses bras qui tremblaient mais aussi parce qu'atteindre une cible en tenant son pistolet à la hanche ne marche qu'au cinéma. Holly essaya de capter une image de l'arme du gobelin avec la caméra de son casque pour permettre à l'ordinateur de calculer une riposte, mais il y avait trop de vibrations.

La poursuite continua dans les couloirs et dans la zone d'embarquement elle-même. Holly fut étonnée d'entendre le bourdonnement des ordinateurs destinés aux manœuvres des navettes. Normalement, il n'aurait pas dû y avoir d'électricité ici. Les services techniques des FAR avaient sûrement démonté les générateurs. A quoi aurait pu servir une source d'énergie dans un tel endroit ?

Holly connaissait déjà la réponse. L'électricité était nécessaire pour faire fonctionner le monorail de la navette et le poste de contrôle des missions. Ses soupçons se trouvèrent confirmés lorsqu'elle pénétra dans le hangar. Les gobelins avaient construit leur propre navette !

Elle n'en croyait pas ses yeux. Ces créatures avaient tout juste assez d'énergie dans leur cerveau pour alimenter une ampoule de dix watts. Comment auraient-elles pu fabriquer une navette ? Et pourtant l'engin était bien là, amarré à sa plateforme, semblant tout droit sorti du pire cauchemar d'un vendeur de vaisseaux d'occasion. Il ne comportait pas un seul élément qui eût moins de dix ans d'âge et sa coque était un patchwork de ferraille rapiécée, constellée de rivets et de points de soudure.

Holly ravala sa stupeur et se concentra sur la poursuite. Le gobelin s'était arrêté pour saisir une paire d'ailes dans la soute. Elle aurait pu essayer de l'atteindre à ce moment-là mais c'était trop risqué. Elle n'aurait pas été surprise que la batterie nucléaire de la navette ne soit protégée que par une simple couche de plomb.

Le gobelin profita de ce moment de répit pour s'engouffrer dans le tunnel d'accès. Le monorail longeait la paroi rocheuse calcinée jusqu'à l'immense puits à pression. Ce puits était l'un des nombreux conduits naturels qui criblaient le manteau et l'écorce terrestres. Le noyau en fusion de la terre projetait des flux de magma qui jaillissaient vers la surface à intervalles irréguliers en empruntant ces conduits. Sans ces puits qui permettaient de libérer la pression accumulée au centre de la terre, celle-ci aurait depuis longtemps volé en éclats. Les FAR avaient réussi à maîtriser cette énergie naturelle pour atteindre plus rapidement la surface. En cas d'urgence, les officiers du service de Détection partaient en mission à bord de capsules en titane propulsées par les poussées de magma. Mais si l'on préférait voyager plus tranquillement, on pouvait prendre une navette qui évitait ces flux violents et remontait les puits en se laissant porter par les courants d'air chaud jusqu'aux divers terminaux aménagés tout autour de la terre.

Holly ralentit le pas. Le gobelin ne pouvait plus aller nulle part. A moins d'essayer de fuir par le puits lui-même, mais personne n'aurait été assez fou pour cela. Quiconque se serait trouvé pris dans un flux de magma aurait été réduit à l'état de particules subatomiques.

L'entrée du conduit se dessinait un peu plus loin. Massive et bordée de roches carbonisées.

Holly brancha le haut-parleur extérieur de son casque.

– Tu n'iras pas plus loin, cria-t-elle en couvrant le hurlement des vents souterrains. Laisse tomber. Tu n'arriveras pas à t'enfuir par le puits sans avoir la science.

La science était le mot qu'utilisaient dans leur jargon les membres des FAR pour désigner les informations techniques. Dans ce cas précis, la science aurait consisté à connaître les horaires prévus pour les poussées de magma. Et qui se vérifiaient au dixième de seconde près. En général.

Le gobelin brandit un étrange fusil et, cette fois, visa soigneusement. Le percuteur se déclencha mais l'arme, quel que fût le projectile qu'elle aurait dû tirer, était vide.

– Voilà le problème avec les armes non nucléaires, elles finissent par se décharger, lança Holly d'un ton railleur.

Même si ses genoux menaçaient de se dérober sous elle, elle ne pouvait s'empêcher de sacrifier à la très ancienne tradition qui consiste à plaisanter pendant les échanges de coups de feu.

Pour toute réponse, le gobelin lança son fusil en direction de Holly. L'objet tomba avec fracas en ratant sa cible de cinq mètres. Mais il atteignit quand même son but qui était de détourner l'attention. Le membre de la triade profita de cet instant pour mettre ses ailes en marche. C'était un vieux modèle avec un moteur rotatif et un pot d'échappement crevé. Le rugissement de l'engin envahit le tunnel.

Un autre rugissement retentit alors derrière la paire d'ailes. Un rugissement que Holly connaissait bien pour l'avoir souvent entendu au cours de ses milliers d'heures de vol dans les puits à pression. C'était l'annonce d'une éruption de magma.

Holly réfléchit très vite. Si les gobelins s'étaient débrouillés pour brancher le terminal sur une source d'énergie, alors tous les systèmes de sécurité avaient dû être activés. Y compris…

Le capitaine Short fit volte-face mais les portes de protection étaient déjà en train de se refermer. Les barrières anti-incendie étaient automatiquement déclenchées par un capteur thermique installé à l'intérieur du puits. Lorsqu'une poussée de magma s'annonçait, des panneaux d'acier de deux mètres d'épaisseur isolaient le tunnel d'accès du reste du terminal. Ils étaient désormais coincés ici tandis qu'un flux de magma s'apprêtait à jaillir dans le conduit. Ce n'était pas le magma lui-même qui les tuerait – il ne débordait quasiment pas – mais l'air surchauffé allait les cuire comme dans un four. Ils seraient bientôt plus secs que des feuilles d'automne.

Le gobelin se tenait au bord du tunnel, oublieux de l'éruption imminente. Holly comprit que ce n'était pas la folie qui poussait le fugitif à tenter une fuite par le puits, mais une totale stupidité.

D'un geste désinvolte, le gobelin lui fit un signe de la main puis sauta dans le conduit en s'élevant rapidement hors du champ de vision de Holly. Pas assez rapidement, toutefois. Un jet de lave bouillonnante, long de sept mètres, bondit sur lui comme un serpent à l'affût et le carbonisa entièrement.

Holly ne perdit pas de temps à le pleurer. Elle avait ses propres problèmes. Les combinaisons des FAR étaient équipées d'anneaux thermiques qui atténuaient les excès de chaleur mais en l'occurrence, ils n'étaient pas assez puissants. La vague brûlante qui allait déferler ferait monter la température au point de craqueler les murs.

Holly leva les yeux. Une rangée de vieux réservoirs remplis de liquide réfrigérant étaient toujours fixés au plafond. Elle régla son arme sur la puissance maximum et se mit à tirer. Ce n'était pas le moment de faire dans la subtilité.

Les réservoirs se déchirèrent et vomirent des bouffées d'air putride accompagnées de quelques gouttes de liquide de refroidissement. Inutile. Ils avaient dû se vider au cours des siècles et les gobelins ne s'étaient jamais souciés de les remplacer. Il en restait cependant un encore intact. Noir et long, il tranchait sur les habituels modèles verts installés par les FAR. Holly s'avança juste au-dessous et tira.

Douze mille litres d'eau mélangée à un produit réfrigérant s'abattirent sur sa tête au moment précis où la vague de chaleur jaillissait du puits. C'était étrange de se sentir brûlé et glacé presque simultanément. Des cloques se formèrent sur les épaules de Holly et disparurent aussitôt sous la pression de l'eau. Écrasée, le capitaine Short tomba à genoux, cherchant désespérément un peu d'air. Mais elle n'arrivait pas à reprendre son souffle et ne put même pas lever la main pour actionner la réserve d'oxygène de son casque.

Au bout d'une éternité, le rugissement cessa enfin et Holly ouvrit les yeux dans le tunnel rempli de vapeur. Elle activa le dégivreur de sa visière et se releva. De l'eau ruissela en cascade de sa combinaison antifriction. Elle détacha son casque et aspira à grandes bouffées l'air du tunnel. Il était toujours chaud mais respirable.

Derrière elle, les portes étanches s'ouvrirent en coulissant et le capitaine Baroud Kelp apparut à la tête d'une équipe d'intervention rapide des FAR.

– Jolie manœuvre, capitaine.

Holly ne répondit pas. Elle était trop occupée à examiner l'arme abandonnée par le gobelin volatilisé. C'était un fusil rudimentaire, genre gros lot de tombola, long de près d'un mètre avec un viseur à infrarouge fixé sur le canon.

Holly pensa tout d'abord que le B'wa Kell s'était débrouillé pour fabriquer ses propres armes. Mais elle se rendit bientôt compte que la vérité était beaucoup plus inquiétante. Le capitaine Short arracha le fusil de la roche à moitié fondue. Elle se souvenait d'en avoir vu un semblable dans l'*Histoire du maintien de l'ordre*. C'était un vieux Néflask à laser. Depuis longtemps déjà, les Néflask étaient strictement interdits. Mais il y avait bien pire : au lieu de fonctionner à l'aide d'une énergie féerique, l'arme était alimentée par des piles alcalines AAA de fabrication humaine.

– Baroud, s'écria-t-elle, venez voir ça.

– Nom de nom, murmura Kelp en actionnant aussitôt la radio de son casque. Branchez-moi en priorité sur le commandant Root. Nous avons découvert un trafic de niveau A. Oui, je dis bien, de niveau A. J'ai besoin d'une équipe complète de techniciens. Prévenez Foaly également. Je veux qu'on boucle tout le secteur...

Baroud continua de lancer ses ordres mais Holly ne les percevait plus que comme une rumeur lointaine. Le B'wa Kell faisait du trafic avec les Êtres de Boue. Des humains et des gobelins s'étaient associés pour remettre en service des armes interdites. Et si les armes étaient là, combien de temps faudrait-il pour que les Êtres de Boue les suivent ?

Une équipe d'assistance arriva en un clin d'œil. Trente minutes plus tard, il y avait tellement de projecteurs à halogène autour du conduit E 37 qu'on avait l'impression d'être à la première d'un film à gros budget.

Foaly s'était agenouillé pour examiner le gobelin assommé au pied de l'Escalator. Si les humains n'avaient pas encore découvert le refuge souterrain du Peuple, c'était principalement au centaure qu'on le devait. Véritable génie de la technologie, il était à l'origine d'un bon nombre de progrès scientifiques majeurs, depuis la prédiction des poussées de magma jusqu'aux techniques d'effacement de la mémoire. A chaque nouvelle découverte, cependant, il devenait de moins en moins respectueux de la hiérarchie et de plus en plus agaçant. D'après la rumeur, il semblait toutefois avoir un faible pour un certain officier féminin du service de Détection. En fait, le seul officier féminin de ce service.

– Beau travail, Holly, dit-il en passant la main sur la combinaison réfléchissante du gobelin. Vous l'avez fait cuire comme un chiche-kebab.

– C'est ça, Foaly, essayez de changer de conversation pour éviter de reconnaître que le B'wa Kell a réussi à neutraliser vos capteurs.

Foaly essaya le casque du gobelin.

– Cette combinaison n'a pas été fabriquée par le B'wa Kell. Certainement pas. Ils sont trop bêtes. Les gobelins n'ont tout simplement pas un volume crânien suffisant. Il s'agit d'une production humaine.

Holly eut un air moqueur.

– Comment le savez-vous ? Vous reconnaissez les coutures ?

– Non, répliqua Foaly en lui lançant le casque.

Holly lut l'étiquette. « Made in Germany ».

– J'imagine que c'est une combinaison de pompier. Constituée d'une matière qui protège de la chaleur externe et conserve la chaleur interne. L'affaire est très grave, Holly. Il ne s'agit plus de quelques chemises de marque ou d'une caisse de chocolat en barres. Des humains ont mis sur pied un important trafic avec le B'wa Kell.

Foaly s'écarta pour laisser les techniciens s'occuper de leur prisonnier. Ils allaient fixer sous sa peau des microcapsules de sédatif dotées d'un minuscule détonateur. Ainsi équipé à son insu, un délinquant pouvait être neutralisé à distance à l'aide d'un ordinateur si les FAR s'apercevaient qu'il se livrait à des activités illégales.

– Vous savez sans doute qui est derrière tout ça ? dit Holly.

Foaly roula les yeux.

– Laissez-moi deviner. Sans doute l'ennemi juré du capitaine Short, j'ai nommé le jeune Artemis Fowl.

– Qui d'autre ?

– On a l'embarras du choix. Le Peuple a été en contact avec des milliers d'Êtres de Boue au cours des années.

– Vraiment ? répliqua Holly. Et combien d'entre eux n'ont pas subi d'effacement de mémoire ?

Foaly fit semblant d'y réfléchir en ajustant le chapeau d'aluminium constamment vissé sur sa tête pour repousser les ondes qu'on aurait pu diriger sur lui pour tenter de lire dans son cerveau.

– Trois, murmura-t-il enfin.

– Pardon ?

– Trois, non ?

– Exactement. Fowl et ses deux gorilles de compagnie. C'est sûrement Artemis qui est dans le coup. Souvenez-vous bien de ce que je dis.

– Vous seriez ravie que ce soit le cas, n'est-ce pas ? Vous auriez ainsi une bonne occasion de revanche. Vous vous souvenez de ce qui s'est passé la dernière fois que les FAR ont affronté Artemis Fowl ?

– Je m'en souviens très bien. Mais la prochaine fois, ce sera très différent.

Foaly eut un petit rire ironique.

– Je vous rappelle qu'il a treize ans, maintenant.

La main de Holly se referma sur son électrotrique.

– Peu m'importe l'âge qu'il a. Il suffit de lui donner un bon coup de cet engin et il dormira comme un bébé.

Foaly montra la porte d'entrée d'un signe de tête.

– Si j'étais vous, j'économiserais l'électricité. Vous allez bientôt en avoir besoin.

Holly suivit son regard. Le commandant Root venait de faire irruption dans la zone de sécurité. A mesure qu'il découvrait ce qui se passait autour de lui, son visage devenait de plus en plus écarlate. La couleur de son teint lui avait valu le surnom de commandant Rouge.

– Commandant, dit aussitôt Holly. Jetez un coup d'œil à ça.

Le regard de Root la fit taire.

– Qu'est-ce qui vous est passé par la tête ?

– Pardon, commandant ?

– N'essayez pas de me raconter des histoires. J'étais dans la salle des opérations pendant tout ce temps-là. J'ai vu les images vidéo transmises par votre casque.

– Oh...

– Oh, c'est le moins qu'on puisse dire, capitaine !

Les cheveux gris taillés en brosse du commandant Root frémissaient de rage.

– Vous étiez censée être en mission de surveillance. Il y avait plusieurs équipes d'intervention, assises sur leurs derrières bien entraînés, qui n'attendaient qu'un appel de vous pour se précipiter à votre secours. Mais non, le capitaine Short préfère affronter le B'wa Kell à elle toute seule.

– Il y avait un blessé, commandant. Je n'avais pas le choix.

– A propos, qu'est-ce que Verbil était allé faire là-bas ?

Pour la première fois, Holly baissa les yeux.

– Je l'avais envoyé en observation thermique, commandant. Conformément au règlement.

Root acquiesça d'un signe de tête.

– J'ai parlé au médicosorcier. Verbil va s'en tirer mais il ne pourra plus voler. Il y aura une commission d'enquête, bien entendu.

– Je m'en doute, commandant.

– Simple formalité, j'en suis sûr, mais vous savez comment ils sont, au Grand Conseil.

Holly savait très bien. Dans toute l'histoire des FAR, elle serait le premier officier à avoir été l'objet de deux enquêtes simultanées.

– Qu'est-ce que c'est cette affaire de trafic de niveau A ?

Les articles de contrebande étaient classés en différentes catégories. Le niveau A était le nom de code qui désignait les technologies humaines dangereuses. Les sources d'énergie, par exemple.

– Venez voir commandant.

Holly les conduisit, lui et Foaly, au fond de la zone de maintenance, dans l'aire de stationnement des navettes où on avait dressé un chapiteau en plexiglas réservé au personnel autorisé. Elle écarta les battants en plastique translucide et pénétra à l'intérieur.

– Regardez. C'est grave.

Root examina les preuves du trafic. Dans les soutes de la navette étaient entassées des caisses de piles AAA. Holly en prit un paquet.

– Des petites piles rondes, dit-elle. Une source d'énergie très répandue chez les humains. Rudimentaires, inefficaces et désastreuses pour l'environnement. J'en ai compté douze caisses dans cette soute. Qui sait combien il y en a déjà sous terre ?

Root ne sembla pas impressionné.

– Désolé, mais ça ne me fait pas trembler dans mes bottes. Quelle importance si quelques gobelins s'amusent à jouer à des jeux vidéo fabriqués par les humains ?

Foaly avait repéré le Néflask à laser abandonné par le gobelin.

– Oh, non ! s'exclama-t-il en regardant l'arme de plus près.

– Je ne vous le fais pas dire, approuva Holly.

Le commandant n'aimait pas beaucoup être tenu à l'écart de la conversation.

– Oh non ? J'espère que vous en rajoutez un peu, dans le genre mélodramatique ?

– Pas du tout, chef, répondit le centaure, qui paraissait très sombre pour une fois. C'est au contraire très sérieux. Le B'wa Kell se sert de piles humaines pour alimenter ses Néflask à laser. Chaque pile permet de tirer environ six coups. Mais si vous remplissez les poches de chaque gobelin avec ces petits cylindres, vous obtiendrez une puissance de feu très importante.

– Des Néflask à laser ? Il y a des décennies qu'ils sont interdits. Je croyais qu'on les avait tous recyclés ?

Foaly hocha la tête.

– Normalement, oui. Les armes ont été fondues sous le contrôle de mon département. Mais ce n'était pas une priorité à nos yeux. A l'origine, ces fusils fonctionnaient avec une unique batterie solaire d'une durée de vie inférieure à dix ans. De toute évidence, le B'wa Kell a réussi à en voler quelques-uns dans l'entrepôt de recyclage.

– Et même un peu plus que quelques-uns à en juger par cette quantité de piles. Il ne manquait plus que ça ! Des gobelins armés de Néflask !

La technique de fabrication des Néflask consistait à

équiper l'arme d'un inhibiteur qui ralentissait la vitesse du rayon laser pour lui permettre de pénétrer sa cible. Au début, l'appareil était destiné au travail de la mine mais il avait été très vite transformé en engin de destruction par un marchand d'armes assoiffé d'or.

Les Néflask furent interdits tout aussi vite pour la raison évidente que ces armes étaient destinées à tuer et non pas simplement à immobiliser l'adversaire. De temps à autre, on en retrouvait une dans les mains d'un quelconque malfrat. Mais cette fois, il ne s'agissait plus de marché noir à la petite semaine. Il semblait plutôt que derrière tout cela se cachait quelqu'un qui nourrissait de grandes ambitions.

– Vous savez ce qu'il y a de plus inquiétant ? demanda Foaly.

– Non, répondit Root, d'une voix au calme trompeur. Dites-moi donc ce qu'il y a de plus inquiétant.

Foaly retourna l'arme.

– Eh bien, c'est la façon dont ce fusil a été adapté à une alimentation par piles. Très astucieux. Jamais un gobelin n'aurait pu trouver ça tout seul.

– Mais pourquoi adapter des Néflask ? s'étonna le commandant. Pourquoi ne pas utiliser tout simplement les batteries solaires ?

– Ces batteries sont très rares et valent leur pesant d'or. Les marchands d'antiquités s'en servent pour alimenter toute sorte de gadgets. Et il serait impossible de monter une usine de batteries solaires sans que mes détecteurs interceptent des émissions d'ondes. Il est beaucoup plus simple de voler des piles aux humains.

Root alluma un de ses légendaires cigares au champignon.

– Dites-moi que c'est fini. Qu'il n'y a pas d'autre catastrophe.

Holly tourna les yeux vers le fond du hangar. Root suivit la direction de son regard et s'avança vers la navette de fortune ancrée à sa plateforme. Le commandant grimpa à bord du vaisseau.

– Qu'est-ce que c'est encore que ce fichu engin, Foaly ?

Le centaure passa la main le long de la coque.

– C'est stupéfiant. Incroyable. Ils ont réussi à construire une navette avec de la ferraille. Je suis très étonné qu'une chose pareille puisse décoller.

Le commandant mordit son cigare d'un puissant coup de dents.

– Lorsque vous aurez fini d'admirer le travail des gobelins, Foaly, vous pourrez peut-être m'expliquer comment le B'wa Kell s'y est pris pour se procurer ce matériel. Je croyais que toutes les pièces détachées technologiquement dépassées étaient systématiquement détruites.

– Je le croyais aussi. J'ai retiré moi-même du circuit une partie de ce matériel. Ce réacteur tribord par exemple était en service dans le conduit E 1 jusqu'à ce que le capitaine Short lui fasse rendre l'âme l'année dernière. Je me souviens avoir signé l'ordre de destruction.

Root s'accorda un instant pour fusiller Holly du regard.

– Alors, maintenant, il y a des morceaux de navette qui s'échappent des usines de recyclage en même temps que des Néflask à laser ? Je veux savoir comment cet engin a pu arriver ici. Démontez-le pièce par pièce. Que le moindre câble électrique soit passé au laser pour y découvrir des empreintes digitales ou génétiques. Entrez tous les numéros de série dans l'ordinateur. Voyez s'il y a des dénominateurs communs.

Foaly approuva d'un signe de tête.

– Bonne idée, je vais mettre quelqu'un sur le coup.

– Non, Foaly, c'est vous qui serez sur le coup. Il s'agit d'une priorité. Vous allez oublier vos théories sur les complots pendant quelques jours et me trouver qui s'amuse à vendre ces bouts de ferraille.

– Mais, Julius, protesta Foaly, c'est un travail d'idiot.

Root s'avança d'un pas.

– Premièrement, ne m'appelez pas Julius. Et deuxièmement, je dirais plutôt que c'est un travail d'âne.

Foaly remarqua la veine qui palpitait sur la tempe du commandant.

– Message reçu, dit-il en prenant un petit ordinateur accroché à sa ceinture. Je m'en occupe tout de suite.

– Allez-y. Et maintenant, capitaine Short, qu'est-ce que devient notre prisonnier du B'wa Kell ?

Holly haussa les épaules.

– Pas grand-chose. Il est toujours inconscient. Il va cracher de la suie pendant un mois quand il se réveillera. De toute façon, vous savez comment fonctionne le B'wa Kell ? Les soldats de base ne savent rien du tout. Ce type est un sous-fifre. Dommage que le

Livre nous interdise de faire usage du mesmer sur les autres fées.

– Mmmh, dit Root, le visage plus écarlate qu'un derrière de babouin. Ce qui est surtout dommage, c'est que la convention de l'Atlantide ait déclaré hors la loi les sérums de vérité. Sinon, on aurait pu en injecter dans les veines de ce bandit jusqu'à ce qu'il devienne aussi bavard qu'un Être de Boue ivre mort.

Le commandant respira profondément à plusieurs reprises pour se calmer avant que son cœur lâche.

– Dans l'immédiat, nous devons découvrir d'où viennent ces piles et s'il y en a d'autres dans le monde souterrain.

Holly prit une longue inspiration.

– J'ai une théorie, commandant.

– Ne me dites rien, j'ai deviné, grogna Root. Artemis Fowl, c'est ça ?

– Qui d'autre ? Je savais qu'on entendrait à nouveau parler de lui. Je le savais.

– Vous connaissez les règles, Holly. Il nous a battus l'année dernière. La partie est terminée. C'est écrit dans le Livre.

– Oui, commandant, mais le jeu n'était pas le même. A nouveau jeu, nouvelles règles. Si Fowl fournit des piles au B'wa Kell, le moins que l'on puisse faire, c'est de mener une enquête.

Root réfléchit. Si Fowl était vraiment derrière toute cette histoire, les choses pourraient bien se compliquer très vite.

– Je n'aime pas beaucoup l'idée d'aller interroger

Fowl sur son territoire. Mais nous ne pouvons pas l'amener ici. La pression sous terre le tuerait.

Holly n'était pas d'accord.

– Pas si on le maintient dans un environnement adapté. La ville est pressurisée. Les navettes aussi.

– D'accord, allez-y, dit enfin le commandant. Allez le chercher, qu'on ait une petite conversation avec lui. Amenez-nous aussi le gros, par la même occasion.

– Butler ?

– Oui, Butler.

Root s'interrompit un instant.

– Mais souvenez-vous, il s'agit simplement de procéder à quelques vérifications, Holly, rien de plus. Je ne veux pas que vous en profitiez pour régler vos comptes.

– Non, commandant. Je m'en tiendrai strictement à ma mission.

– J'ai votre parole ?

– Oui, commandant, c'est promis.

Root écrasa le mégot de son cigare d'un coup de talon.

– Je ne veux pas d'autre blessé aujourd'hui, pas même Artemis Fowl.

– Compris.

– A moins, bien sûr, que ce ne soit absolument nécessaire, ajouta le commandant.

CHAPITRE III

VOYAGE SOUS TERRE

ÉCOLE DE GARÇONS SAINT-BARTLEBY

Butler était entré au service d'Artemis Fowl dès la naissance du garçon. Il avait passé la première nuit d'existence de son protégé à monter la garde devant la maternité des sœurs de la Miséricorde. Pendant plus de dix ans, il avait été le précepteur, le mentor, le protecteur du jeune héritier. Jusqu'à présent, ils ne s'étaient jamais éloignés l'un de l'autre plus d'une semaine. Butler savait qu'il ne devait pas se laisser affecter par la séparation. Un garde du corps ne doit jamais s'attacher sentimentalement à l'objet de sa mission. Son jugement en serait altéré. Mais dans ses moments d'intimité, il ne pouvait s'empêcher de considérer l'héritier de la famille Fowl comme le fils ou le jeune frère qu'il n'avait jamais eu.

Butler gara la Bentley Arnage Red Label dans l'avenue où se trouvait le collège. Depuis quelque temps, la carrure du serviteur eurasien avait encore forci.

Artemis en pension, il passait beaucoup plus de temps dans la salle de musculation. Pour dire la vérité, Butler en avait assez de soulever des barres de fer mais la direction du collège lui avait catégoriquement refusé l'autorisation d'installer un lit de camp dans la chambre d'Artemis.

Et lorsque le jardinier avait découvert la cachette du garde du corps, tout à côté du trou 17 du terrain de golf, on lui avait également interdit l'accès au parc de l'école.

Artemis franchit le portail du collège, les paroles du docteur Po encore présentes dans sa tête.

– Des problèmes, monsieur ? demanda Butler en remarquant l'expression amère de son employeur.

Artemis s'engouffra à l'intérieur de la Bentley à la sellerie de cuir lie-de-vin et choisit une bouteille d'eau dans le bar.

– Pas vraiment, Butler. Simplement un charlatan de plus qui a passé son temps à me déverser du psycho-blabla dans les oreilles.

– Voulez-vous que j'aille lui parler ? demanda Butler sans hausser le ton.

– Non, il n'a plus aucune importance. Quelles sont les nouvelles du *Fowl Star* ?

– Nous avons reçu un e-mail au manoir, ce matin. Il s'agit d'une transmission vidéo par MPEG.

Artemis fronça les sourcils. Il ne pouvait recevoir les fichiers de ce type sur son téléphone portable.

Butler sortit alors un petit ordinateur de la boîte à gants.

– J'ai pensé que vous auriez peut-être hâte de voir ce document, je l'ai donc chargé là-dedans.

Il lui passa l'ordinateur par-dessus son épaule. Artemis l'ouvrit aussitôt et alluma l'écran couleur. Il crut tout d'abord que la batterie était déchargée puis se rendit compte qu'il avait sous les yeux l'image d'un champ de neige. Blanc sur blanc, parsemé de quelques ombres à peine perceptibles indiquant des creux et des reliefs.

Artemis ressentit dans ses entrailles une impression de malaise. Il était curieux de voir à quel point une image apparemment aussi innocente pouvait être chargée de menace.

La caméra fit un panoramique vertical, découvrant un ciel crépusculaire. Une forme noire apparut alors au loin. Puis un craquement régulier s'éleva des haut-parleurs tandis que le cameraman s'avançait dans la neige. La forme noire se dessina plus nettement. C'était un homme assis, ou plutôt ligoté sur une chaise. Les cubes de glace tintèrent dans le verre d'Artemis. Ses mains tremblaient.

L'homme était vêtu de haillons qui avaient appartenu autrefois à un costume de bonne coupe. Des cicatrices semblables à des éclairs marquaient le visage du prisonnier et il semblait lui manquer une jambe. On n'arrivait pas très bien à distinguer les détails. Artemis avait à présent le souffle saccadé d'un coureur de marathon.

L'homme avait une pancarte accrochée au cou. Un morceau de carton retenu par une ficelle. Quelqu'un y avait tracé en grosses lettres noires : ZDRAVSTVOUÏTIÉ SYN. La caméra cadra le message en gros plan pendant quelques secondes puis l'image disparut.

– C'est tout ?

Butler acquiesça d'un signe de tête.

– L'homme et la pancarte, rien d'autre.

– *Zdravstvouïtié syn*, murmura Artemis sans le moindre accent.

Depuis la disparition de son père il avait appris seul la langue russe.

– Dois-je vous traduire ? demanda Butler qui, lui aussi, parlait le russe couramment.

Il l'avait appris à la fin des années quatre-vingt, au cours d'une mission d'espionnage qui avait duré cinq ans. Son accent n'avait cependant pas la même subtilité que celui de son jeune employeur.

– Inutile, je sais ce que ça signifie, répondit Artemis. Zdravstvouïtié syn : « bonjour, fils ».

Butler engagea la Bentley sur la route à quatre voies. Ils restèrent tous deux silencieux pendant plusieurs minutes. Enfin, le serviteur ne put s'empêcher de poser la question :

– Vous pensez que c'est lui, Artemis ? Est-il possible que cet homme soit votre père ?

Artemis repassa le film en arrière et arrêta l'image sur le visage de l'homme mystérieux. Il cliqua sur « affichage », envoyant des distorsions aux couleurs d'arc-en-ciel à travers l'écran.

– Je le crois, Butler. Mais la qualité de l'image n'est pas assez bonne. Je ne peux pas en être sûr.

Butler comprenait les émotions qui assaillaient son jeune protégé. Lui aussi avait perdu quelqu'un dans le naufrage du *Fowl Star*. Son oncle, le major, avait accompagné le père d'Artemis au cours de la traversée fatale.

Malheureusement, le corps du major avait été retrouvé à la morgue de Mourmansk.

Artemis reprit contenance.

– Je dois suivre ça de près.

– Vous savez ce qui va arriver la prochaine fois, bien sûr ?

– Oui. Une demande de rançon. Ceci n'est qu'un hors-d'œuvre pour éveiller ma curiosité. Il faut que je vende un peu de l'or du Peuple des fées. Contactez immédiatement Lars, à Zurich.

Butler prit la voie rapide.

– Maître Artemis, j'ai un peu l'expérience de ce genre de choses.

Artemis le laissa parler. La carrière de Butler, avant la naissance de son actuel employeur, avait été diverse et variée, c'est le moins qu'on puisse dire.

– Le principe des ravisseurs, c'est d'éliminer tous les témoins. Ensuite, ils s'éliminent les uns les autres pour éviter de partager la rançon.

– Ce qui veut dire ?

– Ce qui veut dire que verser la rançon ne garantirait en aucun cas la sécurité de votre père. Si cet homme est bien votre père. Il est très possible que les ravisseurs prennent l'argent et nous tuent tous.

Artemis scruta l'écran.

– Vous avez raison, bien entendu. Il va falloir que j'imagine un plan.

Butler déglutit. Il se souvenait du dernier plan de son maître. Tous deux avaient failli y laisser leur peau et la planète aurait pu être ravagée par une guerre inter-espèces. Butler n'avait pas facilement peur mais l'éclat qui brillait dans le regard d'Artemis Fowl suffit à lui faire froid dans le dos.

TERMINAL DU CONDUIT E1 : TARA, IRLANDE

Le capitaine Holly Short avait décidé de faire des heures supplémentaires et de monter directement à la surface de la terre.

Elle s'accorda seulement une nutribarre et une recharge énergétique avant de sauter dans la première navette à destination de Tara.

Le chef de la sécurité du terminal ne fit rien pour lui faciliter le voyage. Il ne cachait pas son exaspération : non seulement le capitaine Short avait interrompu le trafic pour prendre une capsule prioritaire dans le conduit E 1 mais en plus, elle entendait réquisitionner une navette entière pour le voyage de retour.

– Faites une nouvelle vérification, dit Holly, les dents serrées. Je suis sûre que l'autorisation du centre de police est arrivée, maintenant.

Le gnome furibond consulta son ordinateur de poche.

– Non, ma petite dame, je n'ai rien du tout.

– Écoutez, monsieur...
– Commandant Terryl.
– Commandant Terryl. Je dois remplir une mission très importante. Question de sécurité nationale. J'ai besoin que vous interdisiez complètement l'accès du hall des arrivées pendant les deux heures qui viennent.
Terryl fit semblant d'être au bord de la syncope.
– Les deux heures qui viennent ! Vous êtes folle, ma fille ? J'ai trois navettes en provenance de l'Atlantide. Qu'est-ce que je vais leur dire, moi ? Que toutes les excursions sont annulées sous prétexte que les FAR ont besoin d'organiser leurs petites combines ultra-secrètes ? C'est la haute saison. Je ne peux pas tout fermer comme ça. Pas moyen.
Holly haussa les épaules.
– Très bien. Comme vous voudrez, mais quand vos touristes verront les deux humains que je vais ramener ici, ça va déclencher une émeute, je peux vous le garantir.
– Deux humains ? s'exclama le chef de la sécurité. A l'intérieur du terminal ? Vous êtes complètement cinglée ?
Holly commençait à manquer de patience et de temps.
– Vous voyez ça ? demanda-t-elle en montrant l'insigne fixé sur son casque. Je suis capitaine des FAR. Et ce n'est pas un flic de pacotille à tête de gnome qui va m'empêcher d'exécuter mes ordres.
Terryl se redressa de toute sa hauteur qui ne devait pas excéder soixante-dix centimètres.

– Ouais, ouais, j'ai entendu. La fille dingue, capitaine des FAR. Vous avez provoqué une belle pagaille l'année dernière, pas vrai ? Les lingots d'or que je verse au fisc vont servir à payer vos âneries pendant un bon bout de temps.

– Appelez le centre de police, espèce d'imbécile bureaucratique.

– Vous pouvez m'insulter tant que vous voudrez, ma petite dame. Ici, il y a un règlement et sans confirmation d'en bas, je ne peux rien faire pour le changer. Encore moins pour une obsédée de la gâchette qui a des problèmes de comportement.

– Dans ce cas, on n'a qu'à passer un coup de fil au centre de police !

Terryl renifla d'un air hautain.

– Les poussées de magma viennent de se déclencher. Difficile d'avoir la ligne. J'essaierai peut-être encore à la fin de mon service. Vous n'avez qu'à aller vous asseoir dans le hall d'attente.

La main de Holly glissa vers son électrotrique.

– Vous savez ce que vous êtes en train de faire ?

– Quoi ? croassa le gnome.

– Vous êtes en train de faire obstruction à une opération des FAR.

– Je n'obstrue rien du tout...

– Et, de ce fait, j'ai le pouvoir de mettre un terme à cette obstruction en ayant recours à la force que j'estime nécessaire.

– Je vous conseille de ne pas me menacer, ma petite dame.

Holly sortit l'électrotrique de son fourreau et la fit tournoyer entre ses doigts avec dextérité.

– Je ne vous menace pas. Je vous informe simplement d'une procédure de police. Si vous persistez, je me verrai contrainte d'écarter l'obstruction, c'est-à-dire en l'occurrence, vous-même, et de m'adresser à votre supérieur.

Terryl ne semblait pas convaincu.

– Vous n'oseriez pas.

Holly eut un sourire.

– Je suis la fille dingue des FAR, ne l'oubliez pas.

Le gnome réfléchit. Il était peu probable qu'elle lui envoie une décharge d'électrotrique, mais qui pouvait savoir avec ces elfes femelles ?

– OK, dit-il en imprimant une page à l'aide de son ordinateur. Je vous donne un visa de vingt-quatre heures. Mais si vous n'êtes pas revenue à la fin de ce délai, je vous fais mettre en garde à vue dès votre retour. Et là, c'est moi qui vous menacerai.

Holly attrapa la feuille de papier.

– C'est ça. Et maintenant, souvenez-vous : il faut que le hall des arrivées soit totalement vide quand je reviendrai.

IRLANDE, SUR LA ROUTE QUI MÈNE DE SAINT-BARTLEBY AU MANOIR DES FOWL

Artemis confiait ses idées à Butler. C'était une technique à laquelle il avait souvent recours lorsqu'il s'efforçait d'imaginer un plan. S'il existait un expert en matière d'opérations secrètes, c'était bien son garde du corps.

– On peut déterminer l'origine de la transmission ?

– Non, Artemis. J'ai essayé. Mais ils ont installé un virus de destruction des données dans l'e-mail. J'ai tout juste eu le temps de charger le film sur disque avant que l'original se désintègre.

– Et en analysant l'image elle-même ? On ne peut pas la situer par satellite ?

Butler sourit. Le jeune Artemis commençait à penser comme un soldat.

– Pas de chance. J'ai envoyé une photo à un de mes amis de la NASA. Il ne l'a même pas entrée dans l'ordinateur. La définition n'était pas assez bonne.

Artemis resta silencieux une minute.

– En combien de temps pouvons-nous être en Russie ?

Butler pianota sur le volant.

– Ça dépend.

– De quoi ?

– Si nous y allons par des moyens légaux ou illégaux.

– Qu'est-ce qui va le plus vite ?

Butler éclata de rire. Ce qui n'était guère fréquent.

– Les moyens illégaux sont généralement plus rapides. Mais de toute façon, ça prendra beaucoup de temps. Impossible d'y aller par avion. La Mafiya va poster des hommes sur le moindre petit aérodrome.

– On est sûrs que c'est la Mafiya ?

Butler jeta un coup d'œil dans le rétroviseur.

– J'en ai bien peur. Tous les enlèvements passent par

elle. Même si c'était un malfaiteur ordinaire qui avait réussi à enlever votre père, il ne pourrait rien faire d'autre que le remettre à la Mafiya dès que celle-ci serait au courant.

Artemis hocha la tête.

– C'est bien ce que je pensais. Nous devrons donc y aller par la mer, ce qui prendra une semaine au minimum. Il nous faudrait de l'aide pour les transports sur place. Quelque chose que la Mafiya ne puisse soupçonner. Où en est notre situation en matière de papiers d'identité ?

– Aucun problème. Je pense qu'il vaut mieux que nous nous fassions passer pour des Russes. On nous soupçonnera moins. J'ai des passeports et des visas.

– *Da*. Quels seront nos noms d'emprunt ?

– Que penseriez-vous de Stefan Bashkir et de son oncle Constantin ?

– Parfait. Le petit génie des échecs et son tonton.

Ils avaient déjà utilisé cette couverture à de nombreuses reprises au cours de précédentes missions de recherches. Un jour, un officier des douanes, lui-même grand joueur d'échecs, avait mis leur histoire en doute jusqu'à ce qu'Artemis le batte en six coups. Sa technique était connue depuis sous le nom de manœuvre de Bashkir.

– Quand pouvons-nous partir ?

– Presque tout de suite. Mrs Fowl et Juliet sont à Nice pour une semaine. Ce qui nous donne huit jours. Il suffira d'envoyer un mail à l'école. Nous inventerons une excuse quelconque.

– J'imagine qu'ils ne seront pas mécontents d'être débarrassés de moi pour quelque temps, à Saint-Bartleby.

– Nous pourrions nous rendre directement du manoir à l'aéroport. Le Lear jet est prêt à décoller. Nous volerons jusqu'en Scandinavie et nous essaierons d'attraper un bateau là-bas. J'ai juste quelques petites choses à prendre avant de partir.

Artemis imaginait très bien le genre de petites choses que son serviteur souhaitait emporter. Des choses tranchantes, pointues et explosives.

– Parfait. Le plus tôt sera le mieux. Il faut que nous trouvions ces gens avant qu'ils ne s'aperçoivent qu'on les cherche. Nous pourrons recevoir les e-mails pendant le voyage.

Butler prit la bretelle de sortie en direction du manoir des Fowl.

– Vous savez, Artemis, dit-il en levant les yeux vers le rétroviseur, c'est à la Mafiya russe que nous nous attaquons. J'ai déjà eu affaire à ces gens-là dans le passé. Ils ne négocient pas. Le sang pourrait bien couler. Si nous nous en prenons à ces gangsters, il y aura des blessés. Nous, probablement.

Artemis hocha la tête d'un air absent en observant son propre reflet dans la vitre.

Il lui fallait un plan. Quelque chose qui soit à la fois brillant et audacieux. Quelque chose qui n'aurait encore jamais été tenté. Artemis n'était pas trop inquiet à ce sujet. Son intelligence ne lui avait jamais fait défaut.

PORT DES NAVETTES, TARA

Le port des navettes de Tara était une installation impressionnante. Un terminal de dix mille mètres cubes dissimulé sous une petite colline couverte de végétation, en plein milieu de la ferme des McGraney.

Pendant des siècles, les McGraney avaient respecté les frontières du fort de fée et pendant des siècles, ils avaient bénéficié d'une chance exceptionnelle. Lorsqu'une maladie se déclarait dans la famille, elle guérissait mystérieusement en une seule nuit. Des objets d'art d'une valeur inestimable se déterraient d'eux-mêmes avec une incroyable régularité et la maladie de la vache folle épargnait toujours leurs troupeaux.

Ayant résolu son problème de visa, Holly put enfin monter à la surface de la terre et se glisser au-dehors à travers le camouflage holographique de la porte de sécurité. Elle avait réussi à se procurer un Koboï type DoubleDex pour sa mission. L'engin fonctionnait sur une batterie solaire alimentée par satellite et était équipé d'ailes au design révolutionnaire. Il en comportait deux paires, l'une pour planer, l'autre plus petite, pour manœuvrer. Le nom de DoubleDex était l'abréviation de « Double Dextérité ». Holly mourait d'envie d'en essayer un mais les laboratoires Koboï n'en avaient produit qu'un très petit nombre d'exemplaires. Foaly répugnait à en commander davantage car ce n'était pas lui qui les avait conçus. Jalousie professionnelle. Holly avait profité de son absence pour prendre l'un des appareils entreposés dans le magasin d'accessoires.

Elle s'éleva à quinze mètres au-dessus du sol, s'emplissant les poumons d'air non filtré.

Bien qu'il fût chargé de polluants, il restait beaucoup plus agréable que le mélange recyclé qu'on respirait sous terre. Elle se délecta ainsi pendant un bon moment puis se concentra à nouveau sur l'objet de sa mission : comment s'y prendre pour enlever Artemis Fowl ?

Elle ne pouvait pas aller le chercher chez lui, au manoir, c'était la seule chose certaine. Légalement, elle serait en terrain dangereux si elle pénétrait dans une maison sans autorisation.

Même si, d'un point de vue formel, Fowl l'avait implicitement invitée chez lui en la kidnappant l'année précédente. Mais il n'y aurait pas eu beaucoup d'avocats pour accepter de la défendre avec ce seul argument. De toute façon, le manoir était une vraie forteresse et ses occupants avaient déjà eu raison de tout un commando de Récupération des FAR, l'année précédente.

Comment pourrait-elle faire mieux ?

Il fallait prévoir une complication supplémentaire : peut-être Artemis l'attendait-il, surtout si c'était bien lui qui trafiquait avec le B'wa Kell. L'idée de se jeter dans un piège ne la tentait pas le moins du monde. Elle s'était déjà retrouvée prisonnière du manoir des Fowl. Il ne faisait aucun doute que sa cellule était toujours prête à l'accueillir.

Holly activa l'ordinateur de navigation assistée et afficha le manoir des Fowl sur la visière de son casque. Une petite lumière rouge se mit à clignoter à côté de l'image en trois dimensions de la demeure. Les FAR avaient classé le bâtiment en zone rouge. Holly grogna. A présent, elle allait avoir droit à une vidéo de mise en garde, au cas où il se trouverait encore sous terre un officier du service de Détection qui n'aurait jamais entendu parler d'Artemis Fowl.

Le visage du caporal Lili Frond apparut sur l'écran. Bien entendu, c'était Lili qu'ils avaient choisie pour ce travail. La ravissante idiote des FAR. Le sexisme se portait bien au centre de police.

D'après la rumeur, l'avancement de Frond avait reçu un coup de pouce sous prétexte qu'elle descendait du roi des elfes.

– Vous avez sélectionné le manoir des Fowl, dit l'image de Frond en battant des cils. Cet édifice est situé en zone rouge. Il est strictement interdit d'y accéder sans autorisation. Ne tentez même pas de le survoler. Artemis Fowl est considéré comme une menace active contre le Peuple.

Une image de Fowl se dessina à côté de celle de Frond, le froncement de ses sourcils accentué par une manipulation numérique.

– Son complice, connu sous le seul nom de Butler, ne doit en aucun cas être approché. Il est généralement armé et toujours dangereux.

La tête massive de Butler apparut à côté des deux autres images. Armé et dangereux, c'était un peu faible pour le décrire. Il s'agissait du seul être humain qui ait jamais affronté et vaincu un troll.

Holly entra les coordonnées du manoir dans l'ordinateur de vol et laissa les ailes assurer le pilotage à sa place. La campagne défilait au-dessous d'elle. Depuis sa dernière visite, les dégâts causés par les Êtres de Boue semblaient s'être aggravés. Le moindre hectare de terrain était occupé par des quantités de constructions nouvelles et on ne voyait guère un seul kilomètre de rivière dépourvu d'usines qui déversaient leurs poisons dans ses eaux.

Le soleil finit par descendre sous l'horizon et Holly releva les filtres de sa visière. Le temps était de son côté, désormais. Elle avait toute la nuit pour imaginer un plan. Holly se rendit compte que les commentaires sarcastiques de Foaly lui manquaient. Même si elles étaient agaçantes, les remarques du centaure se révélaient généralement judicieuses et lui avaient sauvé la vie plus d'une fois.

Elle essaya d'établir une liaison mais les poussées de magma étaient toujours actives et elle ne capta que des parasites.

Le manoir des Fowl se dessina au loin, dominant entièrement le paysage environnant. Holly scanna le bâtiment avec sa barre thermométrique et ne trouva d'autre forme de vie que celle de petits animaux. Des araignées et des souris. Il n'y avait personne à la maison. Ce qui lui convenait à merveille. Elle se posa alors sur la tête d'une gargouille en pierre particulièrement horrible et attendit.

MANOIR DES FOWL, DUBLIN, IRLANDE

Le château des Fowl datait du XVe siècle. A l'époque, il avait été bâti par lord Hugh Fowl sur une éminence qui dominait toute la plaine alentour. Une tactique empruntée aux Normands : ne jamais laisser l'ennemi approcher par surprise.

Au cours des siècles, le château avait été agrandi et rénové jusqu'à devenir un manoir, mais le souci de la sécurité avait continué à prévaloir. Le domaine était entouré d'une muraille épaisse d'un mètre, équipée d'un système d'alarme dernier cri.

Butler quitta la route et ouvrit les battants du portail à l'aide d'une télécommande. Il jeta un coup d'œil au visage pensif de son employeur. Parfois, il lui semblait que, malgré tous ses contacts, ses informateurs et son personnel, Artemis était le garçon le plus solitaire qu'il eût jamais connu.

– Nous pourrions peut-être emporter un ou deux de ces pistolets de fées.

Au cours du siège qui avait eu lieu l'année précédente, Butler avait soulagé le commando Récup 1 des FAR de tout son armement.

Artemis acquiesça.

– Bonne idée, mais enlevez les batteries à énergie nucléaire et mettez les pistolets dans une valise avec des jeux électroniques et des livres. Si nous sommes pris, nous pourrons toujours dire que ce sont de simples jouets.

– Oui, monsieur. Excellente précaution.

La Bentley remonta l'allée en faisant crisser le gravier, activant au passage les lumières de sécurité du parc. Plusieurs lampes brillaient dans le bâtiment principal, commandées par un programmateur d'allumage aléatoire.

Butler détacha sa ceinture et descendit en souplesse de la Bentley.

– Vous avez besoin de quelque chose en particulier, Artemis ?

Artemis hocha la tête.

– Allez me chercher un peu de caviar à la cuisine. Vous ne pouvez pas imaginer les immondices qu'on nous donne à manger à Saint-Bartleby pour dix mille livres par trimestre.

Butler eut un nouveau sourire. Un adolescent qui demandait du caviar. Décidément, il ne s'y habituerait jamais.

Il avait parcouru la moitié de la distance qui le séparait de la porte d'entrée récemment rénovée lorsque son sourire s'effaça brusquement. Il sentit un frisson lui étreindre le cœur. Une sensation qu'il connaissait bien. « Comme si on avait marché sur sa tombe », disait sa mère. Un sixième sens. Un instinct venu du fond des entrailles. Il y avait un danger quelque part. Invisible mais néanmoins présent.

Holly repéra à près de deux kilomètres de distance les phares qui balayaient le ciel. Depuis son poste d'observation, l'Optix ne lui servait à rien. Quand le pare-brise de la voiture fut en vue, elle s'aperçut que le verre était teinté et les ombres trop épaisses pour distinguer quoi que ce soit. A mesure que la voiture approchait, elle sentait son rythme cardiaque s'accélérer.

La Bentley avançait sur la route sinueuse, apparaissant et disparaissant entre les alignements de saules et de marronniers. Holly se baissa instinctivement bien qu'elle fût totalement invisible aux yeux des humains grâce à son bouclier. On ne pouvait jamais être sûr de rien avec le serviteur d'Artemis. L'année précédente, Artemis Fowl avait démonté un casque de fée pour en faire des lunettes qui avaient permis à Butler de repérer et de neutraliser tout un commando d'élite du service de Récupération des FAR. Sans doute ne les portait-il pas en cet instant mais, comme l'avaient appris à leurs dépens Baroud Kelp et son équipe, il n'était guère payant de sous-estimer Artemis ou son serviteur.

Holly régla son Neutrino légèrement au-dessus du niveau recommandé pour assommer l'adversaire. Quelques cellules cérébrales de Butler risquaient de griller mais ce n'était pas cela qui allait empêcher le capitaine Short de dormir.

La voiture tourna dans l'allée en faisant crisser le gravier. Elle s'arrêta et Butler en sortit. Holly sentit ses dents grincer. Un jour, elle lui avait sauvé la vie en guérissant ses blessures à la suite d'un combat mortel avec un troll. Elle ne savait pas ce qu'elle déciderait si c'était à refaire.

Retenant sa respiration, Holly Short, capitaine des FARfadet, enclencha la position « descente lente » de son DoubleDex. Elle se rapprocha silencieusement du sol en passant devant les étages de la maison et pointa son arme sur la poitrine de Butler. C'était une cible que même un nain aveuglé par le soleil n'aurait pas ratée.

L'humain ne pouvait avoir détecté sa présence. Impossible. Pourtant, quelque chose l'arrêta. Il s'immobilisa et renifla autour de lui. L'Être de Boue agissait comme un chien. Ou plutôt comme un loup. Un loup armé d'un gros pistolet.

Holly dirigea la caméra de son casque sur l'arme et envoya une photo à la base de données de son ordinateur. Quelques instants plus tard, une image à haute résolution et en trois dimensions du pistolet tourna lentement dans un coin de sa visière.

« Sig Sauer, dit la voix enregistrée de Foaly. Neuf millimètres. Treize balles dans le chargeur. Des balles puissantes. Une seule d'entre elles suffirait à vous arracher la tête. Même la magie ne pourrait plus rien pour vous. A part ça, vous ne devriez pas avoir de problèmes, si vous avez pris la précaution de revêtir la combinaison réglementaire à microfibres récemment brevetée par mes soins. Mais comme vous faites partie des joyeux rigolos du service de Détection, il est probable que vous avez oublié d'en mettre une. »

Holly fronça les sourcils. Foaly était d'autant plus agaçant qu'il avait raison. Elle avait sauté dans la première navette disponible sans se soucier de revêtir une combinaison de voyage en surface.

Les yeux de Holly étaient à présent au niveau de ceux de Butler, bien qu'elle fût encore en vol stationnaire à plus d'un mètre du sol. Elle relâcha alors le système de fermeture pneumatique de son casque, produisant un léger chuintement qui la fit grimacer.

Butler entendit le gaz s'échapper et pointa le Sig Sauer vers l'endroit d'où venait le bruit.

– Qui que tu sois, la fée, désactive ton bouclier ou je tire, dit-il.

On était loin de l'avantage tactique sur lequel Holly avait compté. Elle avait relevé sa visière et l'index du serviteur était crispé sur la détente ultra-sensible du pistolet. Prenant une profonde inspiration, elle désactiva son bouclier.

– Bonjour, Butler, dit-elle d'un ton dégagé.

Butler arma le Sig Sauer.

– Bonjour, capitaine. Descendez lentement et n'essayez aucun de vos...

– Pose ton arme, ordonna Holly d'une voix déformée par la puissance hypnotique du mesmer.

Butler résista, le canon de son pistolet tremblant dans sa main.

– Pose ton arme, Butler. Ne m'oblige pas à te griller la cervelle.

Une veine palpita sur la paupière du serviteur. « Étonnant, songea Holly. Je n'avais encore jamais vu ça. »

– N'essaie pas de me résister, Être de Boue. Obéis.

Butler ouvrit la bouche pour tenter d'avertir Artemis. Holly concentra alors toutes ses forces, submergeant l'humain sous un déferlement de magie.

– J'ai dit : pose ton arme !

Une goutte de sueur coula le long de la joue du garde du corps.

– POSE TON ARME !

Lentement, à contrecœur, Butler finit par obéir.

Holly eut un sourire.

– Très bien, l'Être de Boue. Maintenant, tu retournes dans la voiture et tu fais comme si de rien n'était.

Les jambes du serviteur obéirent, ignorant les signaux qu'essayait de leur envoyer son cerveau.

Holly réactiva son bouclier. Elle allait s'amuser.

Artemis rédigeait un e-mail sur son ordinateur portable.

Monsieur le directeur, écrivait-il,

En raison du scandaleux manque de tact dont a fait preuve votre conseiller psychologique à l'égard de mon petit Arty, j'ai décidé de retirer mon fils de l'école pour lui faire suivre des séances de psychothérapie avec de véritables professionnels à la clinique du Mont-Gaspard, en Suisse. J'envisage d'engager des poursuites judiciaires contre votre établissement. N'essayez surtout pas de me contacter, ce qui n'aurait pour seul effet que de m'indisposer davantage. Sachez que lorsque je suis en colère, je fais généralement appel à mes avocats.

Veuillez agréer l'expression de mes sentiments distingués.

Angeline Fowl

Artemis envoya le message en s'offrant le luxe d'esquisser un sourire. Il aurait bien aimé voir la tête de Mr Guiney, le directeur de l'école, lorsqu'il lirait son

courrier électronique. Malheureusement, la caméra-espion qu'il avait installée dans le bureau directorial ne transmettait les images que dans un rayon d'un kilomètre et demi.

Butler ouvrit la portière côté conducteur puis, quelques instants plus tard, se glissa sur son siège.

Artemis replia son téléphone et le rangea dans sa poche.

– Capitaine Short, je présume ? Cessez donc de vibrer comme ça et revenez dans le spectre du visible.

Holly réapparut. Elle tenait à la main un pistolet luisant dont on devinera aisément sur qui il était pointé.

– Voyons, Holly, est-ce vraiment nécessaire ?

La fée laissa échapper une petite exclamation méprisante.

– Résumons : enlèvement, coups et blessures, extorsion de fonds, tentative de meurtre. Oui, je crois que c'est nécessaire.

– Je vous en prie, capitaine Short, reprit Artemis avec un sourire. J'étais jeune et égoïste à l'époque. Croyez-le ou non, il m'arrive de douter du bien-fondé de cette opération.

– Vos doutes ne sont pas suffisants pour vous inciter à rendre l'or.

– Non, reconnut Artemis. Pas tout à fait.

– Comment avez-vous su que j'étais là ?

Artemis joignit les doigts.

– Je disposais de plusieurs indices. Premièrement, Butler n'a pas procédé à sa vérification habituelle pour voir s'il n'y avait pas de bombe sous la voiture.

Deuxièmement, il est revenu sans les objets qu'il était allé chercher. Troisièmement, il a laissé la portière ouverte pendant plusieurs secondes avant de s'asseoir, ce qui est contraire aux mesures de sécurité élémentaires. Enfin quatrièmement, j'ai perçu un léger scintillement au moment où vous avez pénétré dans le véhicule. Élémentaire, en vérité.

Holly se renfrogna.

– Très observateur, notre petit Être de Boue.

– J'essaie. Et maintenant, capitaine Short, seriez-vous assez aimable pour m'informer des raisons de votre présence ici ?

– Comme si vous ne le saviez pas.

Artemis réfléchit un instant.

– Intéressant. Je devine que quelque chose a dû se produire. Quelque chose dont on me tient pour responsable, de toute évidence.

Il haussa partiellement un sourcil. Une expression d'intense émotion chez Artemis Fowl.

– Des humains trafiquent avec des gens du Peuple, c'est ça ?

– Très impressionnant, répondit Holly. Ou plutôt, ce le serait si nous ne savions pas tous les deux que c'est vous qui avez organisé tout ça. Et si vous n'êtes pas disposé à nous dire la vérité, je suis persuadée que vos fichiers informatiques se révéleront très instructifs.

Artemis referma son ordinateur portable.

– Capitaine, je sais bien que nous ne débordons pas d'amour l'un pour l'autre, mais je n'ai pas de temps à vous consacrer pour le moment. Il est impératif que vous m'accordiez quelques jours pour mener mes affaires à bien.

– Certainement pas, Fowl. Il y a quelques personnes sous terre qui aimeraient vous dire deux mots.

Artemis haussa les épaules.

– J'imagine que, après ce que j'ai fait, je ne peux pas m'attendre à un excès de considération.

– Exactement, vous ne le pouvez pas.

– Très bien, soupira Artemis. Je suppose aussi que je n'ai pas le choix ?

Holly eut un sourire.

– Je ne vous le fais pas dire, Fowl.

– Dans ce cas, partons tout de suite.

Il s'efforçait de paraître docile mais les idées fusaient dans sa tête. Peut-être qu'une coopération avec les fées ne serait pas une mauvaise idée. Après tout, elles avaient des capacités qui pourraient se révéler utiles.

– Pourquoi pas ? répondit Holly.

Elle se tourna vers Butler.

– Prenez la direction du sud. En restant sur les petites routes.

– Nous allons à Tara, j'imagine ? Je me suis souvent demandé où se trouvait exactement l'entrée du conduit E 1.

– Continuez à vous le demander, Bonhomme de Boue, marmonna-t-elle. Et dormez bien. Tous ces exercices de déduction commencent à me fatiguer.

CHAPITRE IV

FOWL ALLIÉ

CELLULE 4, PRISON DU CENTRE DE POLICE, HAVEN-VILLE, MONDE SOUTERRAIN

Artemis se réveilla dans la salle d'interrogatoire des FAR. Il aurait pu se trouver dans n'importe quel poste de police du monde. Même ameublement inconfortable, même vieille routine. Root attaqua aussitôt :

– Allez-y, Fowl, parlez.

Artemis attendit quelques instants d'avoir retrouvé ses esprits. Holly et Root étaient assis face à lui, derrière une table basse en plastique. Une lampe puissante était dirigée sur son visage.

– Allons, commandant, c'est tout ce que vous avez à me dire ? J'attendais mieux de vous.

– Oh, on peut faire beaucoup mieux. Mais pas pour des criminels dans votre genre.

Artemis se rendit compte qu'il avait les mains liées aux bras de son fauteuil.

– Vous êtes toujours furieux à cause de ce qui s'est passé

l'année dernière ? J'ai gagné, voilà tout. Si on en croit votre propre Livre, ce devrait être une affaire classée.

Root se pencha en avant jusqu'à ce que l'extrémité de son cigare ne se trouve plus qu'à quelques centimètres du nez d'Artemis.

– Cette fois-ci, il s'agit de tout autre chose, petit Être de Boue. Alors, ne me faites pas le coup de l'innocent qui ne se doute de rien.

Artemis resta imperturbable.

– Quel rôle jouez-vous ? Celui du bon ou du mauvais flic ?

Root éclata d'un grand rire, le bout rougeoyant de son cigare traçant des arabesques dans les airs.

– Le bon flic, le mauvais flic ! Désolé, Dorothy, mais vous n'êtes plus dans le Kansas.

Le commandant adorait citer des répliques du *Magicien d'Oz*. Trois de ses cousins avaient tourné dans le film.

Une silhouette sortit de l'ombre. Elle avait quatre pattes, une queue de cheval, deux bras et tenait à la main des objets semblables à de simples déboucholrs à ventouse.

– Allons-y, Bonhomme de Boue, dit la silhouette, détendez-vous et vous ne souffrirez pas trop.

Foaly fixa les ventouses devant les yeux d'Artemis. Celui-ci perdit immédiatement conscience.

– Le sédatif se trouve dans le caoutchouc, expliqua le centaure. Il pénètre par les pores de la peau. On ne se rend compte de rien. Venez me dire après ça que je ne suis pas l'être le plus intelligent de tout l'univers.

– Oh, ce n'est pas si sûr, répondit Root d'un air innocent. La petite Koboï est très ingénieuse, elle aussi.

Foaly frappa le sol d'un coup de sabot rageur.

– La petite Koboï ? Ces ailes qu'elle a inventées sont ridicules. Si vous voulez mon avis, nous utilisons beaucoup trop la technologie de chez Koboï ces temps-ci. Ce n'est pas une bonne chose que les FAR se fournissent auprès d'une seule entreprise.

– Sauf si c'est la vôtre, bien sûr.

– Je suis sérieux, Julius. Je connais Opale Koboï depuis que nous étions ensemble à l'université. Elle est du genre instable. Il y a des puces de chez Koboï dans tous les nouveaux Neutrino et si ses laboratoires font faillite, nous n'aurons plus pour seules armes que des canons ADN à reconnaissance génétique et quelques pistolets électriques tout juste bons à étourdir l'adversaire.

Root eut un petit rire dédaigneux.

– Koboï a modernisé tous les pistolets et tous les véhicules dont nous disposons. En multipliant leur puissance par trois et en divisant par deux leurs émissions de chaleur. Beaucoup mieux que les derniers chiffres obtenus par votre propre laboratoire, Foaly.

Le centaure raccorda à son ordinateur quelques câbles à fibres optiques.

– Oh, c'est possible, mais peut-être que si le Grand Conseil me donnait un budget convenable...

– Cessez de vous plaindre, Foaly. J'ai vu le montant du budget consacré à cette machine. Et croyez-moi, il vaudrait mieux qu'elle soit bonne à autre chose qu'à déboucher les éviers.

Foaly, profondément vexé, se mit à remuer la queue d'un air agacé.

– Ceci est un Rétinoscope. J'envisage de me mettre à mon compte pour commercialiser ce bébé-là.

– Et qu'est-ce que ça fait, exactement ?

Foaly activa un écran à plasma sur le mur d'images.

– Vous voyez ces cercles sombres ? Ce sont des rétines humaines. Chaque image qu'elles voient laisse une trace minuscule, comme un négatif photographique. Il suffit d'entrer dans l'ordinateur les images qu'on souhaite vérifier pour voir s'il existe des correspondances.

Root ne tomba pas à genoux d'admiration.

– Voyez-vous ça, dit-il. Comme c'est pratique.

– En effet, vous pouvez le dire. Regardez.

Foaly afficha l'image d'un gobelin pour la comparer avec les données du Rétinoscope.

– Chaque fois qu'il existe une similitude, l'ordinateur l'enregistre. A deux cents similitudes, rien d'anormal. Forme générale de la tête, traits du visage, etc... Si on dépasse nettement les deux cents, ce sera la preuve qu'il a déjà vu un gobelin.

Le nombre cent quatre-vingt-six clignota sur l'écran.

– Résultat négatif sur le gobelin. Essayons maintenant avec le Néflask.

A nouveau, le nombre obtenu se révéla inférieur à deux cents.

– Encore un résultat négatif. Désolé commandant, mais le jeune Fowl est innocent. Il n'a jamais vu de gobelin, et encore moins trafiqué avec le B'wa Kell.

– Ils lui ont peut-être fait subir un effacement de mémoire.

Foaly enleva les ventouses des yeux d'Artemis.

– C'est ce qui fait le charme de cette petite merveille. Les effacements de mémoire n'ont aucun effet sur elle. Le Rétinoscope fonctionne à partir d'images réelles. Il faudrait gratter la rétine avec une brosse à récurer pour effacer complètement ce qu'elle a vu.

– Il y a quelque chose dans l'ordinateur de cet humain ?

– Plein de choses, répondit Foaly. Mais rien qui puisse l'accuser. Pas la moindre allusion à des gobelins ou à des piles.

Root caressa sa mâchoire carrée.

– Et le grand ? C'est peut-être lui qui a servi d'intermédiaire ?

– Je l'ai déjà fait passer au Rétinoscope. Aucun résultat. Vous devez vous rendre à l'évidence : les FAR se sont trompés de suspects. Il ne reste plus qu'à leur effacer la mémoire et à les renvoyer chez eux.

Holly approuva d'un signe de tête. Mais pas le commandant.

– Attendez un peu. Je réfléchis.

– A quoi ? demanda-t-elle. Plus vite nous nous débarrasserons d'Artemis Fowl, mieux ça vaudra.

– Peut-être pas. Puisqu'ils sont déjà là tous les deux...

Holly resta bouche bée.

– Commandant, vous ne connaissez pas Fowl comme je le connais. Donnez-lui la moindre occasion et il nous posera encore plus de problèmes que les gobelins.

– Il pourrait peut-être nous aider dans cette histoire de trafic avec les Êtres de Boue.

– Désolée de vous contredire, commandant, mais on ne peut pas faire confiance à ces humains.

Le visage de Root devint si cramoisi qu'il aurait brillé dans le noir.

– Et vous croyez que c'est une idée qui me plaît, capitaine ? Vous croyez que ça me fait plaisir de courber l'échine devant ce petit Bonhomme de Boue ? Certainement pas. J'aimerais encore mieux avaler des vers gluants tout crus plutôt que de demander de l'aide à Artemis Fowl. Mais quelqu'un est en train d'armer le bras du B'wa Kell et il faut que je découvre qui. Alors, faites ce qu'on vous dit, Holly. Les enjeux dépassent de très loin votre petite vendetta.

Holly se mordit la langue. Elle ne pouvait pas s'opposer au commandant, pas après ce qu'il avait fait pour elle, mais appeler Artemis Fowl à la rescousse était une erreur, quelle que soit la situation. Elle ne doutait pas une minute que l'humain puisse résoudre leur problème, mais à quel prix ?

Root prit une profonde inspiration.

– OK, Foaly, réveillez-le. Et équipez-le d'un traducteur vocal. Parler la langue des Êtres de Boue me donne mal à la tête.

Artemis frotta les cernes boursouflés qu'il avait sous les yeux.

– Un sédatif dans les ventouses ? dit-il en jetant un regard à Foaly. Injecté à l'aide de minuscules aiguilles ?

Le centaure fut impressionné.

– Vous êtes assez perspicace, pour un Être de Boue.

Artemis caressa l'appareil en forme de croissant fixé au-dessus de son oreille.

– Un traducteur vocal ?

Foaly désigna le commandant d'un signe de tête.

– Il y a des gens qui ont la migraine quand ils parlent une langue étrangère.

Artemis resserra sa cravate aux couleurs de son école.

– Je comprends. Et maintenant, en quoi puis-je vous être utile ?

– Qu'est-ce qui vous fait penser que nous avons besoin de vous, l'humain ? grogna Root, les dents serrées sur son cigare.

Le garçon eut un sourire railleur.

– J'ai l'impression, commandant, que si tel n'était pas le cas, je serais en train de reprendre connaissance dans mon propre lit sans conserver le moindre souvenir de notre rencontre.

Foaly cacha son sourire derrière une main velue.

– Vous avez de la chance de ne pas vous réveiller dans une cellule, dit Holly.

– Vous m'en voulez toujours, capitaine Short ? Ne pourrait-on effacer l'ardoise ?

Il dut se contenter pour seule réponse d'un regard furibond.

Artemis soupira.

– Très bien. Il ne me reste plus qu'à deviner. Des humains ont établi des relations commerciales avec le monde souterrain. Et vous voudriez que Butler démasque ces trafiquants. Je ne suis pas trop éloigné de la vérité ?

Les autres restèrent silencieux pendant un moment. Entendre les faits résumés par Fowl lui-même les replongeait dans la réalité.

– Pas trop, admit Root. Allez-y, Foaly, mettez-le au courant.

Le consultant chargea un fichier conservé dans le serveur central des FAR. Des extraits de reportages de la station Network News défilèrent sur l'écran à plasma. Le journaliste était un elfe d'âge mûr coiffé d'une banane aussi grosse qu'un rouleau de l'océan Pacifique.

« Je me trouve au centre de Haven-Ville, dit le reporter d'une voix veloutée, où les services des FAR viennent de procéder à une nouvelle saisie d'objets de contrebande. Il s'agit de films hollywoodiens sur disques laser d'une valeur de cinq cents grammes d'or. Les soupçons se portent sur la triade des gobelins du B'wa Kell. »

– Ça devient pire par la suite, dit Root d'un air sombre.

Artemis sourit.

– Il peut y avoir pire que ça ?

Le journaliste réapparut. Cette fois, des flammes s'élevaient d'un entrepôt situé derrière lui. Sa banane avait l'air un peu flambée.

« Ce soir, le B'wa Kell a lancé une offensive sur la rive est en mettant le feu à un entrepôt des laboratoires

Koboï. Apparemment, “la fée aux doigts d’or” avait refusé de payer la triade pour assurer sa protection.

L’incendie laissa place à un autre extrait qui montrait une foule en colère.

« Protestations aujourd’hui devant le centre de police après l’échec des FAR dans leur lutte contre les gobelins. De nombreuses entreprises très anciennes ont dû fermer leurs portes en raison du racket exercé par le B’wa Kell. Les laboratoires Koboï ont été particulièrement touchés avec une demi-douzaine de sabotages en l’espace d’un seul mois. »

Foaly fit un arrêt sur image. La foule avait l’air très mécontente.

– Ce que vous devez comprendre, Fowl, c’est que les gobelins sont complètement idiots. Je ne les insulte pas en disant cela. Il s’agit d’un fait qui a été démontré scientifiquement. Leurs cerveaux ne sont pas plus gros que ceux des rats.

Artemis hocha la tête.

– Dans ce cas, qui les a organisés ?

Root mâchonna son cigare.

– Nous ne le savons pas. Mais ça devient de pire en pire. Le B’wa Kell est passé de la petite délinquance à une guerre ouverte contre la police. Hier soir, nous avons intercepté une livraison de piles en provenance de la surface. Ces piles servent à alimenter des Néflask à laser qui sont des armes strictement interdites.

– Et le capitaine Short a pensé que c’était peut-être moi, l’Être de Boue qui se trouvait à l’origine du trafic.

– Qui pourrait me le reprocher ? marmonna Holly.

Artemis resta indifférent au commentaire.

– Comment pouvez-vous être sûrs que les gobelins ne se contentent pas de cambrioler des entrepôts ? Après tout, il est rare que les caisses de piles soient surveillées de près.

Foaly gloussa.

– Je crois que vous ne comprenez pas très bien à quel point les gobelins sont stupides. Je vais vous donner un exemple. L'un des généraux du B'wa Kell, et il s'agit de leur plus haut gradé, a été pris alors qu'il essayait de se faire payer de fausses traites signées de son propre nom. Croyez-moi, quiconque se trouve derrière tout ça a forcément dû établir un contact avec un humain, sinon le trafic n'aurait jamais fonctionné.

– Vous voudriez donc que je découvre qui est cet humain, dit Artemis. Et surtout ce qu'il sait de votre monde ?

Tout en parlant, Artemis réfléchissait très vite. L'occasion lui était offerte de retourner la situation à son avantage. Les pouvoirs du Peuple constitueraient un atout précieux dans sa négociation avec les ravisseurs. Un début de plan commença à germer dans son cerveau.

Root approuva à contrecœur.

– C'est ça. Je ne peux pas prendre le risque d'envoyer un commando des FARfadet en surface. Qui sait quelle technologie les gobelins ont pu se procurer ? Je risquerais de précipiter mes agents dans un piège. Vous deux, en revanche, vous pourriez enquêter en passant inaperçus.

– Butler, passer inaperçu ? répondit Artemis avec un sourire. J'en doute.

– Au moins, lui n'a pas quatre pattes et une queue de cheval, fit remarquer Foaly.

– Vous avez raison. Et il ne fait aucun doute que s'il existe un homme capable de découvrir votre trafiquant, c'est bien Butler. Mais...

« Nous y voilà, songea Holly. Artemis Fowl ne fait rien pour rien. »

– Mais ? répéta Root.

– Mais si vous voulez mon aide, je vais vous demander quelque chose en échange.

– Quoi exactement ? dit Root avec méfiance.

– J'ai besoin d'un moyen de transport pour me rendre en Russie, répondit Artemis. Dans la région du cercle Arctique très précisément. Il me faut aussi de l'aide pour une tentative de sauvetage.

Root se renfrogna.

– Le nord de la Russie, c'est très mauvais pour nous. Nous ne pouvons pas activer nos boucliers, là-bas, à cause des radiations.

– Ce sont mes conditions, dit Artemis. L'homme à qui je veux porter secours est mon propre père. Autant que je puisse le savoir, il est déjà trop tard. Je n'ai donc pas le temps de négocier.

Le jeune Être de Boue paraissait sincère. Même le cœur de Holly Short en fut un instant ému. Mais on ne pouvait jamais savoir avec Artemis Fowl – tout cela n'était peut-être qu'un nouveau stratagème. Root prit alors une décision de chef.

– Marché conclu, dit-il en tendant la main.

Artemis la serra. L'être humain et l'être féerique. Un moment d'histoire.

– Bien, reprit Root. Maintenant, Foaly, réveillez le gros humain et vérifiez si la navette des gobelins fonctionne.

– Et moi ? demanda Holly. Je retourne à mon poste de surveillance ?

Si Root n'avait pas été commandant, il se serait sans doute mis à glousser de joie.

– Oh, non, capitaine. Vous êtes notre meilleur pilote de navette et vous partez pour Paris.

CHAPITRE V

LA FILLE A PAPA

LABORATOIRES KOBOÏ, RIVE EST, HAVEN-VILLE, MONDE SOUTERRAIN

Les laboratoires Koboï étaient taillés dans le roc sur la rive est de Haven-Ville. Hauts de huit étages, ils étaient entourés sur cinq côtés de huit cents mètres de granite et ne possédaient qu'une unique porte d'entrée. La direction de l'entreprise avait renforcé la sécurité, ce qui n'avait rien de surprenant. Le B'wa Kell avait pris les établissements Koboï pour cible en y mettant le feu à plusieurs reprises. Le Grand Conseil était allé jusqu'à accorder à la compagnie des permis spéciaux de détention d'armes. Si Koboï faisait faillite, c'était tout le réseau de défense de Haven-Ville qui s'effondrait en même temps.

Tout gobelin du B'wa Kell qui aurait tenté d'attaquer les laboratoires Koboï se serait retrouvé face à des canons ADN qui analysaient le code génétique de l'intrus avant de le neutraliser. Il n'y avait aucun angle mort dans le bâtiment, nulle part où se cacher. Le système de sécurité était infaillible.

Mais les gobelins n'avaient pas à s'en soucier. En fait, l'installation était conçue pour interdire l'accès aux officiers des FAR qui auraient eu l'idée de venir jeter un coup d'œil à l'intérieur au mauvais moment. Car c'était Opale Koboï en personne qui finançait la triade des gobelins. Les attentats perpétrés contre les établissements Koboï n'avaient en réalité d'autre but que de détourner les soupçons : la fée minuscule était le cerveau qui se cachait derrière le trafic de piles et le redoublement d'activité du B'wa Kell. Ou tout au moins l'un des cerveaux. Mais pourquoi, se demandera-t-on, quelqu'un qui disposait d'une fortune quasiment illimitée avait ainsi éprouvé le besoin de s'associer avec un gang de gobelins ?

Depuis le jour de sa naissance, on n'avait jamais exigé grand-chose d'Opale Koboï. Née dans une famille de fées d'ancienne fortune sur le mont de la Principauté, ses parents auraient été pleinement satisfaits si leur fille s'était contentée de fréquenter une école privée, de passer un vague diplôme d'histoire de l'art et d'épouser un vice-président de bonne tenue.

Son père, Ferall Koboï estimait pour sa part qu'une fille idéale devait être jolie, modérément intelligente et, bien entendu, d'une nature accommodante. Mais Opale n'avait jamais manifesté les traits de caractère qu'aurait souhaités Ferall. A l'âge de dix mois, elle marchait déjà sans aide, à un an et demi, elle avait un vocabulaire de plus de cinq cents mots et avant son deuxième anniversaire, elle avait démonté son premier ordinateur.

En grandissant, Opale se révéla précoce, obstinée et d'une grande beauté. Une combinaison dangereuse. Ferall ne comptait plus les jours où il avait fait asseoir sa fille devant lui pour lui conseiller de laisser les mâles de la famille s'occuper des affaires. Opale avait fini par refuser purement et simplement de le voir. Son hostilité affichée devenait inquiétante.

Ferall avait raison de s'inquiéter. La première initiative d'Opale, lorsqu'elle fut entrée à l'université, consista à abandonner son diplôme d'histoire de l'art pour s'inscrire dans une section d'ingénieurs où les étudiants de sexe masculin étaient largement majoritaires. Dès qu'elle eut obtenu son diplôme, Opale monta une entreprise directement concurrente de celle de son père. Des dépôts de brevets suivirent bientôt. Un tuyau d'échappement qui permettait de diviser par deux la consommation d'énergie des moteurs, un système de jeux à trois dimensions et, bien sûr, sa spécialité, les ailes DoubleDex.

Lorsqu'Opale eut réussi à mener son père au bord de la faillite, elle racheta à bas prix les actions de son entreprise et fusionna les deux compagnies sous le nom de Laboratoires Koboï. En cinq ans, les Laboratoires Koboï décrochèrent la plupart des contrats en matière de défense, éclipsant tous les autres groupes industriels. En dix ans, Opale Koboï avait déposé plus de brevets que n'importe quelle autre fée en activité. A l'exception du centaure Foaly.

Mais ce n'était pas suffisant. Opale était avide de pouvoir, d'un pouvoir absolu, tel qu'aucune fée n'en avait jamais détenu à elle seule depuis l'époque de la monarchie. Par chance, elle connaissait quelqu'un capable de l'aider à réaliser cette ambition. Il s'agissait d'un ancien camarade d'université, un officier des FAR déçu par le tour qu'avait pris sa carrière. Un certain Briar Cudgeon...

Briar avait de bonnes raisons d'en vouloir aux FAR ; ils avaient laissé Julius Root l'humilier publiquement et impunément. Par surcroît, il avait été privé de ses glands de commandant à la suite du rôle désastreux qu'il avait joué dans l'affaire Artemis Fowl...

Opale n'avait eu aucune difficulté à glisser une pilule de sérum de vérité dans le verre de Cudgeon, un soir qu'ils dînaient dans un des restaurants chics de Haven-Ville. A sa grande joie, elle avait alors découvert que Briar, avec son esprit délicieusement tordu, avait déjà établi un plan pour s'emparer de la direction des FAR. Un plan très ingénieux, au demeurant. Tout ce qui lui manquait, c'était un partenaire. Quelqu'un qui disposerait de réserves d'or considérables et d'installations sûres. Opale était ravie de pouvoir lui fournir les deux.

Opale Koboï, blottie comme un chat dans son fauteuil à coussin d'air, était occupée à observer les activités du centre de police lorsque Cudgeon entra dans le bureau. Elle avait installé des caméras-espions dans le réseau de communication des FAR à l'époque où ses ingénieurs avaient été chargés de moderniser leur système. Ses appareils fonctionnaient exactement sur les mêmes fréquences que les propres caméras de surveillance du centre de police et tiraient leur énergie des résidus de chaleur produits par les fibres optiques des FAR. Totalement indétectable.

– Alors ? demanda Cudgeon avec sa brusquerie coutumière.

Koboï ne prit même pas la peine de se retourner. C'était forcément Briar. Lui seul possédait, implantée dans une articulation de la main, la puce indispensable pour pénétrer dans le saint des saints.

– Nous avons perdu notre dernière cargaison de piles. A la suite d'un contrôle de routine. Pas de chance.

– Nom de nom ! s'exclama Cudgeon. Enfin, tant pis. Nous en avons un stock suffisant. Et aux yeux des FAR, il s'agit simplement de piles.

Opale prit une profonde inspiration.

– Les gobelins étaient armés…

– Ne me dis pas ça !

– Avec des Néflask.

Cudgeon frappa du poing la surface d'un bureau.

– Les imbéciles ! Je les avais prévenus qu'il ne fallait pas utiliser ces armes. Maintenant, Julius va se douter que quelque chose se prépare.

– Il le saura peut-être, répondit Opale d'un ton apaisant, mais il n'aura pas le pouvoir de nous arrêter. Lorsqu'ils auront compris de quoi il s'agit, il sera déjà trop tard.

Cudgeon ne sourit pas. Il n'avait d'ailleurs jamais souri depuis plus d'un an.

En revanche, ses sourcils se froncèrent un peu plus qu'à l'ordinaire.

– Bon. Le moment approche pour moi... Peut-être aurions-nous dû fabriquer ces piles nous-mêmes, dit-il d'un air songeur.

– Non. Le simple fait d'installer une usine nous aurait retardés de deux ans et nous ne sommes pas du tout sûrs que Foaly ne l'aurait pas découverte. Nous n'avions pas le choix.

Koboï fit pivoter son fauteuil pour regarder son partenaire en face.

– Tu as une mine horrible. Est-ce que tu as mis cette pommade que je t'ai donnée ?

Cudgeon se caressa précautionneusement la tête. Elle était constellée de répugnants furoncles.

– Ça ne marche pas. Elle contient de la cortisone. J'y suis allergique.

L'affection dont souffrait Cudgeon était inhabituelle, peut-être même unique. L'année précédente, le commandant Root lui avait administré un narcotique pendant le siège du manoir des Fowl. Par malheur, le produit avait mal réagi en se combinant à des excitants interdits que l'ex-lieutenant avait précédemment absorbés. Cudgeon s'était retrouvé avec un front semblable à du goudron fondu et un œil tombant. En une seule journée, il avait été enlaidi et rétrogradé, une combinaison peu enviable.

– Tu devrais faire percer ces furoncles. Je ne supporte plus de te voir comme ça.

De temps à autre, Opale Koboï oubliait à qui elle

parlait. Briar Cudgeon n'était pas un de ces habituels laquais d'entreprise. D'un geste calme, il dégaina un pistolet Cramoizig transformé et tira à deux reprises dans le bras du fauteuil. Le siège tournoya au-dessus des dalles de caoutchouc et s'immobilisa à l'autre bout de la pièce où Opale se retrouva étalée les bras en croix sur une console d'ordinateur.

L'elfe disgracieux prit la fée par son menton pointu.

– Tu ferais bien de t'habituer à me voir, ma chère Opale, dit-il. Parce que bientôt, le visage que tu as devant toi apparaîtra sur tous les écrans du monde, sous terre et même sur terre.

La fée minuscule serra les poings. Elle n'était guère habituée à l'insubordination, encore moins à la violence. Mais en de tels moments, elle lisait la folie dans les yeux de Cudgeon. Les drogues lui avaient coûté plus que ses pouvoirs magiques et son apparence physique, elles lui avaient fait perdre la raison.

Soudain, il redevint lui-même et l'aida galamment à se relever comme si rien ne s'était passé.

– Maintenant, ma chère, faisons le point de la situation. Le B'wa Kell est pressé d'en découdre.

Opale lissa le devant de sa combinaison moulante.

– Le capitaine Short va escorter l'humain, Artemis Fowl, dans le conduit E 37.

– Fowl est là ? s'exclama Cudgeon. Bien sûr ! J'aurais dû me douter qu'ils allaient le soupçonner. C'est parfait ! Notre esclave humain va s'occuper de lui. Carrère est sous influence du mesmer. Je possède encore ce pouvoir-là.

Koboï passa sur ses lèvres un bâton de rouge couleur sang.

– Nous pourrions avoir des ennuis si Carrère se fait prendre.

– Ne t'inquiète pas, la rassura Cudgeon. Monsieur Carrère a été soumis si souvent au mesmer que sa mémoire est plus vide qu'un disque effacé. Il ne pourrait rien raconter, même s'il le voulait. Quand il aura fini de faire la sale besogne pour notre compte, la police française le bouclera dans une jolie petite cellule capitonnée avec une camisole de force à la dernière mode parisienne.

Opale pouffa de rire. Pour quelqu'un qui ne souriait jamais, Cudgeon avait un sens de l'humour absolument exquis.

CHAPITRE VI

PHOTO SOUVENIR

CONDUIT E37, HAVEN-VILLE, MONDE SOUTERRAIN

Les alliés inattendus embarquèrent à bord de la navette des gobelins dans le conduit E37. Holly n'était guère enchantée. D'abord, elle recevait l'ordre de collaborer avec l'ennemi public numéro 1, Artemis Fowl. Ensuite, la navette des gobelins ne tenait que par l'opération du Saint-Esprit. Holly fixa un dispositif de communication sur l'une de ses oreilles pointues.

– Foaly ? Vous m'entendez ?

– Je suis là, capitaine.

– Vous pourriez me rappeler pourquoi je suis obligée de voler dans cette auto tamponneuse ?

Les pilotes des FARfadet appelaient les navettes délabrées des autos tamponneuses à cause de leur tendance inquiétante à heurter les parois des conduits.

– La raison pour laquelle vous devez voler dans une auto tamponneuse, capitaine, c'est que les gobelins ont construit cette navette à l'intérieur du terminal et que les trois rampes d'accès qui existaient auparavant ont été démontées il y a des années. Il faudrait des jours et des jours pour amener un nouvel appareil là-bas. J'ai donc bien peur que nous soyons condamnés à nous servir du vaisseau des gobelins.

Holly s'installa sur le siège du pilote et attacha son harnais. Les leviers de commande des propulseurs semblèrent presque lui sauter dans la main comme de petits animaux familiers. Pendant un instant, le capitaine Short retrouva la bonne humeur qui lui était coutumière. Elle était un as du pilotage, première de sa promotion à l'académie. Dans son dernier commentaire, le lieutenant-colonel Vinyaya avait écrit à son sujet : « Le cadet Short est un si bon pilote qu'elle est capable d'atterrir littéralement sous votre nez. » Le compliment était teinté d'ironie. Lors de son premier vol d'essai aux commandes d'une capsule, Holly avait perdu le contrôle de l'engin qui s'était écrasée à deux mètres du nez de Vinyaya.

Ainsi donc, pendant environ cinq secondes, Holly se sentit heureuse. Puis elle se rappela qui étaient ses passagers.

– Pourriez-vous me dire à quelle distance de Mourmansk se trouve votre terminal russe ? demanda Artemis en prenant place sur le siège du copilote.

– Les civils restent derrière la ligne jaune, grogna Holly, indifférente à la question.

Artemis insista.

– C'est très important pour moi. J'essaie d'établir un plan de sauvetage.

Holly eut un sourire pincé.

– C'est tellement risible que je pourrais écrire un poème. Le kidnappeur cherchant de l'aide pour délivrer la victime d'un kidnapping.

Artemis se massa les tempes.

– Holly, je suis un malfaiteur, je le sais. C'est ce que je fais le mieux. Mais lorsque je vous ai enlevée, je ne pensais qu'à la rançon. A aucun moment je n'ai songé à mettre votre vie en danger.

– Ah, vraiment ? répliqua Holly. Sauf qu'il y a eu la biobombe et le troll.

– Exact, admit Artemis. Parfois un plan qui semble aller de soi sur le papier ne se réalise pas aussi facilement dans les faits.

Il s'interrompit, débarrassant l'un de ses ongles manucurés d'une souillure imaginaire.

– Mais j'ai mûri, capitaine. Cette fois, il s'agit de mon père. J'ai besoin de rassembler le maximum d'informations avant d'affronter la Mafiya.

Holly se laissa attendrir. Il était difficile de grandir sans la présence d'un père. Elle le savait. Son propre père était mort quand elle n'avait encore que soixante ans. Il y avait plus de vingt ans, maintenant.

– D'accord, Bonhomme de Boue. Alors, écoutez-moi bien. Je ne le répéterai pas.

Artemis se redressa. Butler se baissa pour pénétrer dans le cockpit. Il sentait qu'il allait être question d'histoires de guerre.

– Au cours des deux derniers siècles, en raison des progrès technologiques réalisés par les humains, les

FAR ont été contraints de fermer plus de soixante terminaux. Nous nous sommes retirés du nord de la Russie dans les années soixante. La péninsule de Kola tout entière est une poubelle nucléaire. Le Peuple ne supporte pas les radiations, nous n'y avons jamais été habitués. En fait, il n'y avait pas grand-chose à fermer. Un simple terminal de niveau trois et deux projecteurs de camouflage. Nous n'aimons pas beaucoup les régions arctiques. Il fait un peu frais, là-bas, et tout le monde a été très content d'en partir. Donc, pour répondre à votre question : il existe un seul terminal, sans aucun personnel, avec très peu d'installations en surface, situé à une vingtaine de kilomètres au nord de Mourmansk...

La voix de Foaly résonna dans l'écouteur, interrompant une conversation qui se rapprochait dangereusement de la civilité :

– OK, capitaine. Vous avez l'autorisation d'accès au conduit. Il y a encore un peu de remous à la suite de la dernière poussée de magma, alors allez-y doucement.

Holly abaissa le micro devant sa bouche.

– Compris, Foaly. Préparez les combinaisons anti-radiations dès notre retour. Nous n'avons pas beaucoup de temps.

Foaly pouffa de rire.

– Ne poussez pas trop les propulseurs, Holly. C'est le premier voyage d'Artemis dans les conduits, en état conscient tout au moins, puisque Butler et lui étaient sous mesmer quand ils sont arrivés. Il ne faudrait pas lui faire peur…

Holly mit les gaz un peu plus qu'il n'était nécessaire.

– Non, grogna-t-elle, surtout pas.

Artemis jugea préférable de resserrer son harnais. Ce qui devait se révéler une bonne idée.

Le capitaine Short lança la navette de fortune le long du rail magnétique d'approche. Les ailerons trépidèrent en envoyant de chaque côté des vagues d'étincelles qu'on voyait jaillir derrière les hublots. Holly régla les gyroscopes internes pour éviter que les Êtres de Boue ne vomissent dans tout le cockpit.

Les pouces en l'air, elle s'apprêtait à presser les boutons du turbo.

– On va voir un peu ce que cette casserole a dans le ventre.

– N'essayez pas de battre des records, Holly, dit Foaly dans l'écouteur. Ce vaisseau n'est pas conçu pour la vitesse. J'ai déjà vu des nains avec une silhouette plus aérodynamique.

Holly grogna. Voler lentement n'avait aucun sens. Et si au passage on flanquait une frousse bleue à quelques Êtres de Boue, ce n'en était que plus amusant.

Le tunnel de service débouchait sur le conduit principal. Artemis eut un haut-le-corps. Le spectacle était impressionnant. Le puits qui s'ouvrait devant eux était si vaste qu'on aurait pu y jeter le mont Everest sans même qu'il touche les parois. Une lueur d'un rouge foncé palpitait depuis les profondeurs de la terre, tels les feux de l'enfer, et le craquement constant des roches qui se contractaient faisait résonner la coque comme si on l'avait frappée à grands coups.

Holly mit à feu les quatre propulseurs, précipitant la navette dans le vide. Ses inquiétudes s'évaporèrent comme les volutes de brume qui tournoyaient autour du cockpit. C'était un jeu, chez les pilotes. Plus ils descendaient bas avant de sortir du piqué, plus ils étaient considérés comme des cracks. Même la carbonisation de Bom Arbles, un officier des commandos de Récupération, n'avait pas convaincu les pilotes de cesser leurs plongées dans les abîmes. Holly détenait le record actuel. Elle s'était approchée jusqu'à cinq cents mètres du noyau de la terre avant de faire sa ressource. Ce qui lui avait coûté deux semaines de suspension et une lourde amende.

Mais aujourd'hui, pas question de tenter un record avec une auto tamponneuse. Le visage déformé par la force d'accélération, Holly tira le manche à balai pour relever le nez de l'appareil. Elle éprouva une intense satisfaction en entendant les deux humains pousser un soupir de soulagement.

– OK, Foaly, on monte à la verticale. Comment ça se présente, là-haut ?

Elle entendit Foaly pianoter sur un clavier.

– Désolé, Holly, je n'arrive pas à établir la liaison avec notre équipement de surface. Il y a encore trop d'interférences dues à la dernière explosion de magma. Vous devrez vous débrouiller toute seule.

Holly se retourna vers les deux humains au teint pâle.

« Toute seule, songea-t-elle. Si seulement, ça pouvait être vrai ! »

PARIS, FRANCE

Si Artemis n'était pas l'humain qui aidait Cudgeon à armer le B'wa Kell, alors qui était-ce ? Un quelconque dictateur ? Un général mécontent ayant libre accès à des stocks illimités de piles ? Eh bien, non, ce n'était rien de tout cela.

Le responsable des ventes de piles au B'wa Kell était un certain Luc Carrère. On ne s'en serait pas douté en le voyant et lui-même, d'ailleurs, ne s'en doutait pas. Luc était un petit détective minable, bien connu pour son incompétence. Dans le milieu de la police privée, on disait qu'il aurait été incapable de retrouver une balle de golf dans un baril de mozzarella.

Cudgeon avait décidé de se servir de Luc pour trois raisons. Tout d'abord, d'après les dossiers de Foaly, il avait une réputation d'affairiste peu scrupuleux. S'il était incapable de faire un bon détective, Luc, en revanche, n'avait pas son pareil pour se procurer les marchandises qu'on lui demandait. Ensuite, il était cupide et ne résistait jamais à l'attrait d'une belle somme d'argent facilement gagnée. Enfin, Luc était sot. Et comme toute fée qui se respecte le sait bien, plus un esprit est faible, plus il est réceptif au mesmer.

Le fait qu'il eût repéré Carrère en consultant les bases de données de Foaly aurait presque arraché un sourire à Cudgeon. Bien entendu, Briar aurait préféré que sa chaîne ne comporte aucun maillon humain. Mais une chaîne composée uniquement de gobelins n'est qu'un boulet au pied.

Établir un contact avec un Être de Boue n'était pas quelque chose que Cudgeon prenait à la légère. Si fou qu'il fût, Briar était bien conscient de ce qui se passerait si les humains apprenaient l'existence sous terre d'un nouveau marché à exploiter. Ils se précipiteraient aussitôt dans les profondeurs comme une armée de fourmis carnivores.

Et Cudgeon n'était pas prêt à affronter les humains directement. Pas encore. Pas avant d'avoir la puissance des FAR derrière lui.

Aussi s'était-il contenté d'envoyer un petit cadeau à Luc Carrère. Par gobelin express...

Un soir de juillet, en rentrant dans le studio qui lui tenait lieu de bureau, Luc avait trouvé sur sa table un petit colis. Le paquet avait été envoyé par Federal Express. Ou en tout cas, il ressemblait fortement à un paquet envoyé par Federal Express.

Luc déchira l'emballage. Dans une boîte, reposant sur une liasse de billets de cent euros, il découvrit un petit objet plat, semblable à un lecteur de CD portable mais constitué d'un étrange métal noir qui semblait absorber la lumière. Luc aurait certainement appelé la réception de son cabinet pour ordonner à sa secrétaire de ne lui passer aucun appel, si toutefois il avait eu un cabinet, une réception et une secrétaire. Comme ce n'était pas le cas, le détective se contenta de fourrer précipitamment l'argent à l'intérieur de sa chemise constellée de taches graisseuses, comme si les billets avaient menacé de disparaître.

Soudain, l'objet noir s'ouvrit à la manière d'une

praire, révélant un minuscule écran équipé d'un haut-parleur. Un visage caché dans l'ombre apparut sur l'écran. Luc ne vit que deux yeux bordés de rouge, mais ce fut suffisant pour lui donner la chair de poule.

Étrangement, cependant, dès que le visage se mit à parler, l'appréhension de Luc le quitta comme une vieille peau abandonnée par un serpent. Pourquoi s'inquiéter ainsi ? Cet inconnu ne pouvait être qu'un ami. Quelle voix mélodieuse ! Un chœur d'anges à elle toute seule.

– Luc Carrère ?

Luc faillit pleurer. De la pure poésie.

– Oui, c'est moi.

– Bonsoir. Vous avez vu l'argent, Luc ? Il est à vous.

A près de cent kilomètres sous terre, Cudgeon faillit sourire. C'était plus facile que prévu. Il avait craint que le résidu de pouvoir dont disposait encore son cerveau ne fût pas suffisant pour mesmeriser un Être de Boue. Mais cet humain-là semblait avoir autant de volonté qu'un porc affamé face à une mangeoire de pommes de terre.

Luc serra une liasse de billets dans chaque main.

– Cet argent est à moi ? Que dois-je faire ?

– Rien. Il est à vous. Utilisez-le à votre guise.

Luc Carrère savait que l'argent ne tombe pas du ciel, mais cette voix... Cette voix était la vérité même.

– Il y en a d'autre. Beaucoup d'autre.

Luc, qui était en train d'embrasser un billet de cent euros, s'immobilisa.

– D'autre ? Combien ?

Sur l'écran, les yeux semblèrent briller d'un éclat cramoisi.

– Autant que vous en voudrez, Luc. Mais pour l'avoir, il faudra me rendre un service.

Luc avait mordu à l'hameçon.

– Bien sûr. Quel genre de service ?

La voix qui s'élevait du minuscule haut-parleur était claire comme de l'eau de source.

– C'est très simple et même pas illégal. J'ai besoin de piles, Luc. De milliers de piles. Peut-être même de millions. Pensez-vous que vous pourriez m'en procurer ?

Luc réfléchit pendant environ deux secondes. Les billets lui chatouillaient le menton. En fait, il avait un contact dans une compagnie de transport maritime spécialisée dans l'acheminement d'articles de quincaillerie à destination du Moyen-Orient. Parmi ces articles, il y avait des piles et Luc était sûr qu'on pouvait en détourner une partie.

– Des piles ? Oui, certainement, je peux m'en occuper.

Et les choses s'étaient ainsi organisées pendant plusieurs mois. Luc Carrère avait fait appel à son contact pour se procurer toutes les piles qu'il pouvait trouver. Une affaire comme celle-là, c'était du gâteau. Luc se contentait d'entasser les caisses de piles dans son studio et, au matin, elles avaient disparu. A leur place, il y avait de nouvelles liasses de billets. Bien entendu, les euros étaient faux, tirés sur une vieille imprimante de chez Koboï, mais Luc était bien incapable de voir la différence. D'ailleurs, personne en dehors du ministère des Finances n'en aurait été capable.

De temps à autre, la voix qui sortait du minuscule écran demandait quelque chose de particulier. Des combinaisons antifeu, par exemple. Mais Luc était un virtuose, à présent. Il pouvait se procurer n'importe quoi sur un simple coup de fil. En six mois, Luc Carrère passa de son vieux studio à un splendide appartement de Saint-Germain-des-Prés. Donc, tout naturellement, la police française et Interpol établirent chacun de son côté un dossier à charge contre lui. Mais Luc n'en savait rien. Tout ce qu'il savait, c'était que pour la première fois de sa vie d'escroc, il menait grand train.

Un matin, il trouva un autre paquet sur son nouveau bureau recouvert de marbre. Il était plus gros, cette fois. Plus massif. Mais Luc ne s'en inquiéta pas. C'était sans doute de l'argent supplémentaire.

Luc fit sauter le couvercle de la boîte et découvrit un étui en aluminium accompagné d'un deuxième écran. Les yeux l'attendaient.

– Bonjour, Luc, ça va ?

– Bien, répondit Luc, soumis au mesmer dès la première syllabe prononcée.

– J'ai une mission particulière à vous confier aujourd'hui. Si vous la menez à bien, vous n'aurez plus jamais à vous soucier d'argent. L'instrument dont vous aurez besoin se trouve dans l'étui.

– Qu'est-ce que c'est ? demanda le détective avec appréhension.

L'instrument en question ressemblait à une arme et

bien que Luc fût mesmerisé, Cudgeon n'avait pas un pouvoir suffisant pour effacer complètement la nature profonde du Parisien. Or, si le détective ne brillait pas par son sens moral, ce n'était quand même pas un tueur.

– Il s'agit d'un appareil photo un peu spécial, Luc, rien de plus. Si vous appuyez sur le petit levier qui ressemble à une gâchette, il prend une photo, expliqua Cudgeon.

– Ah, dit Luc Carrère, le regard vitreux.

– Des amis à moi vont venir vous rendre visite. Et je voudrais que vous les preniez en photo. C'est un simple jeu.

– Comment vais-je reconnaître vos amis ? demanda Luc. Il y a beaucoup de gens qui viennent me voir.

– Ils vont vous poser des questions à propos des piles. S'ils vous demandent quelque chose à ce sujet, vous les prenez en photo.

– D'accord. Parfait.

Ce ne pouvait être que parfait. Car la voix ne l'aurait jamais incité à commettre une mauvaise action. La voix était son amie.

TERMINAL DE SURFACE E37

Holly amena l'auto tamponneuse jusqu'au dernier tronçon du conduit. Un détecteur d'approche dans le nez de la navette alluma automatiquement les feux d'atterrissage.

– Mmmmh, marmonna Holly.

Artemis regarda à travers le pare-brise en quartz.

– Il y a un problème ?

– Non. Simplement, ces feux n'auraient pas dû s'allumer. Il n'y a plus d'alimentation électrique dans ce terminal depuis le siècle dernier.

– C'est l'œuvre de nos amis les gobelins, j'imagine.

Holly fronça les sourcils.

– J'en doute. Il faut une demi-douzaine de gobelins pour allumer un simple luminocube. Installer l'électricité dans un terminal exige un réel savoir-faire. Un savoir-faire d'elfe.

– Le mystère s'épaissit, remarqua Artemis.

S'il avait eu une barbe, il l'aurait caressée d'un air pensif.

– Je sens un traître là-dessous. Qui, parmi ceux qui ont accès à cette technologie, aurait une raison de la vendre ?

Holly dirigea la navette vers les points d'ancrage.

– Nous le découvrirons bientôt. Amenez-moi un trafiquant en chair et en os et mon mesmer se chargera de le faire passer à table.

Le vaisseau s'immobilisa dans un bruit de succion tandis que l'anneau de caoutchouc de la plateforme se collait à la coque.

Butler, prêt à l'action, avait quitté son siège avant même que le voyant des ceintures de sécurité ne s'éteigne.

– Ne tuez personne, surtout, avertit Holly. Ce n'est pas dans la manière des FAR. Et d'ailleurs, les morts ne dénoncent jamais leurs complices.

Elle fit apparaître un diagramme sur l'écran. C'était un plan du centre de Paris.

– Voilà, dit-elle en montrant un pont de la Seine. Nous sommes ici, sous ce pont, à soixante mètres de Notre-Dame. Le terminal est dissimulé dans un pilier du pont. Restez devant la porte jusqu'à ce que la lumière verte s'allume. Il faut être très prudent. Ce ne serait pas une très bonne idée de vous faire remarquer par un Parisien au moment où vous sortirez du mur.

– Vous ne venez pas avec nous ? demanda Artemis.

– J'ai des ordres, répondit Holly en se renfrognant. Il pourrait s'agir d'un piège. Qui sait quelles armes sont pointées sur la porte du terminal ? L'avantage avec vous, c'est qu'on peut se permettre de vous perdre. Des touristes irlandais en voyage, ça n'a rien d'extraordinaire.

– Quelle chance ! Qu'est-ce que nous avons comme piste ?

Holly glissa un disque dans la console.

– Foaly a appliqué le Rétinoscope au gobelin prisonnier. Apparemment, il a déjà vu cet humain.

Le capitaine afficha un portrait sur l'écran.

– Foaly l'a retrouvé dans ses dossiers d'Interpol. Il s'appelle Luc Carrère. Avocat radié du barreau. Il travaille un peu comme détective privé.

Elle imprima une carte.

– Voici son adresse. Il vient de déménager dans un appartement de luxe. Ça ne mènera peut-être à rien, mais au moins nous avons un point de départ. Je veux que vous le neutralisiez et que vous lui montriez ceci.

Holly donna au garde du corps un objet qui ressemblait à une montre de plongée.

– Qu'est-ce que c'est ? demanda le serviteur.

– Un simple écran de communication. Placez-le devant le visage de Carrère et je pourrai le mesmeriser sans bouger d'ici pour lui faire avouer la vérité. L'appareil contient aussi un des gadgets de Foaly. Un bouclier personnel qu'il a baptisé Sécuriglob. Vous serez sans doute ravi de savoir qu'il s'agit d'un prototype et que c'est vous qui aurez l'honneur de le tester. Il suffit de toucher l'écran et un microréacteur produit aussitôt une sphère de lumière triphasée de deux mètres de diamètre. C'est inefficace contre les objets solides mais ça protège des décharges laser et des armes à rayons d'une manière générale.

– Mmmh, marmonna Butler d'un air sceptique. On est rarement soumis à des décharges laser à la surface de la terre.

– Dans ce cas, ne vous en servez pas, qu'est-ce que vous voulez que ça me fasse ?

Butler examina le minuscule objet.

– Un mètre de rayon ? Et s'il y a des parties du corps qui dépassent ?

D'un geste familier, Holly tapa sur le ventre du serviteur.

– Si vous voulez mon avis, vous feriez bien de vous rouler en boule.

– J'essaierai de m'en souvenir, répondit Butler en attachant le bracelet autour de son poignet. Et faites votre possible pour ne pas vous entretuer, tous les deux, pendant que je serai absent.

Artemis se montra surpris, ce qui ne lui arrivait pas souvent.

– Pendant que vous serez absent ? Vous ne croyez tout de même pas que je vais rester ici ?

Butler se tapota le front.

– Ne vous inquiétez pas, vous verrez tout grâce à la caméra-iris.

Artemis se renfrogna pendant quelques instants puis il se rassit dans le siège du copilote.

– Je sais, dit-il, je ne ferais que vous ralentir et donc, la recherche de mon père s'en trouverait elle aussi ralentie.

– Bien sûr, si vous insistez...

– Non, ce n'est pas le moment de se laisser aller à des enfantillages.

Butler sourit avec douceur. Il était difficile d'accuser maître Artemis de céder aux enfantillages.

– J'ai combien de temps ?

Holly haussa les épaules.

– Autant qu'il vous en faudra. Bien entendu, le plus tôt sera le mieux, pour le bien de tout le monde.

Elle tourna les yeux vers Artemis.

– Principalement pour celui de son père.

En dépit de tout, Butler se sentait bien. Dans l'immédiat, la vie se réduisait à ce qu'elle avait de plus élémentaire : la chasse. Ce n'était pas vraiment l'âge de la pierre – pas avec un pistolet semi-automatique sous l'aisselle –, mais le principe était le même : la survie du plus fort. Et il ne faisait aucun doute dans l'esprit de Butler que le plus fort, c'était lui.

Il suivit les indications de Holly et trouva une échelle de service qu'il grimpa rapidement. Il arriva devant une porte métallique et attendit que la lumière rouge passe au vert. Le panneau camouflé glissa alors silencieusement et le garde du corps sortit avec prudence. Le quai était sans doute désert mais s'il était tombé sur un clochard, il aurait eu du mal à expliquer sa présence, ainsi vêtu d'un costume sombre de grande marque.

Butler sentit une légère brise caresser le sommet de son crâne rasé. L'air matinal lui faisait du bien, après toutes ces heures passées sous terre. Il n'avait aucun mal à imaginer ce que devaient ressentir les fées, chassées par les humains de leur environnement naturel. D'après ce que Butler avait pu voir, si le Peuple décidait un jour de récupérer ce qui lui appartenait, la bataille serait de courte durée. Mais heureusement pour le genre humain, les fées étaient pacifiques et peu disposées à partir en guerre pour des questions de propriété foncière.

La voie était libre. Butler sortit d'un air dégagé et prit la direction de l'ouest, vers Saint-Germain-des-Prés.

Sur sa droite, un bateau-mouche emmenait une centaine de touristes en promenade sur la Seine. D'un geste machinal, Butler se couvrit le visage de sa main massive.

Au cas ou l'appareil photo d'un touriste serait pointé dans sa direction.

Le garde du corps monta un escalier de pierre qui menait au quai, juste au-dessus. Derrière lui, la flèche de Notre-Dame se dressait dans le ciel et à sa gauche, la célèbre silhouette de la tour Eiffel transperçait les nuages. Butler traversa la chaussée d'un pas assuré, adressant un signe de tête aux quelques passantes qui s'arrêtaient pour le regarder. Il connaissait bien ce quartier de Paris où il était venu se reposer pendant un mois après avoir accompli une mission particulièrement dangereuse pour le compte des services secrets français.

Butler marcha jusqu'à la rue Jacob. Même à cette heure, les voitures et les camions encombraient déjà la rue étroite. Des automobilistes penchés à leur portière écrasaient leur klaxon. Le tempérament gaulois se déchaînait. Des mobylettes se faufilaient entre les pare-chocs et de jolies femmes se promenaient sur les trottoirs.

Butler sourit. Paris. Il avait oublié.

L'appartement de Carrère était situé place Saint-Germain-des-Prés, face à l'église. Les appartements du quartier coûtaient plus cher par mois que le salaire annuel de la plupart des Français. Butler s'assit à la terrasse du Bonaparte et commanda un café et des croissants. D'après ses estimations, il aurait ainsi une vue idéale du balcon de M. Carrère.

Butler n'eut pas à attendre longtemps. Moins d'une heure plus tard, la silhouette trapue du Parisien appa-

rut au balcon et s'appuya pendant un long moment contre la balustrade en fer forgé. L'homme eut même l'obligeance de se montrer de face et de profil.

La voix de Holly retentit à l'oreille de Butler :

– C'est lui. Il est seul ?

– Je n'en sais rien, marmonna le garde du corps au creux de sa main.

Le minuscule micro couleur chair collé à sa gorge captait la moindre vibration et la transmettait à Holly.

– Un instant.

Butler entendit un bruit de clavier et soudain, une étincelle traversa la caméra-iris fixée dans son œil. Ce qu'il voyait de cet œil-là changea alors du tout au tout.

– Vision sensible à la chaleur, lui expliqua Holly. Plus c'est rouge, plus c'est chaud, plus c'est bleu, plus c'est froid. Le système n'est pas très puissant mais il devrait vous permettre de voir à travers le mur.

Butler regarda l'appartement d'un œil neuf. Il y avait trois formes rouges dans la pièce. L'une était le cœur de Carrère, dont il percevait le battement écarlate au centre du corps aux teintes roses. La deuxième semblait être une bouilloire ou peut-être une cafetière, la troisième était un téléviseur.

– OK, la voie est libre. J'y vais.

– Affirmatif. Faites attention. Ça paraît un peu trop facile.

– En effet.

Butler traversa la rue pavée en direction de l'immeuble à cinq étages. L'entrée était protégée par un interphone mais la construction datait du XIXe siècle et un solide coup d'épaule appliqué selon un angle dont il avait le secret parvint à faire sauter le pêne de la gâche.

– Je suis dans la place.

Il y avait du bruit dans l'escalier au-dessus de lui. Quelqu'un descendait. Butler ne s'inquiéta pas outre mesure.

Il glissa toutefois une main à l'intérieur de sa veste, ses doigts se refermant sur la crosse du pistolet. Il était peu probable qu'il eût à en faire usage. Même les jeunes gens les plus agités s'écartaient largement sur le passage de Butler. A cause de ce petit quelque chose d'impitoyable dans son regard. Le fait de mesurer plus de deux mètres n'était pas non plus étranger à ce type de réaction.

Un groupe d'adolescents apparut à l'angle du mur.

– Excusez-moi, dit Butler en s'effaçant courtoisement.

Les filles gloussèrent. Les garçons lui lancèrent des regards noirs. L'un d'eux, genre rugbyman au front bas, les sourcils d'un seul tenant, songea même à faire un commentaire. Mais Butler lui adressa un clin d'œil. Un clin d'œil très particulier, à la fois joyeux et terrifiant. Il n'y eut aucun commentaire.

Butler monta au quatrième étage sans autre incident. L'appartement de Carrère était situé au coin de l'immeuble. Avec deux rangées de fenêtres en angle qui donnaient sur la rue. Très cher.

Le garde du corps envisageait de forcer la porte lorsqu'il s'aperçut que celle-ci était déjà ouverte. En général, une porte ouverte peut signifier deux choses : ou bien il n'y a plus personne de vivant pour la fermer, ou bien le visiteur qui se présente était attendu.

Aucune de ces deux éventualités ne lui plaisait beaucoup.

Butler entra avec précaution. Des rangées de caisses étaient alignées le long des murs de l'appartement. On voyait des packs de piles et des combinaisons antifeu dépasser des emballages en polystyrène. Le sol était parsemé d'épaisses liasses de billets.

– Vous êtes un ami ?

C'était Carrère, vautré dans un fauteuil trop grand pour lui, une arme de type indéterminé posée sur les genoux.

Butler s'approcha lentement. Une règle importante dans tout combat, c'est que l'adversaire, quel qu'il soit, doit toujours être pris au sérieux.

– Ne nous énervons pas.

Le Parisien leva son arme. La crosse avait été conçue pour des mains plus petites que les siennes. Des mains d'enfant – ou de fée.

– Je vous ai demandé si vous étiez un ami.

Butler releva le chien de son propre pistolet.

– Inutile de tirer.

– Ne bougez pas, ordonna Carrère. Je n'ai pas l'intention de tirer sur vous, simplement de prendre votre photo. La voix m'a dit de le faire.

Holly parla dans l'écouteur de Butler :

– Rapprochez-vous, il faut que je voie ses yeux.

Le garde du corps remit son arme dans son holster et s'avança d'un pas.

– Vous voyez, inutile d'être violent, dit-il.

– Je vais faire un gros plan, prévint Holly. Ça va peut-être piquer un peu.

La minuscule caméra dissimulée dans l'œil de Butler bourdonna et soudain, sa vision devint quatre fois plus proche – ce qui lui aurait très bien convenu si l'agrandissement ne s'était accompagné d'une douleur aiguë. Butler battit des paupières tandis que des larmes ruisselaient soudain de son œil.

Au-dessous, dans la navette des gobelins, Holly examina l'image agrandie des pupilles de Luc.

– Il a été mesmerisé, déclara-t-elle. A plusieurs reprises. Regardez comme son iris est déformé. Un humain soumis trop souvent au mesmer risque de devenir aveugle.

Artemis observa l'écran.

– Est-ce qu'il peut être à nouveau mesmerisé sans danger ?

Holly haussa les épaules.

– Peu importe. Il est déjà sous l'influence d'un sortilège. Cet individu obéit aux ordres qu'on lui a donnés. Son cerveau ignore totalement ce qui se passe.

Artemis s'empara du micro :

– Butler ! Sortez d'ici tout de suite !

A l'intérieur de l'appartement, Butler ne bougea pas. Tout mouvement brusque aurait pu être son dernier.

– Butler, dit Holly. Écoutez-moi bien. L'arme qui est pointée sur vous est un pistolet de gros calibre à basse fréquence. Ça s'appelle un Ricocheur. Il a été conçu pour les combats de tunnel. Si Carrère presse la détente, un rayon laser en forme d'arc va ricocher sur tous les murs jusqu'à ce qu'il touche quelqu'un.

– Je vois, marmonna Butler.

– Qu'est-ce que vous dites ? demanda Carrère.

– Rien. Simplement, je déteste qu'on me prenne en photo.

La cupidité de Luc Carrère remonta alors à la surface.

– J'aime bien la montre que vous avez au poignet. Elle doit valoir cher. C'est une Rolex ?

– Vous plaisantez ? dit Butler, peu disposé à se séparer de son écran de communication. Elle n'a aucune valeur, c'est de la camelote.

– Donnez-la-moi.

Butler détacha le bracelet de son poignet.

– Si je vous donne cette montre, vous pourrez peut-être me dire pourquoi vous entreposez toutes ces piles dans votre appartement.

– C'est vous ! Souriez ! dit Carrère d'une petite voix aiguë.

Il enfonça son index potelé dans le pontet trop étroit de son arme et pressa la détente de toutes ses forces.

Pour Butler, le temps sembla soudain se dérouler au ralenti, comme un film qu'on passe image par image. Il eut l'impression d'être entré dans une zone de suspension temporelle. Sa mentalité de soldat enregistra les faits et analysa toutes les possibilités d'action. Le doigt de Carrère était déjà allé trop loin. Dans une fraction de seconde, une décharge laser à gros calibre jaillirait du canon et rebondirait tout autour de la pièce jusqu'à ce qu'ils soient morts tous les deux. Son Sig Sauer ne pouvait être d'aucun secours en pareille situation. Tout ce qui lui restait, c'était le Sécuriglob mais une sphère de deux mètres de diamètre ne serait pas assez grande pour contenir deux humains de bonne taille.

Aussi, dans le bref moment dont il disposait, Butler imagina une tout autre stratégie. Si la sphère pouvait arrêter les rayons dirigés sur lui, sans doute pouvait-elle aussi les empêcher de sortir du pistolet. Butler toucha l'écran du Sécuriglob et jeta l'appareil sur Carrère.

Un millième de seconde avant l'instant fatal, un bouclier sphérique se déploya, enveloppant le rayon laser projeté par le pistolet de Carrère : trois cent soixante degrés de protection.

Le spectacle valait le coup d'œil. Un véritable feu d'artifice se déchaîna dans la bulle géante. Le bouclier flottait dans les airs, des traits de lumière ricochant en tous sens sur sa paroi arrondie.

Carrère était littéralement hypnotisé par cette vision et Butler profita de sa distraction pour le désarmer.

– Mettez les moteurs en marche, grogna le garde du corps dans son micro. La police sera ici dans quelques minutes. Le Sécuriglob de Foaly n'a pas étouffé le bruit.

– Compris. Qu'est-ce qu'on fait de Monsieur Carrère ?

Butler lâcha le Parisien qui tomba de tout son long sur le tapis.

– Luc et moi, nous allons avoir une petite conversation.

Pour la première fois, Carrère sembla se rendre compte de ce qui se passait autour de lui.

– Qui êtes-vous ? marmonna-t-il. Qu'est-ce qu'il y a ?

Butler déchira la chemise du détective et posa la main à plat sur son cœur. C'était le moment d'appliquer une méthode que lui avait enseignée Mme Ko, son *sensei* japonais.

– Ne vous inquiétez pas, monsieur Carrère, je suis médecin. Vous avez eu un accident mais vous êtes indemne.

– Un accident ? Je ne me souviens d'aucun accident.

– Conséquence du traumatisme. C'est tout à fait normal. Je dois simplement vérifier que tout va bien.

Butler appuya son pouce sur le cou de Luc, cherchant sa carotide.

– Je vais vous poser quelques questions pour voir si le cerveau n'a pas été touché.

Luc ne discuta pas. Qui aurait eu l'idée de discuter avec un Eurasien de plus de deux mètres de haut doté de muscles semblables à ceux d'une statue de Michel-Ange ?

– Vous vous appelez Luc Carrère ?

– Oui.

Butler enregistra mentalement le rythme de ses pulsations. Au niveau du cœur, puis de la carotide. Le battement était régulier en dépit de toutes ses émotions.

– Vous êtes détective privé ?

– Je préfère le titre d'enquêteur.

Pas d'augmentation du rythme cardiaque. L'homme disait la vérité.

– Avez-vous jamais vendu des piles à un mystérieux acheteur ?

– Non, pas du tout, répliqua Luc. Quel genre de médecin êtes-vous ?

Le pouls de l'homme s'était brusquement accéléré. Il mentait.

– Répondez aux questions, monsieur Carrère, dit Butler avec sévérité. Avez-vous jamais eu affaire à des gobelins ?

Un sentiment de soulagement submergea le détective. La police ne posait pas de questions sur les êtres surnaturels.

– Vous êtes fou ? Des gobelins ? Je ne sais pas de quoi vous parlez.

Butler ferma les yeux, se concentrant sur les pulsations qu'il sentait sous sa paume et sous son pouce. Le rythme cardiaque de Luc s'était calmé. Il disait la vérité. Jamais il n'avait eu à traiter avec des gobelins. Apparemment, le B'wa Kell n'était pas stupide à ce point-là.

Butler se releva et glissa le Ricocheur dans sa poche. Au-dehors, les sirènes de la police approchaient.

– Hé, docteur ! Vous n'allez pas me laisser comme ça ? protesta Carrère.

Butler lui lança un regard glacé.

– Je vous emmènerais bien avec moi mais la police voudra savoir pourquoi votre appartement est plein de billets de banque que je devine faux.

Le détective resta bouche bée tandis que la silhouette géante disparaissait dans le couloir. Il savait qu'il aurait dû prendre la fuite en courant mais Luc Carrère n'avait jamais couru plus de cinquante mètres depuis ses dernières leçons de gym qui remontaient aux années soixante-dix. D'ailleurs, il avait les jambes en coton. La perspective de passer un long séjour en prison peut parfois provoquer ce genre de phénomène.

CHAPITRE VII

VRAIMENT TRÈS SIMPLE

CENTRE DE POLICE

Root pointa sur Holly le doigt de l'autorité.

– Mes félicitations, capitaine. Vous avez réussi à perdre du matériel de haute technologie appartenant aux FAR.

Holly s'était préparée à ce reproche.

– Ce n'est pas entièrement ma faute, commandant. L'humain était mesmerisé et vous m'aviez ordonné de ne pas sortir de la navette. Je n'avais aucun moyen de contrôler la situation.

– Dix sur dix, commenta Foaly. Bonne réponse. De toute façon, le Sécuriglob est programmé pour s'autodétruire, comme tout ce que je destine aux opérations de terrain.

– Silence, le civil, lança sèchement le commandant.

Mais il n'y avait aucune acrimonie dans sa réplique. Il était soulagé que tout le monde soit revenu sain et sauf.

La menace humaine avait été contenue sans qu'aucune perte soit à déplorer.

Ils s'étaient rassemblés dans une salle de conférence réservée à des organisations civiles. En général, les réunions de cette importance se tenaient dans la salle des opérations mais les FAR n'étaient pas encore disposées à montrer à Artemis Fowl le centre nerveux de leur système de défense.

Root appuya sur le bouton d'un interphone posé sur le bureau.

– Baroud, vous êtes là ?

– Oui, mon commandant.

– Bon alors, écoutez-moi bien. Je veux que vous quittiez le centre d'alerte. Envoyez vos équipes dans les tunnels des bas-fonds, voyez si on peut dénicher quelques gangs de gobelins. Il reste beaucoup de points obscurs : d'abord, qui organise le B'wa Kell et pourquoi ?

Artemis savait qu'il aurait eu intérêt à se taire. Plus vite il accomplirait sa part de l'accord conclu, plus vite il serait en Russie. Mais le scénario parisien lui semblait suspect.

– Est-ce que je suis le seul à trouver tout ça un peu trop simple ? Il s'est passé exactement ce que vous souhaitiez. Mais qui nous dit qu'il n'y a pas d'autres humains mesmerisés, là-haut ?

Root n'aimait pas beaucoup qu'un Être de Boue lui donne des leçons et surtout pas celui-là.

– Écoutez, Fowl, dit-il, vous avez fait ce qu'on vous demandait. Le contact avec Paris a été rompu.

Plus aucune marchandise de contrebande ne sera envoyée par ce conduit, je peux vous l'assurer. D'ailleurs, nous avons doublé la sécurité sur tous les puits à pression, opérationnels ou pas. L'important, c'est que ceux qui trafiquaient avec les humains, quels qu'ils soient, ne leur ont pas parlé du Peuple. Bien entendu, il y aura une enquête à grande échelle mais ça, c'est un problème interne. Alors ne vous faites pas de soucis dans votre petite tête juvénile. Attendez d'abord d'avoir du poil au menton.

Foaly intervint avant qu'Artemis ait eu le temps de répondre :

– En ce qui concerne la Russie, dit-il, en s'avançant précipitamment, j'ai une piste.

– Vous avez retrouvé l'origine du e-mail ? demanda Artemis qui reporta aussitôt son attention sur le centaure.

– Exactement, confirma Foaly, de son ton professoral.

– Pourtant, il y avait un virus qui rendait toute identification impossible.

Foaly éclata de rire.

– Impossible ? Ne me faites pas rigoler. Vous autres, les Êtres de Boue, avec votre système de communication archaïque, vous en êtes encore à utiliser des fils électriques ! Croyez-moi, quand on envoie quoi que ce soit de chez vous, je suis capable d'en retrouver l'origine.

– Alors, d'où venait le message ?

– Chaque ordinateur possède sa signature, tout comme les individus ont leurs empreintes digitales, poursuivit Foaly. Même chose pour les réseaux. Ils laissent des microtraces qui dépendent de l'âge des fils de cuivre. Tout fonctionne à l'échelle moléculaire et si vous concentrez des gigaoctets de données dans un tout petit câble, une partie de ce câble va s'user en perdant des particules.

Butler commençait à s'impatienter.

– Écoutez, Foaly, nous n'avons pas beaucoup de temps. C'est la vie de Mister Fowl qui est en jeu. Alors, venez-en à l'essentiel avant que je commence à casser le matériel.

La première impulsion du centaure fut d'éclater de rire. L'humain devait plaisanter ? Puis il se rappela le traitement que Butler avait infligé au commando de Récupération de Baroud Kelp et il jugea préférable d'en venir directement au fait.

– D'accord, d'accord, l'humain. Pas la peine de s'énerver.

Il en vint donc presque directement au fait :

– J'ai analysé la vidéo à travers mes filtres. Des résidus d'uranium désignent le nord de la Russie.

– Ça alors, qui aurait pu s'y attendre ?

– Je n'ai pas terminé, continua Foaly. Regardez, vous comprendrez.

Le centaure afficha une photo satellite du cercle Arctique sur l'écran mural. A chaque fois qu'il pressait une touche, le cadre se resserrait sur la zone recherchée.

– L'uranium signifie Severomorsk. Ou quelque part dans un rayon de quatre-vingts kilomètres. La vidéo a été transmise par des fils de cuivre qui appartiennent à un vieux réseau. Début du XXe siècle, rafistolé au cours des années. La seule ville qui corresponde, c'est Mourmansk. Vraiment très simple.

Artemis se pencha en avant.

– Il y a deux cent quatre-vingt-quatre mille fils téléphoniques dans ce réseau.

Foaly dut s'interrompre pour éclater de rire.

– Des fils de téléphone ! Les barbares !

Butler fit craquer ses jointures avec bruit.

– Donc, deux cent quatre-vingt-quatre mille fils. J'ai écrit un programme spécial pour rechercher des concordances avec les données de la vidéo. J'ai obtenu deux recoupements. Le premier, c'est le palais de justice.

– Peu probable. Et l'autre ?

– L'autre correspond à une ligne téléphonique au nom de Mikhael Vassikin sur la perspective Lénine.

Artemis sentit son estomac se retourner.

– Et que savons-nous de ce Mikhael Vassikin ?

Foaly agita les doigts comme un pianiste de concert.

– J'ai fait une recherche dans mes propres archives. J'aime bien consulter régulièrement les dossiers établis par les services de renseignements des Êtres de Boue. Au fait, j'y ai trouvé pas mal de choses vous concernant, Butler.

Le serviteur s'efforça de paraître innocent mais les muscles de son visage ne parvinrent pas à faire illusion.

– Mikhael Vassikin est un ex-agent du KGB qui travaille maintenant pour la Mafiya. Officiellement, il est ce qu'on appelle un houligany. Un homme de main. Pas d'un très haut niveau mais pas n'importe qui non plus. Le chef de Vassikin est un natif de Mourmansk du nom de Britva. Le kidnapping d'hommes d'affaires européens constitue la source essentielle des revenus du groupe. Au cours des cinq dernières années, ils ont enlevé six Allemands et un Suédois.

– Combien en a-t-on retrouvés vivants ? demanda Artemis dans un murmure.

Foaly consulta ses statistiques.

– Aucun, dit-il. Et dans deux cas, les négociateurs ont eux-mêmes disparu. Huit millions de dollars perdus en rançons inutiles.

Butler se leva avec difficulté d'un minuscule fauteuil conçu pour des fées.

– Bon, assez parlé. Je pense qu'il est temps de présenter Mister Vassikin à mon ami, Mister Poing-dans-la-figure.

« Un peu théâtral, songea Artemis. Mais je n'aurais pas trouvé mieux moi-même. »

– En effet, cher ami, le moment est venu. Mais je ne veux pas vous ajouter à la liste des négociateurs disparus. Ces hommes sont intelligents. Nous devons donc l'être encore davantage. Nous disposons d'atouts dont aucun de nos prédécesseurs ne bénéficiait. Nous connaissons le nom du ravisseur, nous avons son adresse et, plus important encore, nous pouvons compter sur la magie des fées.

Artemis se tourna vers le commandant Root.

– Nous pouvons compter dessus, n'est-ce pas ?

– Vous pouvez compter sur moi, en tout cas, répondit le commandant. Mais bien que je ne veuille forcer personne d'autre à aller en Russie, un peu de renfort ne me serait pas inutile.

Il jeta un coup d'œil à Holly.

– Qu'en pensez-vous ?

– Il est évident que je viens avec vous, dit Holly. Je suis votre meilleur pilote de navette.

LABORATOIRES KOBOÏ

Un stand de tir était aménagé dans les sous-sols des Laboratoires Koboï. Opale l'avait fait construire selon des instructions très précises. Équipé d'un système de projection en trois dimensions, il était complètement insonorisé et monté sur gyroscopes. On aurait pu y laisser tomber un éléphant d'une hauteur de vingt mètres sans qu'aucun sismographe détecte la moindre vibration.

Le stand devait permettre aux membres du B'wa Kell de s'entraîner au maniement des Néflask à laser avant que l'opération prévue ne commence véritablement. Mais c'était Briar Cudgeon qui comptait le plus grand nombre d'heures d'entraînement sur simulateur. Il semblait consacrer chaque minute de temps libre à livrer des combats virtuels contre son ennemi juré, le commandant Julius Root.

Lorsqu'Opale vint le rejoindre, il était en train de décharger son précieux Néflask type Cramoizig sur un hologramme en trois dimensions réalisé à partir d'un vieux film montrant Root à l'entraînement. Le spectacle était pitoyable, mais Opale s'abstint de tout commentaire.

Cudgeon ôta les tampons antibruit de ses oreilles.

– Alors ? Qui est mort ?

Opale lui tendit une vidéo.

– Ça vient d'être filmé par les caméras-espions. Carrère s'est révélé aussi lamentable qu'à l'ordinaire. Tout le monde a survécu mais, comme tu l'avais prévu, Root a suspendu l'alerte. Et maintenant, le commandant a accepté d'accompagner personnellement les humains dans le nord de la Russie, c'est-à-dire à l'intérieur du cercle Arctique.

– Je sais parfaitement où se trouve le nord de la Russie, répliqua sèchement Cudgeon.

Il s'interrompit un moment, caressant d'un air songeur son front bosselé par les furoncles.

– Voilà qui pourrait peut-être tourner à notre avantage. Nous avons à présent une excellente occasion d'éliminer le commandant. Une fois Julius hors course, les FAR seront comme un ver gluant sans tête. Surtout si leur système de communication avec la surface est inutilisable. Il est vraiment inutilisable, j'espère ?

– Évidemment, répondit Opale. Le brouilleur est relié aux capteurs des conduits. Toutes les interférences dans les transmissions avec la surface seront mises sur le compte des poussées de magma.

– Parfait, dit Cudgeon, sa bouche se tordant en une expression qui faisait presque penser à de la joie.

Maintenant, je veux que tu neutralises toutes les armes des FAR. Inutile de laisser le moindre avantage à Julius.

Lorsque les Laboratoires Koboï avaient modernisé le système d'armement et de transport des FAR, un minuscule point de soudure avait été ajouté dans chaque arme. Cette soudure était constituée d'un mélange de mercure et de glycérine prêt à exploser dès qu'un signal émis sur la fréquence appropriée serait déclenché par l'antenne de communication des Laboratoires Koboï. Les armes des FAR deviendraient ainsi totalement inefficaces alors que le B'wa Kell serait armé jusqu'aux dents de Néflask à laser.

– C'est comme si c'était fait, assura Opale. Tu es sûr que Root ne risque pas de revenir ? Il pourrait faire échouer tout notre plan.

Cudgeon astiqua le Cramoizig en le frottant contre la jambe de son uniforme.

– Ne t'inquiète pas, ma chérie. Julius ne reviendra pas. Maintenant que je sais où il va, je vais m'arranger pour lui organiser un petit comité d'accueil. Je suis certain que nos amis à écailles seront ravis de nous rendre ce service.

Le plus drôle, c'était que Briar Cudgeon n'éprouvait pas la moindre sympathie pour les gobelins. En fait, il les détestait cordialement. Ils lui donnaient la chair de poule, avec leurs manières de reptiles, leur haleine qui sentait le gaz de ville, leurs yeux sans paupières et leurs langues fourchues qu'ils dardaient sans cesse.

Mais ils fournissaient quelque chose dont Cudgeon avait besoin : la force brutale, stupide.

Pendant des siècles, la triade du B'wa Kell avait rôdé aux frontières de Haven-Ville, vandalisant ce qu'elle ne pouvait pas voler et dépouillant les touristes assez sots pour s'aventurer hors des sentiers battus. Mais elle n'avait jamais représenté une menace pour la société. Chaque fois que les gobelins se montraient un peu trop hardis, le commandant Root envoyait un commando pour débarrasser les tunnels des fauteurs de trouble.

Un soir, Briar Cudgeon, caché sous un déguisement, s'était aventuré dans un bar mal famé du B'wa Kell qui avait pour nom La Seconde Peau. Après avoir posé sur le comptoir une mallette remplie de lingots d'or, il avait annoncé :

– Je voudrais parler à la triade.

Des videurs du bar fouillèrent Cudgeon, lui mirent un bandeau sur les yeux et l'emmenèrent avec eux. Lorsqu'on lui ôta le bandeau, il se retrouva dans un entrepôt humide aux murs recouverts de mousse. Trois vieux gobelins étaient assis à une table, face à lui. Il les reconnut pour avoir déjà vu leurs photos dans les dossiers de la police. Scalène, Laglaire et Phlébum. La vieille garde de la triade.

L'or qu'il leur avait offert et la promesse de leur en apporter davantage suffisent à éveiller leur curiosité. Ses premières paroles avaient été soigneusement préparées :

– Généraux, dit-il, je suis très honoré que vous ayez bien voulu me recevoir en personne.

Les gobelins bombèrent fièrement leurs vieux torses ridés. « Généraux ? »

La suite du discours de Cudgeon leur parut tout aussi agréable à entendre. Il leur proposait de les « aider » à organiser le B'wa Kell, à le moderniser et, plus important que tout, à l'armer. Ensuite, quand le moment serait venu, les gobelins se soulèveraient et renverseraient le Grand Conseil et ses laquais des FAR. Cudgeon leur promettait que son premier acte de gouverneur général serait de libérer tous les gobelins retenus prisonniers au mont des Soupirs. Pour mieux se faire comprendre, Cudgeon agrémenta subtilement son discours de petites pointes de mesmer aux vertus hypnotiques.

C'était une proposition que les gobelins ne pouvaient pas refuser. De l'or, des armes, la liberté pour leurs frères et, bien entendu, une chance d'écraser les FAR qu'ils haïssaient. Jamais il n'était venu à l'esprit des dirigeants du B'wa Kell que Cudgeon puisse les trahir aussi facilement qu'il avait trahi les FAR. Ils étaient aussi bêtes que des vers gluants et deux fois plus myopes.

Cudgeon retrouva le général Scalène dans une salle secrète située sous les Laboratoires Koboï. Le fait que Carrère n'eût pas réussi à infliger la moindre blessure à aucun de ses ennemis l'avait rendu de très mauvaise humeur. Mais il restait quand même le plan B... Les membres du B'wa Kell étaient toujours enchantés d'avoir quelqu'un à tuer. Peu importait qui.

Le gobelin surexcité était assoiffé de sang. La respiration haletante, il soufflait des flammes bleues comme un vieux chauffage en fin de course.

– Quand partons-nous en guerre, Cudgeon ? Dites-nous quand ?

L'elfe garda ses distances. Il rêvait du jour où ces stupides créatures ne lui seraient plus nécessaires.

– Bientôt, général Scalène. Très bientôt. Mais d'abord, j'ai besoin que vous me rendiez un service. C'est au sujet du commandant Root.

Le gobelin plissa les yeux.

– Root ? Nous le haïssons. Si seulement nous pouvions le tuer ! Lui fracasser le crâne et plonger sa cervelle dans l'huile bouillante.

Cudgeon eut un sourire magnanime.

– Oh mais certainement, général, vous pourrez faire tout cela. Une fois que Root sera mort, la ville tombera sans peine.

Le gobelin sautillait sur place à présent, frétillant d'excitation.

– Où est-il ? Où est Root ?

– Je l'ignore, avoua Cudgeon. Mais je sais où il se trouvera dans six heures.

– Où ? Dites-le-moi, elfe !

Cudgeon souleva une grosse valise qu'il posa sur la table. Elle contenait quatre paires de Koboï DoubleDex.

– Conduit E 93. Prenez ça, envoyez votre meilleure équipe d'intervention et dites-leur de s'habiller chaudement.

CONDUIT E93

Julius Root voyageait toujours dans les meilleures conditions. En l'occurrence, il avait réquisitionné la navette de l'ambassadeur d'Atlantide. Un vaisseau tout de cuir et d'or, avec des sièges plus moelleux qu'un derrière de gobelin et des pare-chocs qui ne laissaient ressentir que les secousses les plus violentes. Inutile de préciser que l'ambassadeur atlante n'avait guère été enchanté de devoir céder la carte à puce qui permettait de faire démarrer la navette.

Mais il était difficile de refuser quoi que ce soit au commandant quand il pianotait d'un air impatient sur la crosse du pistolet à triple canon accroché à sa ceinture. Les deux humains et les elfes qui les escortaient remontèrent ainsi le conduit E 93 dans le plus grand confort.

Artemis se servit un verre d'eau plate dans le bar réfrigéré.

– Elle a un goût particulier, commenta-t-il. Pas désagréable, mais différent.

– Un goût de propreté, c'est le mot que vous cherchez, dit Holly. Vous n'imaginez pas le nombre de filtres par lesquels nous devons la faire passer pour la débarrasser de tout ce que les Êtres de Boue y ont mis.

– Pas d'acrimonie, capitaine Short, avertit Root. Nous sommes dans le même camp, désormais. Je veux que la mission se passe en douceur. Et maintenant, habillez-vous tous. Nous ne survivrons pas cinq minutes à l'air libre sans protection.

Holly ouvrit le compartiment à bagages au-dessus de leurs têtes.

– Fowl, venez ici tout de suite.

Artemis obéit, un sourire intrigué frémissant sur ses lèvres.

Holly sortit plusieurs paquets en forme de cubes.

– Vous faites du six, non ?

Artemis haussa les épaules. Il ne connaissait pas le système de tailles en usage dans le Peuple.

– Quoi ? Artemis Fowl ne sait pas ? Je croyais que vous étiez le plus grand expert mondial en matière de fées. Ce n'est pas vous qui nous avez volé un exemplaire du Livre l'année dernière ?

Artemis déballa le paquet. Il contenait une combinaison en élastomère ultraléger.

– Antiradiations, expliqua Holly. Les cellules de votre corps me remercieront dans cinquante ans, si vous êtes toujours vivant.

Artemis enfila la combinaison par-dessus ses vêtements.

Elle lui colla aussitôt au corps comme une seconde peau.

– Un matériau très ingénieux, commenta-t-il.

– C'est un latex à mémoire. Il épouse exactement votre silhouette, dans la mesure du raisonnable, bien entendu. Malheureusement, on ne peut l'utiliser qu'une seule fois. Quand on l'enlève, il faut le recycler.

Butler s'approcha dans un cliquetis métallique. Il portait tellement d'armes que Foaly l'avait équipé d'une Cordelune. Il s'agissait d'une ceinture qui divisait par cinq le poids terrestre de tout ce qui s'y trouvait attaché.

– Et moi ? demanda le garde du corps en désignant d'un signe de tête les combinaisons antiradiations.

Holly fronça les sourcils.

– Nous n'avons rien de suffisamment grand. Le latex n'est pas extensible à l'infini.

– Laissez tomber. J'ai déjà séjourné en Russie, je n'en suis pas mort.

– Pas encore. Attendez un peu.

Butler haussa les épaules.

– De toute façon, je n'ai pas le choix.

Holly eut un sourire teinté de méchanceté.

– Je n'ai pas dit ça.

Elle fouilla dans le compartiment à bagages et en sortit un gros atomiseur. Pour une mystérieuse raison, Butler sembla beaucoup plus effrayé par ce simple récipient métallique que si on lui avait montré un bunker rempli de missiles.

– Tenez-vous tranquille, dit Holly en dirigeant sur lui un large bec semblable à un pavillon de gramophone. Ça va peut-être empester davantage qu'un nain des cavernes mais au moins, votre peau ne brillera pas dans le noir.

CHAPITRE VIII

SALADES RUSSES

PERSPECTIVE LÉNINE, MOURMANSK

Mikhael Vassikin s'impatientait. Depuis plus de deux ans déjà, il jouait les nounous. A la demande de Britva. En fait, il ne s'agissait pas vraiment d'une demande. Le mot demande implique une certaine liberté de choix dans la réponse. Or, il n'était pas question de discuter avec Britva. Ni même de protester en silence. Le Menidzher, c'est-à-dire le patron, appartenait à la vieille école et tout ce qu'il disait avait force de loi.

Les instructions de Britva étaient simples : « Nourris-le et lave-le pendant encore un an. S'il n'est pas sorti du coma d'ici là, tue-le et jette son corps à la mer. »

Deux semaines avant l'expiration du délai, l'Irlandais s'était soudain redressé dans son lit en hurlant un nom : Angeline. Kamar avait fait un tel bond que la bouteille qu'il était en train de déboucher lui avait échappé des mains. Sous le choc, elle avait volé en éclats, transperçant l'une de ses chaussures de luxe et fendant l'ongle

de son gros orteil. Les ongles repoussent mais les chaussures Ferruci ne sont pas faciles à trouver du côté du cercle Arctique. Mikhael avait dû s'asseoir sur son partenaire pour l'empêcher de tuer l'otage.

A présent, ils jouaient le jeu de l'attente. Le kidnapping était un commerce aux règles bien établies. On commençait pas le message d'avertissement, en l'occurrence l'e-mail. Ensuite, on laissait passer quelques jours pour donner le temps au pigeon de réunir les fonds, puis on lui envoyait une demande de rançon.

Enfermés dans l'appartement de Mikhael, sur la perspective Lénine, ils attendaient un appel de Britva. Ils n'osaient même pas sortir prendre l'air. Il n'y avait d'ailleurs pas grand-chose à voir à l'extérieur. Mourmansk était une de ces villes russes qui semblaient avoir été posées là d'un seul bloc, comme un pâté de sable ou plutôt de béton. Les seuls moments où la perspective Lénine avait un peu de charme, c'était quand elle était enfouie sous la neige.

Kamar sortit de la chambre, une expression incrédule sur son visage aux traits aigus.

– Incroyable ! s'exclama-t-il. Il veut du caviar ! Je lui ai donné un délicieux bouillon de betterave et il veut du caviar, l'ingrat !

Mikhael leva les yeux au ciel.

– Je le préférais quand il était dans le coma.

Kamar approuva d'un signe de tête et cracha dans la cheminée.

– Il dit que les draps sont rêches. Si je ne me retenais pas, il se retrouverait dans un sac au fond de la baie.

Le téléphone sonna, interrompant ces vaines menaces.

– Ça y est, mon vieux, dit Vassikin en donnant à Kamar une tape sur l'épaule. Il se passe enfin quelque chose.

Vassikin décrocha le téléphone.

– Oui ?

– C'est moi, dit une voix que l'antique installation rendait métallique.

– Monsieur Brit...

– Silence, imbécile ! Ne prononce jamais mon nom !

Mikhael déglutit. Le Menidzher ne voulait pas qu'on puisse établir un lien entre ses affaires et lui. Ce qui signifiait aucune trace écrite et l'interdiction de mentionner son nom s'il existait un risque d'être sur écoute. Il avait coutume de donner ses coups de téléphone en se promenant en ville dans sa voiture pour qu'on ne puisse pas repérer l'endroit où il se trouvait.

– Désolé, chef.

– Tu peux l'être, poursuivit le gros bonnet de la Mafiya. Maintenant, écoute-moi en silence. Tu n'as rien à dire.

Vassikin couvrit le combiné de sa main.

– Tout va bien, chuchota-t-il à Kamar en levant le pouce. On fait du bon travail.

– Les Fowl sont des adversaires intelligents, reprit Britva. Je suis certain qu'ils mettent tout en œuvre pour découvrir l'origine de notre e-mail.

– Mais j'ai mis un virus...

– Qu'est-ce que je viens de dire ?

– De vous écouter en silence, monsieur Brit... monsieur.

– Exactement. Alors, envoie la demande de rançon et conduis Fowl au point de chute.

Mikhael pâlit.

– Au point de chute ?

– C'est ça. Au point de chute. Personne ne te cherchera là-bas, je te le garantis.

– Mais...

– J'ai dit en silence ! Un peu de courage, l'ami. C'est l'affaire de deux jours tout au plus. De toute façon, même si tu perdais un an de ta vie, ça ne te tuerait pas.

Vassikin fit tourner les rouages de son cerveau pour essayer de trouver une excuse. Mais aucune idée ne lui vint en tête.

– D'accord, chef. Comme vous voudrez.

– Très bien. Et maintenant, écoute-moi. C'est la grande chance de ta vie. Si tu t'acquittes convenablement de ce travail, tu monteras d'au moins deux échelons dans l'organisation.

Vassikin eut un sourire. Une vie de champagne et de voitures s'entrouvait devant lui.

– Si cet homme est véritablement le père du jeune Fowl, le garçon paiera. Lorsque tu auras l'argent, jette-les tous les deux dans la baie de Kola. Je ne veux pas qu'il y ait de survivant pour se lancer dans une vendetta. Appelle-moi s'il y a des problèmes.

– D'accord, chef.

– Ah, encore une chose.

– Oui ?

– Ne m'appelle surtout pas.

La liaison fut coupée et Vassikin resta là à contempler le combiné comme s'il s'agissait du virus de la peste.

– Alors ? demanda Kamar.

– Nous devons envoyer le second message.

Un large sourire fendit le visage de Kamar.

– Parfait. On arrive enfin au bout.

– Ensuite, il faudra emporter le colis au point de chute.

Le large sourire disparut aussi vite qu'un renard dans son terrier.

– Quoi ? Maintenant ?

– Oui. Maintenant.

Kamar se mit à faire les cent pas dans le minuscule living-room.

– C'est de la folie. De la démence pure et simple. Fowl ne pourra jamais être ici avant au moins deux jours. Je ne vois pas pourquoi nous devrions passer deux jours à respirer ce poison. Qu'est-ce qui lui prend ?

Mikhael lui tendit le téléphone.

– Demande-le-lui. Je suis certain que le Menidzher sera enchanté de se faire traiter de fou.

Kamar se laissa tomber dans le canapé usé jusqu'à la corde et plongea la tête dans ses mains.

– Cette histoire ne finira donc jamais ?

Son partenaire alluma l'antique ordinateur de seize mégaoctets.

– Je n'en sais rien, dit-il en envoyant le message déjà prêt. Tout ce que je sais, c'est ce qui se passera si nous n'obéissons pas à Britva.

Kamar soupira.

– Je crois que je vais aller insulter le prisonnier pendant un petit moment.

– A quoi ça nous avancera ?

– A rien, admit Kamar. Mais je me sentirai mieux.

E 93, TERMINAL ARCTIQUE DES NAVETTES

La station arctique n'avait jamais figuré en bonne place parmi les destinations préférées des touristes. Certes, les icebergs et les ours polaires offraient un spectacle magnifique mais ce n'était pas une raison suffisante pour se remplir les poumons d'air irradié.

Holly amarra la navette sur la seule plate-forme disponible.

Le terminal lui-même ressemblait à un hangar désert. Des tapis roulants immobiles serpentaient sur le sol et on entendait le long des murs des insectes grouiller dans les tuyauteries du chauffage.

Holly distribua des manteaux et des gants de fabrication humaine qu'elle était allée chercher dans une vieille armoire métallique.

– Couvrez-vous, les Êtres de Boue, dit-elle, il fait froid dehors.

Artemis en était déjà convaincu. Les batteries solaires du terminal avaient cessé de fonctionner depuis longtemps et l'étreinte de la glace avait fait craquer les murs comme une coquille dans un casse-noix.

Holly lança un manteau à Butler en gardant ses distances.

– Vous savez quoi, Butler ? Vous empestez ! dit-elle dans un éclat de rire.

Le serviteur grogna.

– Je vous retiens, avec votre gel antiradiations. J'ai l'impression que ma peau a changé de couleur.

– Ne vous inquiétez pas pour ça. Dans cinquante ans, il n'y paraîtra plus.

Butler boutonna jusqu'au cou son manteau de cosaque.

– Je ne vois pas pourquoi vous vous emmitouflez là-dedans. Vous avez vos combinaisons dernier cri.

– Les manteaux servent de camouflage, expliqua Holly en étalant du gel antiradiations sur son visage et son cou. Si nous activions nos boucliers, les vibrations feraient perdre toute efficacité aux combinaisons. Autant nous plonger directement au cœur d'un réacteur nucléaire. Donc, et pour ce soir seulement, nous aurons tous une apparence humaine.

Artemis fronça les sourcils. Si les fées ne pouvaient utiliser leurs boucliers, il serait d'autant plus difficile de secourir son père. Il devrait adapter son plan en conséquence.

– Arrêtez un peu de bavarder, grogna Root, occupé à passer une toque en fourrure d'ours sur ses oreilles pointues. On y va dans cinq minutes. Je veux que tout le monde soit armé et prêt à en découdre. Même vous,

Fowl, si toutefois vos petits poignets arrivent à supporter le poids d'une arme.

Artemis choisit un pistolet de fée dans l'arsenal de la navette.

Il glissa la batterie dans la fente et régla l'arme au niveau trois.

– Ne vous inquiétez pas pour moi, commandant. Je me suis entraîné. Nous avons un assez bel échantillonnage d'armes en provenance des FAR, à la maison.

Le teint de Root fonça d'un ton.

– Il y a une grande différence entre tirer sur une silhouette en carton et sur un être en chair et en os.

Artemis lui adressa son sourire de vampire.

– Si tout se passe selon le plan prévu, nous n'aurons pas besoin d'utiliser nos armes. La première étape est on ne peut plus simple : nous allons surveiller l'appartement de Vassikin. Dès que l'occasion se présentera, Butler s'emparera de notre ami russe avec lequel nous aurons alors une petite conversation. Je suis certain qu'il nous dira tout ce que nous voudrons savoir grâce à votre mesmer. Ensuite, il suffira de neutraliser les gardes et de délivrer mon père.

Root se couvrit la bouche d'un cache-nez de grosse laine.

– Et si tout ne se passe pas selon le plan prévu ?

Artemis eut un regard glacial, déterminé.

– Dans ce cas, commandant, il nous faudra improviser.

Holly sentit passer un frisson au niveau de son ventre. Et ce n'était pas à cause du froid.

Le terminal était caché sous un pack de glace de

vingt mètres. Ils prirent l'ascenseur jusqu'à la surface et émergèrent dans la nuit arctique. On aurait dit un groupe de trois enfants accompagnés d'un adulte. Trois enfants disposant toutefois d'un arsenal de science-fiction qu'on entendait cliqueter dans chaque repli de leurs vêtements.

Holly consulta l'écran du localisateur GPS qu'elle portait au poignet.

– Nous sommes dans le district de Rosta, commandant. A une vingtaine de kilomètres au nord de Mourmansk.

– Est-ce que Foaly peut nous donner des prévisions météo ? Je n'ai pas envie d'être surpris par un blizzard à des kilomètres de notre destination.

– Pas de chance, je n'arrive pas à le joindre. Les poussées de magma n'ont pas dû retomber.

– Nom de... ! s'exclama Root. J'imagine qu'il va falloir y aller à pied. Butler, c'est vous l'expert dans ce domaine, vous avancerez en tête. Capitaine Short, vous fermerez la marche. Si vous voyez un humain qui traîne devant vous, n'hésitez pas à lui botter le derrière.

Holly adressa un clin d'œil à Artemis.

– Pas la peine de me le dire deux fois, commandant.

– Je m'en doute, grogna Root, l'ombre d'un sourire effleurant ses lèvres.

A la lueur du clair de lune, la petite troupe disparate se mit en chemin en direction du sud-est et atteignit la ligne de chemin de fer.

Ils continuèrent en marchant au milieu de la voie ferrée. C'était le seul endroit où ils se trouvaient à l'abri des congères et des trous dans la neige. Leur progression était lente. Le vent du nord s'insinuait par la moindre ouverture de leurs vêtements et attaquait comme des millions d'aiguilles électriques chaque centimètre de peau insuffisamment protégé.

Ils ne parlaient pas beaucoup. L'Arctique avait souvent cet effet-là sur les gens, même sur ceux qui portaient des combinaisons chauffantes.

Ce fut Holly qui brisa le silence. Quelque chose la tracassait depuis un certain temps.

– Racontez-moi un peu, Fowl, dit-elle dans le dos d'Artemis. Votre père. Il vous ressemble ?

Artemis trébucha.

– Voilà une étrange question. Pourquoi me demandez-vous ça ?

– Vous n'êtes pas vous-même un grand ami du Peuple. Qui sait si l'homme que nous allons secourir n'est pas celui qui nous détruira ?

Il y eut un long silence, interrompu seulement par des claquements de dents. Holly vit Artemis baisser la tête, son menton tombant sur sa poitrine.

– Vous n'avez aucune raison de vous inquiéter, capitaine. Mon père, même si certaines de ses entreprises ont pu se révéler d'une légalité douteuse, était... est... un homme d'une grande noblesse. L'idée de faire du mal à une autre créature lui répugnerait.

Holly arracha sa botte à la couche de neige de vingt centimètres d'épaisseur dans laquelle elle était enfoncée.

– Alors, qu'est-ce qui vous est arrivé ?

Le souffle d'Artemis s'envolait par-dessus son épaule comme des pans de glace.

– J'ai... j'ai commis une erreur.

Holly plissa les yeux en fixant la nuque de l'humain. Artemis Fowl était-il véritablement sincère ? Difficile à croire.

Plus surprenant encore, elle ne sut comment réagir. Devait-elle lui tendre la main dans un geste de pardon ou lui botter le derrière en guise de punition ? Elle décida de réserver son jugement pour plus tard.

Ils arrivèrent dans un ravin modelé par le vent qu'on entendait siffler sans cesse. Butler n'aimait pas cela. Son instinct de soldat sonnait l'alarme dans sa tête. Il leva son poing serré.

Root accéléra le pas pour le rejoindre.

– Des ennuis ?

Butler scruta le champ de neige, cherchant des empreintes de pas.

– Peut-être. Bel endroit pour une embuscade.

– Sans doute. Si quelqu'un savait que nous sommes là.

– Quelqu'un pourrait-il le savoir ?

Root eut un petit rire assuré, son souffle s'élevant en nuages devant lui.

– Impossible. Le conduit est complètement isolé et le système de sécurité des FAR est le plus sûr de toute la planète.

Ce fut à cet instant qu'un commando de gobelins s'élança des hauteurs du ravin.

Butler saisit Artemis par le col et le projeta brutalement dans une congère. Son autre main avait déjà sorti son arme.

– Baissez la tête, Artemis. Il est temps pour moi de justifier mon salaire.

S'il n'avait pas été enseveli sous un mètre de neige, Artemis n'aurait pas dissimulé sa mauvaise humeur.

Leurs silhouettes sombres se détachant contre le ciel illuminé d'étoiles, quatre gobelins volaient à bonne distance les uns des autres. Ils s'élevèrent rapidement jusqu'à une hauteur de trois cents mètres sans chercher à se cacher. Ils n'attaquèrent ni ne s'enfuirent, se contentant de tournoyer au-dessus d'eux.

– Des gobelins, grommela Root en épaulant un fusil Tirlong à neutrinos. Bêtes à mourir. Il leur suffisait de nous tirer dessus par surprise.

Butler choisit l'endroit qui lui semblait le meilleur et s'y posta, jambes écartées pour assurer son équilibre.

– Faut-il attendre de voir le blanc de leurs yeux pour ouvrir le feu, commandant ?

– Les yeux de gobelin n'ont pas de blanc, répliqua Root. D'ailleurs, rengainez votre arme. Le capitaine Short et moi, nous allons les assommer. Pas la peine de tuer qui que ce soit.

Butler glissa le Sig Sauer dans son holster, sous l'aisselle. De toute façon, à cette distance, son pistolet était quasiment inutile. Il serait intéressant de voir comment Holly et Root allaient se comporter au combat. Après tout, la vie d'Artemis reposait pour beaucoup entre leurs mains. Sans parler de la sienne.

Butler jeta un regard en biais. Holly et le commandant pressaient la détente de divers engins. Sans aucun résultat. Leurs armes étaient aussi muettes que des souris dans un nid de serpents.

– Je ne comprends pas, marmonna Root. Je les ai pourtant vérifiées moi-même.

Bien entendu, Artemis fut le premier à comprendre ce qui se passait.

Il secoua la tête pour faire tomber la neige de ses cheveux.

– Sabotage, déclara-t-il en jetant à terre son pistolet devenu inutile. Il n'y a pas d'autre explication. Voilà pourquoi le B'wa Kell a besoin de Néflask, c'est parce qu'il a réussi à neutraliser les armes des fées.

Mais le commandant n'écoutait pas, et Butler pas davantage. Ce n'était pas le moment de se livrer à de brillantes déductions : il fallait agir. Leurs silhouettes sombres qui se découpaient nettement dans la lueur pâle de l'Arctique offraient des cibles idéales. Ils en eurent la confirmation lorsque, dans un sifflement aigu, des décharges de rayons laser creusèrent des trous dans la neige tout autour d'eux.

Holly activa l'Optix de son casque pour faire un gros plan sur l'ennemi.

– L'un d'eux semble armé d'un Néflask, commandant. Une arme à canon long, en tout cas.

– Il faut nous mettre à couvert. Vite !

Butler acquiesça.

– Regardez, là-bas, un surplomb.

Le serviteur attrapa à nouveau son protégé par le col,

le soulevant aussi aisément que s'il s'était agi d'un chaton. Ils se frayèrent un chemin dans la neige jusqu'à cet abri de fortune. Un million d'années plus tôt, la glace avait fondu en cet endroit. Elle s'était légèrement affaissée puis avait gelé à nouveau, formant une sorte de repli en surplomb qui s'était maintenu au cours des âges et leur offrait aujourd'hui une chance de salut.

Ils plongèrent au-dessous et se glissèrent en rampant jusqu'à un mur de glace. La voûte gelée était suffisamment épaisse pour arrêter les tirs de n'importe quelle arme conventionnelle.

Butler protégea Artemis de son corps et risqua un coup d'œil vers le ciel.

– Ils sont trop loin. Je n'arrive pas à les voir. Holly ?

Le capitaine Short passa la tête sous le rebord de glace et déclencha son Optix.

– Alors ? Qu'est-ce qu'ils font ?

Holly attendit un instant que les silhouettes se précisent.

– C'est drôle, commenta-t-elle. Ils font feu, mais...

– Mais quoi, capitaine ?

Holly tapota son casque pour s'assurer que les lentilles fonctionnaient bien.

– C'est peut-être un effet de distorsion de mon Optix, commandant, mais ils semblent manquer volontairement leur cible. Ils tirent beaucoup trop haut.

Butler sentit le sang affluer à son cerveau.

– C'est un piège ! rugit-il en tendant le bras derrière lui pour saisir Artemis. Tout le monde dehors ! Tout le monde dehors !

Ce fut à cet instant que les coups de feu répétés des gobelins précipitèrent sur le sol cinquante tonnes de roches, de glace et de neige.

Ils réussirent presque à s'en sortir. Mais bien sûr, ce n'est pas avec des « presque » qu'on gagne un seau de calamars à la roulette des gnomes. Sans la présence d'esprit de Butler, personne n'aurait survécu. Quelque chose s'était produit en lui. Un inexplicable jaillissement de force, semblable à celui qui permet à une mère de soulever le tronc d'arbre tombé sur son enfant. Le serviteur attrapa simultanément Artemis et Holly et les envoya tournoyer devant lui comme s'il avait fait ricocher des cailloux à la surface d'un bassin. Une façon de se déplacer qui manquait de dignité mais qui valait mieux que de se retrouver aplati sous un bloc de glace.

Pour la deuxième fois en très peu de temps, Artemis atterrit la tête la première dans une congère. Derrière lui, Butler et Root se débattaient sous l'éboulement, leurs bottes glissant sur la surface glacée. Le fracas de l'avalanche déchira le silence et le pack de glace se souleva puis se fendit. De gros blocs de roche et de glace se plantèrent dans le sol comme des barreaux, derrière lesquels Butler et Root se trouvèrent pris au piège.

Holly s'était relevée et courait vers le commandant. Mais que pouvait-elle faire ? Retourner sous l'éboulement ?

– Restez où vous êtes, capitaine ! dit Root dans le micro de son casque. C'est un ordre.

– Commandant, dit Holly dans un souffle, vous êtes vivant !

– Plus ou moins, répondit Root. Butler a perdu connaissance et nous sommes coincés sous un bloc de glace qui menace de s'effondrer. Il n'est plus retenu que par les débris de l'avalanche. Si nous essayons de les déblayer pour sortir...

Au moins, ils étaient vivants. Bloqués mais vivants. Un plan, il fallait un plan pour les sortir de là.

Holly se sentait étrangement calme. C'était l'une des qualités qui faisaient d'elle une excellente spécialiste du terrain. Même dans les moments d'extrême tension, le capitaine Short restait capable d'établir un plan d'action. Souvent le seul plan possible. Dans le simulateur de combat, lorsqu'elle avait passé son examen de capitaine, Holly avait réussi à terrasser d'invincibles ennemis virtuels en faisant sauter le projecteur d'hologrammes. Techniquement parlant, elle avait remporté la victoire et le jury avait bien été obligé de lui accorder son diplôme.

Holly parla dans le micro de son casque :

– Commandant, débouclez la Cordelune de Butler et enroulez-la autour de vous deux. Je vais vous arracher de là.

– D'accord, Holly. Vous voulez un piton ?

– Si vous pouvez m'en envoyer un.

– Un instant.

Une flèche-piton jaillit d'entre les barreaux de glace et atterrit à un mètre des pieds de Holly. Elle était attachée à une corde fine.

Holly passa le piton dans le mousqueton de sa ceinture et s'assura qu'il n'y avait pas de nœuds dans la corde.

Pendant ce temps, Artemis s'était extrait de la congère.

– Ce plan est parfaitement ridicule, dit-il en frottant ses manches pour en faire tomber la neige. Vous n'arriverez jamais à tirer leur poids avec une force et une vitesse suffisantes pour briser la glace et leur éviter d'être écrasés.

– Je n'ai pas l'intention de les tirer moi-même, répliqua-t-elle sèchement.

– Alors, qui va le faire ?

Le capitaine Short montra la voie ferrée. Un train vert avançait en serpentant dans leur direction.

– Ça, dit-elle.

Il restait trois gobelins qui s'appelaient respectivement D'Nall, Aymon et Nyle. Trois bleus qui se disputaient le poste de lieutenant devenu récemment vacant. Le lieutenant Poll, en effet, s'était vu contraint de renoncer prématurément à sa carrière lorsque, s'approchant un peu trop de l'avalanche, il avait été écrasé par un bloc de glace transparente de cinq cents kilos.

Les gobelins volaient à trois cents mètres d'altitude, c'est-à-dire hors de portée. Bien entendu, ils n'auraient pas été hors de portée des armes des FAR mais celles-ci étaient hors d'usage pour le moment. Les Laboratoires Koboï y avaient veillé.

– Ça lui a fait un sacré trou, au lieutenant Poll, couina

Aymon. Je voyais au travers. Et je ne veux pas dire par là qu'il mentait mal.

Les gobelins ne manifestaient guère d'affection les uns envers les autres. A en juger par les médisances, les coups de poignard dans le dos et, d'une manière générale, la méchanceté qui se manifestait au sein du B'wa Kell, il valait mieux ne pas essayer de s'y faire des amis.

– Qu'est-ce que vous en pensez ? demanda D'Nall, le plus beau des trois, ce qui était tout relatif. Peut-être que l'un de vous devrait aller jeter un coup d'œil en bas.

Aymon ricana.

– Bien sûr. On descend et on se fait démolir par le gros. Tu nous prends pour des imbéciles ?

– Le gros n'est plus dans le coup. C'est moi qui l'ai démoli. Joli carton.

– Tu plaisantes ? L'avalanche s'est déclenchée quand j'ai tiré dans la glace, objecta Nyle, le plus jeune de la bande. Chaque fois que je tue quelqu'un, tu veux toujours faire croire que c'est toi.

– Toi, tuer quelqu'un ? Tout ce que tu as jamais réussi à tuer, c'est un ver gluant. Et encore, c'était par hasard.

– Tu dis n'importe quoi, ronchonna Nyle. Je l'ai tué exprès, ce ver. Il m'agaçait.

Aymon se glissa entre eux.

– Ça va comme ça, vous deux, arrêtez de vous crêper les écailles. Il suffit de rester ici et de tirer sur les survivants.

– Bon plan, le petit génie, répliqua D'Nall d'un ton railleur. Sauf que ça ne peut pas marcher.

– Et pourquoi ?

D'Nall pointa vers le sol un doigt à l'ongle manucuré.

– Parce qu'ils ont décidé de prendre le train.

Un convoi de quatre wagons avançait vers le nord, traîné par une vieille locomotive diesel. Des rafales de neige tournoyaient comme un maelström dans son sillage.

« Le salut, pensa Holly. Ou peut-être pas. » Pour une raison qu'elle ignorait, la seule vue de la locomotive bringuebalante lui donna des aigreurs d'estomac. Mais ce n'était pas le moment d'être difficile.

– C'est le train chimique de Mayak, dit Artemis.

Holly jeta un coup d'œil par-dessus son épaule. Artemis semblait encore plus pâle qu'à l'ordinaire.

– Le quoi ?

– Les écologistes du monde entier l'appellent la Machine Verte, par ironie. Il transporte des déchets d'uranium et de plutonium à l'usine chimique de Mayak pour les recycler. Il n'y a qu'un seul mécanicien enfermé dans la locomotive. Pas de gardes. Quand il est en pleine charge, ce train est plus radioactif qu'un sous-marin nucléaire.

– Et comment savez-vous tout cela ?

Artemis haussa les épaules.

– J'aime bien me tenir au courant de ce genre de choses. Les radiations atomiques concernent tout le monde.

Holly le sentait à présent. Comme si l'uranium s'était mis à ronger le gel antiradiations qui recouvrait ses joues. Ce train était un véritable poison. Mais il représentait sa seule chance de sauver le commandant.

– De mieux en mieux, marmonna-t-elle.

Le train approchait péniblement à une vitesse d'environ dix kilomètres heure. Holly n'aurait eu aucune difficulté si elle avait été toute seule mais avec deux hommes hors de combat et un Être de Boue quasiment inutile, il lui faudrait réaliser un exploit pour faire monter tout le monde à bord.

Holly leva les yeux vers les gobelins. Ils étaient en vol stationnaire à trois cents mètres d'altitude. Les gobelins n'étaient pas très doués pour l'improvisation. Ils ne s'étaient pas attendus à voir arriver le train et il leur faudrait au moins une minute pour imaginer une nouvelle stratégie. Le gros trou dans le corps de leur camarade les inciterait également à prendre le temps de réfléchir.

Holly sentait les radiations qui émanaient des wagons lui piquer les yeux et chercher la plus minuscule ouverture pour s'insinuer à travers son masque de gel. Ses pouvoirs magiques ne mettraient pas longtemps à s'épuiser. Après, sa vie serait en sursis.

Mais le moment n'était pas venu d'y penser. Sa priorité, c'était le commandant. Il fallait le sortir de là vivant. Si le B'wa Kell se montrait assez hardi pour lancer une opération contre les FAR, il y avait sans aucun doute quelque chose d'important qui se mijotait sous terre. Et dans ce cas, il serait indispensable que Julius Root soit là pour diriger la contre-attaque. Holly se tourna vers Artemis.

– Écoutez-moi, le Gamin de Boue. On va essayer de monter là-dessus. Accrochez-vous à ce que vous trouverez.

Artemis ne put dissimuler un frisson d'inquiétude.

– N'ayez pas peur. Vous pouvez très bien y arriver.

Artemis fut piqué au vif.

– Il fait froid, madame la fée. Et les humains ont coutume de frissonner dans le froid.

– Bravo ! C'est comme ça qu'il faut prendre les choses, répondit le capitaine des FAR.

Elle se mit alors à courir. La corde traînait derrière elle comme le câble d'un harpon. Bien qu'elle eût à peu près le même diamètre qu'une ligne de pêche, elle aurait pu facilement supporter le poids de deux éléphants en train de se battre. Artemis courut derrière Holly aussi vite que le lui permettaient ses mocassins.

Ils longeaient la voie, dans le crissement cadencé de leurs pieds sur la neige. Derrière eux, le train s'approchait, poussant devant lui un tourbillon d'air.

Artemis s'efforçait de ne pas perdre de terrain. Ce n'était pas le genre d'exercice qui lui convenait. Courir, transpirer. Tout cela relevait du combat. Et il n'était pas un soldat. Il était un organisateur. Un cerveau. Il valait mieux laisser le tohu-bohu des champs de bataille à des gens comme Butler. Cette fois, cependant, son serviteur n'était pas là pour se charger des tâches physiques. Et il ne le serait plus jamais s'ils n'arrivaient pas à monter dans ce train.

Le souffle court d'Artemis se condensait devant son visage et brouillait sa vision. Le convoi était arrivé à leur hauteur, à présent, ses roues d'acier projetant dans les airs des gerbes d'étincelles et des cristaux de glace.

– Deuxième wagon, dit Holly d'une voix haletante. Il y a un marchepied. Prenez bien votre élan.

Un marchepied ? Artemis jeta un coup d'œil derrière lui. Le deuxième wagon arrivait vite. Mais le bruit l'affolait. Un bruit terrifiant. Insupportable. Là, sous les portes d'acier. Un rebord étroit. Juste assez grand pour tenir dessus. Et encore.

Holly sauta aisément sur le marchepied et se plaqua contre le wagon. En la voyant, on avait l'impression que c'était facile. D'un simple bond, elle s'était mise à l'abri de ces roues assourdissantes qui broyaient tout sur leur passage.

– Venez, Fowl, cria Holly. Sautez !

Artemis essaya. Il essaya vraiment, mais le bout de son mocassin heurta une traverse et il tomba en avant en faisant de grands moulinets avec les bras. Une mort douloureuse semblait se précipiter à sa rencontre.

– Un vrai manchot ! marmonna Holly en saisissant l'Être de Boue qu'elle aimait le moins par le col de son manteau.

La vitesse acquise souleva Artemis du sol et l'écrasa contre le flanc du convoi à la manière d'un personnage de dessin animé.

La corde d'escalade battait contre le wagon. Dans quelques secondes, Holly serait arrachée du marchepied aussi vite qu'elle était montée dessus. Le capitaine des FAR chercha un point d'attache suffisamment solide pour s'y accrocher. Même si le poids de Root et de Butler était diminué par la Cordelune, la secousse, lorsque la corde se tendrait, serait plus que suffisante pour la projeter à terre. Et dans ce cas, ce serait la fin.

Holly passa un bras autour d'un barreau de l'échelle extérieure du wagon. Elle remarqua des étincelles magiques qui dansaient autour d'une déchirure de sa combinaison pour combattre les dégâts causés par les radiations. Combien de temps ses pouvoirs pourraient-ils durer dans ces conditions ? La nécessité de soins constants absorbait une énergie considérable chez une fée. Il lui faudrait procéder au Rituel pour retrouver ses forces. Et le plus tôt serait le mieux.

Au moment où Holly s'apprêtait à la détacher de sa ceinture pour la fixer à l'un des barreaux, la corde se tendit soudain et lui faucha les jambes. Elle se cramponna au barreau de toutes ses forces, ses ongles s'enfonçant dans la peau de ses mains. A la réflexion, ce plan n'était pas si simple. Le temps sembla s'étirer, avec la même élasticité que la corde, et, pendant un instant, Holly crut que son coude allait se déboîter. Puis la glace qui retenait Root et Butler prisonniers céda enfin et tous deux jaillirent de leur tombeau de glace comme le carreau d'une arbalète.

Quelques instants plus tard, ils se retrouvèrent plaqués contre le flanc du train. Leur poids réduit leur permettait de ne pas retomber, pour l'instant tout au moins. Mais le moment arriverait où l'attraction terrestre, même atténuée, reprendrait ses droits et les entraînerait sous les roues d'acier.

Artemis s'accrocha au barreau, juste à côté de Holly.

– Qu'est-ce que je peux faire ? demanda-t-il.

Elle désigna d'un mouvement de menton une poche sur l'épaule de sa combinaison.

– Là-dedans. Une fiole. Prenez-la.

Artemis souleva le rabat maintenu par une bande Velcro et sortit un petit flacon.

– Je l'ai, dit-il.

– Bien. A vous de jouer, Fowl. Vous montez là-haut.

Artemis resta bouche bée.

– Là... là-haut ?

– C'est notre seul espoir. Il faut ouvrir la porte du wagon pour ramener Butler et le commandant à l'intérieur. Il y a une courbe à deux kilomètres d'ici. Si ce train ralentit ne serait-ce que d'un tour de roue par minute, ils sont fichus.

Artemis hocha la tête.

– Et le flacon ?

– C'est de l'acide. Pour attaquer la serrure. Le mécanisme d'ouverture se trouve à l'intérieur. Couvrez-vous le visage et videz la fiole. Jusqu'à la dernière goutte. Sans en faire couler sur vous.

Compte tenu des circonstances, c'était une longue conversation. Surtout lorsque chaque seconde avait une importance vitale. Artemis n'en perdit pas une de plus à dire au revoir.

Il se hissa à l'échelon supérieur, le corps plaqué contre le wagon. Le vent cinglait le convoi en projetant des particules de glace qui piquaient comme des abeilles. Ses dents claquaient mais il parvint à s'en servir pour enlever ses gants.

Mieux valait souffrir d'engelures que d'être écrasé sous les roues.

Il escalada l'échelle. Barreau par barreau, jusqu'à ce que sa tête arrive à la hauteur du toit. Il était directement exposé, à présent. Le vent lui fouettait le visage en s'insinuant jusque dans sa gorge. Artemis scruta le toit du wagon à travers le blizzard. Là ! Au milieu. Une lucarne. Mais il fallait d'abord traverser ce désert d'acier, poli comme du verre par la force des éléments. Pas la moindre prise sur une distance de cinq mètres. Même s'il avait eu des muscles de rhinocéros, ils ne lui auraient servi à rien, songea-t-il. L'occasion se présentait enfin de faire usage de son cerveau. Tout cela se réduisait à une question d'énergie cinétique et de vitesse acquise. Assez simple, en théorie.

Cramponné à l'avant du wagon, Artemis, centimètre par centimètre, se hissa sur le toit. Le vent serpenta sous ses jambes et les souleva de cinq centimètres, menaçant de l'arracher du train.

Il s'agrippa de toutes ses forces au bord du wagon. Ses doigts n'étaient pas habitués à ce genre d'exercice. Le seul objet auquel il s'était agrippé, ces derniers mois, c'était son téléphone portable. Si on cherchait quelqu'un capable de dactylographier *La Légende des siècles* en moins de vingt minutes, Artemis aurait pu faire l'affaire. Mais s'accrocher au toit d'un wagon en plein blizzard...

C'était peine perdue. Ce qui constituait, fort heureusement, un élément de son plan.

Un millième de seconde avant que ses jointures ne se

disloquent, Artemis lâcha tout. Le flux d'air le propulsa avec violence droit contre le châssis métallique de la lucarne.

Parfait, aurait-il grogné s'il était resté un centimètre cube d'air dans ses poumons. Mais même s'il avait prononcé le mot, le vent l'aurait emporté au loin sans que ses propres oreilles aient pu l'entendre. Il lui restait quelques instants avant que le blizzard se glisse comme une main invisible sous sa poitrine et le précipite dans les steppes glacées, le transformant en chair à canon pour les gobelins.

Artemis sortit tant bien que mal le flacon de sa poche et le déboucha d'un coup de dents. Une gouttelette d'acide s'envola devant ses yeux, mais il n'avait pas le temps de s'en soucier. Il n'avait le temps de rien.

La lucarne était verrouillée à l'aide d'un gros cadenas. Artemis versa deux gouttes d'acide dans le trou de la serrure. Il ne pouvait se permettre d'en utiliser davantage. Il faudrait bien que ce soit suffisant.

L'effet fut immédiat. L'acide rongea le métal comme la lave d'un volcan coulant sur la glace. Technologie de fées. La meilleure du monde. Sous terre en tout cas.

Le cadenas s'ouvrit d'un coup, exposant à la puissance du vent le panneau de la lucarne qui se rabattit violemment en arrière. Artemis fut aspiré par l'ouverture béante et tomba sur une palette chargée de fûts. On avait vu mieux dans le genre vaillant chevalier sans peur et sans reproche.

Le roulis du train le jeta à bas de la cargaison. Il atterrit sur le dos, ce qui lui permit de contempler le triple triangle, symbole de radioactivité, imprimé sur chaque récipient. Au moins, les fûts étaient scellés, bien que la rouille eût commencé à attaquer bon nombre d'entre eux.

Artemis roula sur le plancher du wagon et se redressa sur les genoux, devant la porte coulissante. Le capitaine Short était-elle toujours cramponnée à son échelle ou était-il seul, désormais ? Pour la première fois de sa vie. Véritablement seul.

– Fowl ! Ouvrez cette porte, espèce de tête de fouine enfarinée !

Non, finalement, il n'était pas seul.

Un bras sur le visage pour se protéger, Artemis inonda d'acide féerique le triple verrou du wagon. La serrure d'acier fondit aussitôt, se liquéfiant comme une coulée de mercure. Artemis fit coulisser la porte.

Holly s'agrippait farouchement au wagon, des bouffées de vapeur s'élevant de son visage là où les radiations avaient réussi à traverser le gel.

Artemis la saisit par la taille.

– A trois, d'accord ?

Holly acquiesça d'un signe de tête. Elle n'avait plus la force de parler.

Artemis serra les doigts. « Vous, ce n'est pas le moment de me lâcher », pensa-t-il en s'adressant mentalement à eux.

Si jamais il se sortait de là, il se ferait livrer un lot complet de ces stupides machines de musculation qu'on exhibe sur les chaînes de télé-achat.

– Un.

Du coin de l'œil, Artemis voyait la courbe approcher. Si le train ne ralentissait pas, il déraillerait.

– Deux.

Le capitaine Short était quasiment à bout. Sous la fureur du vent, son corps ondulait comme une manche à air.

– Trois !

Artemis tira de toute la force de ses bras graciles. Holly ferma les yeux et lâcha prise, sans parvenir à croire qu'elle remettait sa vie entre les mains de ce petit Être de Boue.

Artemis avait quelques notions de physique. Il avait choisi son moment en fonction de la courbe, de l'élan et de la vitesse du train. Mais la nature se plaît souvent à jeter dans les plus savantes combinaisons un élément impossible à prévoir. En l'occurrence, cet élément prit la forme d'un léger interstice entre deux rails. Pas assez large pour faire dérailler la locomotive mais suffisant pour provoquer une secousse.

La secousse fit glisser la porte coulissante qui se referma avec la violence d'une lame de guillotine de cinq tonnes. Holly semblait être passée de justesse. Artemis n'en était pas très sûr car elle s'était écrasée contre lui et tous deux avaient été projetés contre la paroi du wagon. D'après ce qu'il pouvait voir, elle était indemne. En tout cas sa tête était toujours accrochée à son cou, ce qui était déjà une bonne chose. Mais elle paraissait avoir perdu connaissance. Le choc, sans doute.

Artemis savait qu'il allait s'évanouir, lui aussi. Il sentait un voile noir obscurcir peu à peu sa vision, comme un virus d'ordinateur. Il glissa sur le côté et atterrit sur la poitrine de Holly.

Ce qui eut des conséquences beaucoup plus graves qu'on n'aurait pu le penser. Holly étant inconsciente, ses pouvoirs magiques agissaient d'eux-mêmes, comme en pilotage automatique. Et la magie, lorsqu'elle n'est pas contrôlée, se répand comme l'électricité. Le visage d'Artemis entra en contact avec la main gauche de la fée, détournant le flot d'étincelles bleues. C'était une très bonne chose pour lui, et très mauvaise pour elle. Artemis l'ignorait, bien sûr, mais Holly avait un besoin vital de la moindre petite étincelle de magie qui restait en elle – car son corps n'était pas arrivé entier à l'intérieur du wagon.

Le commandant Root venait d'actionner le treuil autour duquel s'enroulait sa corde d'alpiniste lorsqu'il reçut dans l'œil un choc inattendu.

Le gobelin qui s'appelait D'Nall sortit un petit miroir rectangulaire d'une poche de sa tunique et vérifia que ses écailles étaient bien lisses.

– Ces ailes de chez Koboï sont extraordinaires. Tu crois qu'on pourra les garder ?

Aymon fronça les sourcils. Ce qui ne se remarquait pas beaucoup. Les gobelins étant des descendants des lézards, la mobilité de leur visage s'en trouve singulièrement limitée.

– Silence, espèce de crétin à sang chaud !

Dire à quelqu'un qu'il avait le sang chaud était une grave insulte au sein du B'wa Kell.

D'Nall s'indigna :

– Attention, l'ami, sinon je t'arrache ta langue fourchue.

– Si on laisse échapper ces elfes, on n'aura plus de langue du tout ! répliqua Aymon.

Il avait raison. Les généraux gobelins ne prenaient jamais l'échec du bon côté.

– Alors, qu'est-ce qu'on fait ? Moi, ma spécialité, c'est d'être le beau gosse de la bande. Peut-être que toi, tu es plus doué pour réfléchir ?

– On n'a qu'à tirer sur le train, intervint Nyle. C'est simple.

D'Nall actionna les commandes de son Doubledex et vint se placer devant le plus jeune du groupe.

– Espèce d'idiot ! lança-t-il en lui administrant une tape sur la tête. Ce train est radioactif, tu ne le sens pas ? Si un nuage de radiations nous arrive dans la figure, le vent n'aura plus qu'à emporter nos cendres.

– Tu as raison, admit Nyle. Finalement, tu n'es pas aussi bête que tu en as l'air.

– Merci.

– Pas de quoi.

Aymon réduisit les gaz pour descendre à cent cinquante mètres. C'était tellement tentant. Il aurait suffi d'un tir bien ajusté pour atteindre l'elfe cramponné au wagon, un autre pour se débarrasser de l'humain sur le toit. Mais il ne pouvait pas prendre ce risque. S'il manquait la cible d'un seul degré, il n'aurait plus jamais l'occasion de déguster des spaghetti aux vers gluants.

– Écoutez-moi, annonça-t-il dans le micro de son casque. Voici mon plan. Avec toutes les radiations que dégage le wagon, il y a de bonnes chances que nos adversaires soient morts dans quelques minutes. On va suivre le train pour vérifier que c'est bien le cas. Ensuite, on revient à la base et on dit aux généraux qu'on a vu les corps.

D'Nall descendit à sa hauteur dans un bourdonnement.

– Et on ira vraiment voir les corps ?

Aymon poussa un grognement.

– Bien sûr que non, imbécile ! Tu veux que tes yeux se ratatinent et tombent de leurs orbites ?

– Humpf.

– Je ne te le fais pas dire. Alors, c'est clair ?

– Comme le cristal, répondit Nyle en dégainant son Néflask Cramoizig.

Il tira dans le dos de ses camarades. Pratiquement à bout portant. Sans leur laisser la moindre chance. A travers le dispositif optique de son casque, il suivit en gros plan la chute de leurs corps sur le sol. Dans quelques minutes, la neige les aurait recouverts. A moins de faire fondre la calotte glaciaire, on ne risquait pas de retrouver leurs cadavres.

Nyle rangea son arme dans son holster et entra les coordonnées du terminal des navettes dans son ordinateur de vol. En examinant attentivement son visage reptilien, on aurait pu y distinguer un sourire. L'armée des gobelins comptait un nouveau lieutenant.

CHAPITRE IX

HAVEN N'EST PLUS UN HAVRE

CABINE DE CONTRÔLE, CENTRE DE POLICE

Foaly, assis devant l'ordinateur central des FAR, attendait les résultats de sa dernière recherche. Un examen par balayage laser de la navette des gobelins avait permis de découvrir une empreinte digitale partielle et une autre complète. L'empreinte complète était la sienne. Ce qui n'avait rien d'étonnant puisque Foaly inspectait personnellement toutes les pièces détachées promises au recyclage. L'empreinte partielle, en revanche, pouvait très bien appartenir au traître. Elle ne suffisait pas à identifier la fée qui avait livré la technologie des FAR au B'wa Kell mais elle permettait au moins de mettre les innocents hors de cause.

Et lorsqu'on recoupait les noms qui restaient avec ceux des personnels qui avaient eu accès aux pièces détachées, la liste diminuait considérablement. Foaly remua sa queue de cheval d'un air satisfait.

Inutile de jouer les faux modestes : il était bel et bien un génie.

En cet instant, l'ordinateur s'appliquait à comparer l'empreinte partielle avec celles qui figuraient dans les dossiers individuels. Foaly ne pouvait rien faire d'autre que se tourner les pouces en attendant que l'équipe de surface entre en contact avec lui. Les poussées de magma étaient encore actives. C'était un phénomène inhabituel. Et une coïncidence.

Le cours de ses pensées, qui devenaient de plus en plus soupçonneuses, fut interrompu par une voix familière :

– Vérification terminée, annonça l'ordinateur, avec les intonations de Foaly lui-même.

Une petite coquetterie du centaure.

– Trois cent quarante-six noms éliminés. Quarante restant.

Quarante. Pas mal. On pourrait les interroger facilement. Une occasion d'utiliser à nouveau le Rétinoscope. Mais il existait une autre façon de resserrer le champ de recherche.

– Ordinateur. Cherche les recoupements possibles avec le personnel disposant d'autorisations de niveau trois.

Le niveau trois incluait toutes les personnes ayant accès aux hauts-fourneaux des usines de recyclage.

– Recherche en cours.

Bien entendu, l'ordinateur n'acceptait d'ordres que des fées dont la voix avait été enregistrée dans sa mémoire. Et comme précaution supplémentaire, Foaly avait codé son journal personnel et d'autres fichiers importants à l'aide d'un langage informatique fondé sur la langue ancienne des centaures : le centaurien.

Les centaures étaient connus pour être un tantinet paranoïaques, et ils avaient de bonnes raisons pour cela, puisqu'ils n'étaient plus qu'une centaine en tout. Les humains avaient également réussi à tuer les licornes, leurs cousines. Il n'y avait sans doute pas plus de six centaures sous terre encore capables de comprendre la langue et un seul qui puisse déchiffrer le dialecte de l'ordinateur.

Le centaurien pouvait être considéré comme la forme d'écriture la plus ancienne. Elle remontait à plus de dix mille ans, l'époque où les humains avaient commencé à faire la chasse aux fées. Le quatrain qui figurait en tête des *Manuscrits de Capalla*, le seul manuscrit centaurien enluminé disait :

Être de féerie, écoute ces paroles
L'homme a vaincu la terre, il en fait son pactole
Si tu veux échapper à sa triste présence
Sous le sol désormais bâtis ta résidence.

Les centaures étaient célèbres pour leurs capacités intellectuelles, pas pour leur talent poétique. Foaly estimait cependant que ces mots gardaient la même valeur aujourd'hui qu'au cours des siècles précédents.

Cudgeon frappa à la vitre de sécurité de la cabine de contrôle. Selon le règlement, il n'aurait pas dû être admis dans le centre d'opérations, mais Foaly déclencha malgré tout l'ouverture de la porte. Il ne résistait jamais au plaisir de lancer quelques piques à l'ex-commandant. Cudgeon avait été rétrogradé au niveau de simple lieutenant à la suite de sa tentative désastreuse de remplacer Root comme grand chef des services de Détection. Sans la considérable influence politique de sa famille, il se serait vu purement et simplement radié des FAR. Tout bien considéré, il aurait peut-être mieux réussi dans une autre profession. Au moins aurait-il échappé aux moqueries incessantes de Foaly.

– J'ai des formulaires électroniques à vous faire parapher, dit le lieutenant en évitant de croiser son regard.

– Pas de problèmes, commandant, répondit le centaure avec un petit rire. Que se passe-t-il sur le front des complots ? Il y a une révolution prévue, cet après-midi ?

– Voudriez-vous simplement signer le formulaire, s'il vous plaît ? reprit Cudgeon en lui tendant un stylo numérique.

Sa main tremblait.

« Étonnant, songea Foaly. Dire que ce résidu d'elfe avait eu autrefois un brillant avenir dans les FAR. »

– Sérieusement, Cudgeon. Vous êtes vraiment le meilleur quand il s'agit de faire signer des formulaires.

Cudgeon plissa les yeux d'un air soupçonneux.

– Merci, monsieur.

Foaly eut un sourire en coin.

– Il n'y a pas de quoi. Et inutile d'avoir la grosse tête.

La main de Cudgeon se porta précipitamment à son front. Un vieux reste de vanité.

– Oh, pardon. C'est un sujet délicat. Désolé.

Une lueur s'alluma dans l'œil de Cudgeon. Une lueur qui aurait dû avertir Foaly. Mais il fut distrait par un « bip » de l'ordinateur.

– Liste complète.

– Excusez-moi un instant, lieutenant. Une affaire importante. Des histoires d'informatique, vous ne comprendriez pas.

Foaly se tourna vers l'écran à plasma. Le lieutenant attendrait sa signature. Il s'agissait sans doute d'un ordre de destruction pour des pièces détachées de navette.

L'étincelle jaillit alors. Un éclair plus aveuglant que le soleil pour un nain. Des pièces détachées de navette. Un travail réservé au personnel autorisé. Quelqu'un qui avait une revanche à prendre. Un filet de sueur coula de chaque côté du front de Foaly. C'était tellement évident.

Il regarda l'écran pour avoir la confirmation de ce qu'il savait déjà. Il n'y avait que deux noms. Le premier, Bom Arbles, pouvait être éliminé tout de suite. Il s'agissait d'un officier des commandos de Récupération qui s'était tué aux commandes de sa capsule en plongeant un peu trop près du centre de la terre. Le deuxième nom scintillait doucement. Lieutenant Briar Cudgeon. Muté au service de Recyclage à l'époque où Holly avait fait rendre l'âme à ce fameux réacteur tribord retrouvé sur la navette des gobelins. Tout concordait.

Foaly savait que s'il n'accusait pas réception du message dans les dix secondes, l'ordinateur prononcerait le nom à haute voix. D'un geste dégagé, il appuya sur la touche d'effacement.

– Vous savez, Briar, dit-il d'une voix rauque, toutes ces blagues sur votre tête, c'est pour rire. Ma façon à moi de compatir. En fait, j'ai une pommade...

Quelque chose de froid et métallique s'enfonça dans la nuque du centaure. Il avait vu suffisamment de films de gansters pour savoir ce que c'était.

– Garde ta pommade, espèce d'âne, dit la voix de Cudgeon à son oreille. J'ai l'impression que toi aussi, tu vas bientôt avoir des problèmes avec ta tête.

TRAIN CHIMIQUE, NORD DE LA RUSSIE

La première chose qu'Artemis ressentit, ce fut un martèlement régulier tout au long de sa colonne vertébrale. « Je suis à la station balnéaire de Blackrock, pensa-t-il, et Irina me masse le dos. Exactement ce dont j'ai besoin, surtout après toutes ces acrobaties sur le train... Le train ! »

De toute évidence, ils se trouvaient toujours à bord du convoi de déchets nucléaires et le martèlement était provoqué par les cahots du wagon sur les joints des rails.

Artemis se força à ouvrir les yeux, s'attendant à éprouver raideurs et douleurs d'une intensité phénoménale.

Mais il s'aperçut au contraire qu'il se sentait très bien. Et même mieux que bien. Dans une forme éblouissante. C'était sûrement l'effet de la magie. Holly avait dû soigner ses diverses coupures et contusions pendant qu'il était inconscient.

Les autres étaient loin de ressentir le même bien-être. Surtout le capitaine Short qui n'avait toujours pas repris connaissance. Root était en train de la recouvrir d'un gros manteau.

– Ah, vous voilà réveillé, vous ? dit-il sans accorder le moindre regard à Artemis. Je me demande bien comment vous pouvez dormir après ce que vous avez fait.

– Ce que j'ai fait ? Mais je vous ai sauvés... Au moins, j'y ai pris ma part.

– Vous avez pris votre part, ça, c'est sûr, Fowl. Vous avez même pris toute la part de magie qui restait en Holly pendant qu'elle était évanouie.

Artemis émit un grognement. C'était sans doute arrivé au moment où ils étaient tombés ensemble. Sa magie avait dû être détournée vers lui.

– Je comprends ce qui s'est passé. C'est un...

Root leva un index menaçant.

– Ne prononcez pas le mot. Le grand Artemis Fowl ne fait jamais rien par accident.

Artemis se redressa sur les genoux, combattant le roulis du train.

– Ça ne doit pas être très grave. Juste l'épuisement, sans doute ?

Soudain, le visage de Root se retrouva à un centimètre

du sien, le teint si rouge qu'il aurait pu produire de la chaleur.

– Pas très grave ! balbutia-t-il, la rage l'empêchant presque de parler. Pas très grave ! Elle a perdu l'index ! Celui avec lequel elle presse la détente de son arme. La porte l'a tranché net. Sa carrière est terminée. Et tout ça à cause de vous. Holly avait tout juste assez de magie en elle pour arrêter l'hémorragie. Ses pouvoirs sont épuisés, à présent. Elle est littéralement vidée.

– Elle a perdu l'index ? répéta Artemis d'une voix sourde.

– Pas vraiment perdu, dit le commandant en exhibant le doigt coupé. Je l'ai reçu dans l'œil au passage.

En effet, son œil commençait à noircir.

– Si nous revenons tout de suite sous terre, vos chirurgiens parviendront sûrement à le greffer ?

Root fit « non » de la tête.

– Si nous pouvions revenir tout de suite. Mais j'ai l'impression que la situation en dessous est très différente de ce qu'elle était lorsque nous sommes partis. Si les gobelins ont envoyé une équipe pour nous tuer, vous pouvez être sûr qu'autre chose de beaucoup plus grave est en train de se produire en bas.

Artemis éprouva un choc. Holly leur avait sauvé la vie à tous les trois et voilà comment il la remerciait. Sans doute n'était-il pas directement responsable mais c'était quand même en essayant de porter secours à son père qu'elle avait été blessée. Il avait une dette envers elle.

– Il y a combien de temps ? demanda-t-il d'un ton brusque.

– Quoi ?

– Il y a combien de temps que c'est arrivé ?

– Je ne sais pas. Une minute peut-être.

– Alors, il n'est pas trop tard.

Le commandant se redressa.

– Pas trop tard pour quoi ?

– On peut encore sauver son doigt.

Root caressa une meurtrissure sur son épaule, souvenir de son trajet le long du convoi.

– Avec quoi ? Il me reste tout juste assez de force pour pratiquer un mesmer.

Artemis ferma les yeux. Il se concentrait.

– Et le Rituel ? Il doit y avoir un moyen de l'accomplir.

Les pouvoirs du Peuple lui venaient de la terre et pour refaire le plein de magie, les êtres féeriques devaient sacrifier au Rituel à intervalles réguliers.

– Comment voulez-vous accomplir le Rituel ici ?

Artemis réfléchit intensément.

L'année précédente, il avait appris par cœur de larges extraits du *Livre des fées* pour préparer l'enlèvement de Holly.

De la terre s'écoule ta puissance,
Sache la prendre avec reconnaissance.
Tu dois cueillir la magie en sa graine
Là où se rencontrent la lune pleine,
Une eau sinueuse, ainsi qu'un très vieux chêne.
Loin de ce lieu replante alors la graine
Pour que soit rendu ailleurs à la terre
Le cadeau offert près de la rivière.

Artemis se précipita soudain sur Holly et se mit à palper sa combinaison.

Le cœur de Root faillit s'arrêter sur-le-champ.

– Au nom du ciel, Être de Boue, qu'est-ce que vous faites ?

Artemis ne leva même pas les yeux vers lui.

– L'année dernière, Holly a réussi à s'échapper parce qu'elle avait un gland caché sur elle.

Par miracle, le commandant parvint à se contrôler.

– Je vous donne cinq secondes pour vous expliquer, Fowl. Parlez vite.

– Un officier comme Holly n'oublierait pas quelque chose d'aussi important. Je suis prêt à parier...

Root soupira.

– C'est une bonne idée, l'humain. Mais les glands doivent avoir été ramassés récemment. L'année dernière, s'il n'y avait pas eu la suspension temporelle, la graine n'aurait servi à rien. Elle ne doit pas avoir plus de deux jours, au maximum. Je sais que Foaly et le capitaine Short ont déposé une proposition conjointe pour qu'on puisse désormais emballer les glands sous vide mais le Grand Conseil a rejeté l'idée. A leurs yeux, il s'agit d'une hérésie.

C'était un long discours pour le commandant. Il n'avait pas l'habitude de se lancer dans des explications. Mais, quelque part en lui, il restait un espoir. Peut-être, peut-être... Après tout, Holly n'avait jamais répugné à transgresser certaines règles.

Artemis fit glisser la fermeture éclair de la combinaison du capitaine Short. Deux objets étaient accrochés à la chaîne en or qu'elle portait au cou. Son exemplaire du Livre, la bible des fées. Artemis savait que l'objet se consumerait aussitôt s'il s'avisait d'y toucher sans la permission de Holly. Et aussi une petite sphère de plexiglas remplie de terre.

– C'est contraire au règlement, dit Root qui ne paraissait pas s'en offusquer outre mesure.

Holly remua, émergeant à demi de son inconscience.

– Hé, commandant, qu'est-ce qui est arrivé à votre œil ? demanda-t-elle.

Artemis ne lui prêta aucune attention. Il brisa la sphère en l'écrasant contre le plancher du wagon. Outre la terre, elle contenait également un petit gland qui roula au creux de sa main.

– Il suffit de l'enterrer, dit-il.

Le commandant hissa Holly sur son épaule. Artemis s'efforça de ne pas regarder l'endroit de la blessure.

– Dans ce cas, il faut descendre de ce train.

Artemis contempla le paysage arctique qui défilait à l'extérieur du wagon. Descendre du train n'était pas aussi facile que le commandant avait l'air de le croire.

Butler se laissa tomber en souplesse de la lucarne par laquelle il avait passé tout ce temps à surveiller les gobelins.

– Content de vous voir aussi agile, commenta Artemis d'un ton sec.

Le serviteur sourit.

– Moi aussi, je suis content de vous revoir, Artemis.

– Alors ? Qu'est-ce que vous avez vu là-haut ? demanda Root, interrompant les retrouvailles.

Butler posa une main sur l'épaule de son jeune maître. Ils auraient le temps de parler plus tard.

– Les gobelins ne sont plus là. C'est étrange. Deux d'entre eux sont descendus à basse altitude pour venir en reconnaissance et le troisième leur a tiré dans le dos.

Root hocha la tête.

– Lutte de pouvoir. Il n'y a pas pire ennemi pour un gobelin qu'un autre gobelin. Mais pour l'instant, nous devons commencer par descendre du train.

– Il y a une autre courbe à environ cinq cents mètres d'ici, dit Butler. C'est notre meilleure chance.

– Comment allons-nous procéder pour mettre pied à terre ? demanda Artemis.

Butler eut un sourire.

– Mettre pied à terre est une expression un peu faible pour ce que j'ai en tête.

Artemis grogna. Apparemment, il lui faudrait recommencer à sauter et à courir.

CABINE DE CONTRÔLE

Le cerveau de Foaly bouillonnait comme des limaces de mer dans une friteuse. Il lui restait encore une chance si Cudgeon n'appuyait pas sur la détente. Un seul coup de feu et tout était terminé. Les centaures ne possédaient pas de pouvoirs magiques. Pas la moindre parcelle. Ils ne disposaient que de leur seul intellect. Et aussi de leur capacité à écraser l'ennemi sous leurs sabots. Mais Foaly avait l'impression que Briar n'allait pas l'abattre tout de suite. Trop occupé à se délecter de la situation.

– Eh bien, Foaly, dit le lieutenant, pourquoi ne vous servez-vous pas de l'interphone ? Histoire de voir ce qui se passerait.

Foaly le devinait très bien.

– Ne vous inquiétez pas, Briar. Je ne ferai pas de mouvement brusque.

Cudgeon éclata de rire. Il semblait sincèrement heureux.

– Briar ? On m'appelle par mon prénom, maintenant ? Vous semblez avoir compris à quel point les choses vont mal pour vous.

En effet, Foaly commençait à le comprendre. De l'autre côté de la vitre teintée, les techniciens des FAR s'affairaient pour essayer de découvrir la taupe, sans se douter du drame qui se déroulait à moins de deux mètres d'eux. Foaly les voyait et les entendait, mais la surveillance n'était possible que d'un seul côté.

Le centaure ne pouvait s'en prendre qu'à lui-même. Il avait exigé que la cabine de contrôle soit construite en respectant scrupuleusement ses exigences paranoïaques. C'était un cube en titane équipé de vitres blindées. Il n'y avait pas un seul fil électrique dans toute la pièce, même pas un câble à fibres optiques, pour le relier au monde extérieur.

Absolument inexpugnable. Sauf quand on avait l'imprudence d'ouvrir la porte à un vieil ennemi pour lui lancer quelques moqueries. Foaly laissa échapper un grognement. Sa mère lui avait toujours dit que son insolence finirait par lui attirer de sérieux ennuis. Mais tout n'était pas perdu. Il avait encore quelques atouts dans sa manche. Un sol à plasma par exemple.

– A quoi ça rime, ce que vous faites là, Cudgeon ? demanda le centaure en soulevant ses sabots au-dessus des dalles. Ne me dites pas que vous voulez devenir le maître du monde.

Cudgeon continua de sourire. C'était son moment de triomphe.

– Pas tout de suite. Pour le moment, je me contenterai du monde souterrain.

– Mais pourquoi tout ça ?

Une lueur de folie dansa dans les yeux de Cudgeon.

– Pourquoi ? Vous avez l'impudence de me demander pourquoi ? J'étais le petit génie du Grand Conseil ! Dans cinquante ans, j'en serais devenu le président ! Là-dessus arrive l'affaire Artemis Fowl. Et en une seule petite journée, toutes mes espérances sont anéanties. Je me retrouve rétrogradé et physiquement dégradé ! Tout cela à cause de vous, Foaly. De vous et de Root ! Alors, la seule façon de me remettre en selle, c'est de vous discréditer tous les deux. On vous rendra responsables des attentats commis par les gobelins et Julius mourra déshonoré. En prime, je serai même débarrassé d'Artemis Fowl. Jamais je n'aurais espéré approcher la perfection d'aussi près.

Foaly ricana.

– Vous croyez vraiment que vous pourrez vaincre les FAR avec une poignée de Néflask ?

– Vaincre les FAR ? Pour quoi faire ? Je suis au

contraire le héros des FAR. Ou plutôt, je le deviendrai. Et vous, vous aurez le rôle du traître.

– C'est ce qu'on va voir, face de babouin, répliqua Foaly en appuyant sur un bouton.

Il venait d'envoyer un signal infrarouge à un récepteur dissimulé dans le sol. Dans cinq dixièmes de seconde, une membrane de plasma secrètement aménagée se mettrait à chauffer. Une demi-seconde plus tard, une décharge de neutrinos se répandrait dans le plasma comme un feu de forêt en envoyant rebondir sur les murs quiconque se trouverait en contact avec le sol. Théoriquement.

Cudgeon pouffa de rire, l'air ravi.

– Ne me dites quand même pas que vos dalles de plasma ne fonctionnent pas.

Foaly parut décontenancé. Momentanément. Il reposa avec précaution ses sabots sur le sol et appuya sur un autre bouton. Celui-ci activa un rayon laser à déclenchement vocal. Le prochain qui parlerait recevrait une puissante décharge. Le centaure retint sa respiration.

– Pas de dalles à plasma, poursuivit Cudgeon, ni de laser à déclenchement vocal. Vous baissez, Foaly. Notez que ça ne me surprend pas. J'ai toujours pensé qu'on finirait par s'apercevoir que vous n'êtes qu'un âne.

Le lieutenant s'installa dans un fauteuil pivotant, les pieds sur la console de l'ordinateur.

– Alors, vous avez compris ce qui se passait ?

Foaly réfléchit. Qui avait pu faire ça ? Qui avait pu le battre à son propre jeu ? Pas Cudgeon, en tout cas. S'il y avait quelqu'un d'ignare en matière de technologie, c'était bien lui. Un vrai technonul ! Non, il n'existait qu'une seule personne capable de déchiffrer le code centaurien et de désactiver les systèmes de sécurité de la cabine de contrôle.

– Opale Koboï, murmura-t-il.

Cudgeon tapota la tête de Foaly.

– Exact. Opale a caché quelques caméras-espions pendant les travaux de modernisation. Dès que vous avez eu l'amabilité de transcrire certains documents devant l'une de ces caméras, il a suffi de décrypter votre code et de modifier un peu la programmation. Le plus drôle, c'est que la note a été payée par le Grand Conseil. Opale a même facturé les caméras-espions. En ce moment précis, le B'wa Kell se prépare à lancer une attaque sur la ville. Les armes et les réseaux de communication des FAR sont hors d'usage et, en plus, c'est vous qui allez passer pour le mauvais cheval, dans cette histoire. Quand on saura que vous n'avez rien trouvé de mieux à faire qu'à vous barricader dans votre cabine de contrôle en plein milieu d'une crise grave, on vous tiendra pour responsable de tout.

– Personne ne croira une chose pareille, protesta Foaly.

– Bien sûr que si, surtout lorsque vous aurez désactivé le système de défense des FAR, y compris les canon ADN.

– Ce que je ne ferai jamais.

Cudgeon fit tourner entre ses doigts une télécommande d'un noir mat.

– J'ai bien peur que vous ne soyez plus en position de décider par vous-même. Opale a démonté votre savante construction et a tout reconnecté à cette petite merveille.

Foaly déglutit avec difficulté.

– Vous voulez dire que...

– Exactement, répondit Cudgeon. Rien ne peut fonctionner si je n'appuie pas sur ce bouton.

Il l'enfonça. Même si Foaly avait eu les réflexes d'un lutin, il n'aurait jamais eu le temps de lever ses quatre sabots avant que le choc du sol à plasma ne l'éjecte violemment du fauteuil pivotant spécialement aménagé pour lui.

CERCLE ARCTIQUE

Butler donna l'ordre de s'attacher tous ensemble à la Cordelune. Flottant légèrement dans le vent qui s'engouffrait à l'intérieur du wagon, le groupe s'approcha de la porte ouverte avec une démarche de crabe ivre.

« Simple question de lois physiques, pensa Artemis. L'attraction terrestre réduite nous évitera d'être précipités contre la glace du sol arctique. » Mais en dépit de ses raisonnements logiques, lorsque Root entraîna tout le monde dans le vide, Artemis ne put s'empêcher de laisser échapper une exclamation de peur. Par la suite, chaque fois qu'il se remémorait cet épisode, il faisait comme si l'exclamation n'avait jamais existé.

Le flux d'air les projeta droit dans une congère.

Butler désactiva la ceinture antipesanteur une seconde avant l'impact, sinon, ils auraient rebondi comme des astronautes sur la lune.

Root fut le premier à se détacher. Il creusa à pleines mains dans la neige jusqu'à ce que ses doigts atteignent la glace compacte qu'elle recouvrait.

– Ça ne sert à rien, dit-il. Je n'arrive pas à la casser.

Il entendit alors un déclic derrière lui.

– Reculez-vous, conseilla Butler en pointant son pistolet.

Root s'exécuta et se protégea les yeux de son bras. Les éclats de glace peuvent vous crever l'œil aussi efficacement que des clous de quinze centimètres. Butler vida un chargeur entier en un seul point, creusant un petit trou à la surface gelée. Des projections de neige fondue achevèrent de les tremper des pieds à la tête.

Avant même que la fumée se fût dissipée, Root examina le trou. Il fit signe à Butler de se dépêcher. Dans quelques secondes, il serait trop tard pour Holly. Le Rituel devait être accompli au plus vite. Passé un certain délai, pratiquer la greffe deviendrait imprudent. Même s'ils en avaient la possibilité technique.

Le commandant écarta les morceaux de glace brisée qui entouraient le trou et un cercle marron apparut bientôt sous la surface blanche.

– Ça y est ! s'écria-t-il. De la terre !

Butler se baissa lentement pour approcher du trou le corps de la fée. Elle avait l'air d'une poupée entre ses mains puissantes. Minuscule et flasque. Root serra les doigts de Holly autour du gland non réglementaire et lui enfonça la main gauche le plus profondément possible dans la terre éclatée. Il prit ensuite à sa ceinture un rouleau de bande adhésive et rattacha grossièrement l'index sectionné.

L'elfe et les deux humains firent cercle autour d'elle et attendirent.

– Ça ne prendra peut-être pas, marmonna Root, inquiet. Ce gland conservé dans une sphère, c'est nouveau. On n'a encore jamais essayé. Foaly et ses bonnes idées ! Enfin, en général, elles marchent. En général.

Artemis lui posa une main sur l'épaule. Il ne savait pas quoi faire d'autre. Réconforter autrui n'était pas une de ses spécialités.

Cinq secondes s'écoulèrent. Dix. Rien.

Puis…

– Regardez ! s'exclama Artemis. Une étincelle !

Une étincelle bleue, unique, dansa paresseusement le long du bras de Holly, en suivant le tracé sinueux de ses veines. Elle traversa sa poitrine, escalada son menton pointu et s'enfonça dans sa chair, juste entre les deux yeux.

– Éloignez-vous un peu, recommanda Root. Un soir, à Tulsa, j'ai été témoin d'une guérison qui a duré deux minutes et a failli détruire tout un terminal de navettes. Je n'ose pas imaginer ce que donnerait une guérison de quatre minutes. A ma connaissance, il n'y en a jamais eu.

Ils reculèrent jusqu'au bord du trou. Juste à temps. D'autres étincelles jaillirent de la terre, se concentrant sur la main de Holly, là où sa blessure exigeait des soins intensifs, et s'enfoncèrent dans l'articulation de son doigt comme des torpilles de plasma. La bande de plastique adhésif fondit peu à peu.

Holly se redressa soudain, agitant les bras comme une marionnette. Ses jambes furent parcourues de spasmes, comme si elle donnait des coups de pied à d'invisibles ennemis. Puis ses cordes vocales vibrèrent, émettant une plainte suraiguë qui fendilla les plaques de glace les plus minces.

– C'est normal ? demanda Artemis dans un murmure, comme s'il avait peur que Holly l'entende.

– Je crois, répondit le commandant. Son cerveau est en train de procéder à une vérification d'ensemble. Il ne s'agit pas seulement de guérir des coupures et des contusions, si vous voyez ce que je veux dire.

De la vapeur s'éleva par tous les pores de la peau de Holly, chassant les traces de radiations. Ses membres se convulsèrent puis elle se laissa retomber dans une mare de neige fondue. Un spectacle impressionnant. L'eau s'évapora, enveloppant le capitaine des FAR d'un nuage de brume. Seule sa main gauche restait visible, ses doigts désespérément indistincts.

Holly cessa enfin de bouger. Sa main se figea puis retomba dans le nuage de brume. La nuit arctique replongea tout à coup dans le silence.

Ils s'approchèrent, se penchant dans le brouillard. Artemis aurait voulu voir ce qui se passait, mais il avait peur de regarder.

Butler prit une profonde inspiration, dispersant de la main les volutes de vapeur. Au-dessous, tout était calme. La silhouette de Holly avait l'immobilité de la tombe.

Artemis jeta un regard à la forme étendue dans le trou glacé.

– Je crois qu'elle s'est réveillée...

Holly l'interrompit en reprenant soudain conscience. Elle se redressa d'un bond, ses cils et ses cheveux auburn constellés de particules de glace. Sa poitrine enfla tandis qu'elle aspirait de grandes bouffées d'air.

Artemis la saisit par les épaules, abandonnant pour une fois son habituelle carapace de froideur.

– Holly, Holly, dites-moi quelque chose. Votre index ? Il va bien ?

Holly agita les doigts puis elle les serra en un poing.

– Je crois, dit-elle.

Et elle frappa Artemis d'un direct entre les deux yeux. Le jeune homme ahuri atterrit dans une congère pour la quatrième fois de la journée.

Holly adressa un clin d'œil à un Butler stupéfait.

– Maintenant, nous sommes quittes, dit-elle.

Le commandant Root n'avait pas beaucoup de souvenirs inoubliables. Mais à l'avenir, lorsque les choses iraient au plus mal, il se rappellerait ce moment avec un rire silencieux.

CABINE DE CONTRÔLE

En se réveillant, Foaly ressentit une douleur, ce qui n'était pas fréquent chez lui. Il aurait même été incapable de se rappeler quand il avait eu mal pour la dernière fois. En quelques occasions, il s'était senti blessé par les commentaires acerbes de Julius mais il préférait tout faire pour éviter les souffrances physiques.

Le centaure était étendu sur le sol de la cabine de contrôle, enchevêtré aux débris de son fauteuil pivotant.

– Cudgeon, grogna-t-il.

Il passa les deux minutes suivantes à vomir un flot d'obscénités impossibles à imprimer.

Lorsqu'il eut fini de déverser sa fureur, il retrouva l'usage de son cerveau et se releva péniblement. Son arrière-train le brûlait. Il y aurait un ou deux trous dans son pelage à cet endroit-là, ce qui n'avait rien de très séduisant chez un centaure. Dans les discothèques, c'était la première chose que regardaient d'éventuelles partenaires. Mais de toute façon, Foaly n'avait jamais été un très bon danseur. Il s'emmêlait les sabots.

La cabine était plus étroitement scellée que le porte-monnaie d'un gnome, comme disait le proverbe. Foaly tapa son code de sortie : « Foaly. Portes. »

L'ordinateur resta silencieux.

Il essaya la reconnaissance vocale.

– Foaly. Contrôle cent vingt et un. Portes.

Pas le moindre son. Il était pris au piège. Prisonnier de ses propres systèmes de sécurité. Même les vitres étaient programmées pour devenir opaques, lui interdisant de voir ce qui se passait dans la salle des opérations. Il était enfermé, de l'intérieur comme de l'extérieur. Plus rien ne fonctionnait.

Ou plutôt, non. Tout fonctionnait parfaitement mais ses précieux ordinateurs ne lui répondaient plus.

Et Foaly était bien placé pour savoir qu'on ne pouvait pas sortir de la cabine sans avoir accès à l'unité centrale.

Il arracha de sa tête son chapeau d'aluminium et le chiffonna en boule.

– Tu m'as bien servi, toi ! dit-il en le jetant dans un recycleur de déchets.

Le recycleur allait analyser la composition chimique de l'objet et l'envoyer dans le conteneur approprié.

A cet instant, un écran à plasma s'alluma sur le mur. Le visage en gros plan d'Opale Koboï apparut, affichant le plus large sourire que le centaure eût jamais contemplé.

– Bonjour, Foaly. Ça fait longtemps qu'on ne s'est pas vus.

Foaly lui rendit son sourire, en beaucoup moins large.

– Opale. Quelle joie de t'entendre ! Comment vont tes parents ?

Tout le monde savait qu'Opale avait poussé son père à la faillite. C'était une véritable légende dans le monde de l'entreprise.

– Très bien, merci. La villa des Cumulus est un ravissant hospice.

Foaly voulut jouer la carte de la sincérité. Il ne s'en servait pas souvent mais il décida de tenter le coup.

– Opale, pense à ce que tu es en train de faire. Cudgeon est fou, tu le sais bien. Une fois qu'il aura obtenu ce qu'il veut, il se débarrassera de toi en un clin d'œil !

La fée lutine agita une main aux ongles parfaitement manucurés.

– Non, Foaly, tu te trompes. Briar a besoin de moi. Vraiment besoin. Il ne serait rien sans moi et sans mon or.

Le centaure regarda Opale droit dans les yeux. De toute évidence, elle était convaincue de ce qu'elle disait. Comment quelqu'un d'aussi brillamment intelligent pouvait-il se faire de telles illusions ?

– Je sais ce qu'il y a derrière tout ça, Opale.

– Ah bon ?

– Oui. Tu m'en veux toujours parce que c'est moi qui ai gagné la médaille de la science quand nous étions ensemble à l'université.

Pendant un instant, Koboï perdit contenance et les traits de son visage semblèrent moins parfaits.

– Cette médaille me revenait, espèce de stupide centaure. L'aile que j'avais conçue était de très loin supérieure à ta ridicule caméra-iris. Tu as gagné parce que tu étais un garçon. C'est la seule raison.

Foaly eut un sourire. Même dans une situation aussi défavorable, il ne perdait pas sa capacité d'être la créature la plus exaspérante qu'on ait jamais vue sous terre.

– Au fait, qu'est-ce que tu veux, Opale ? Tu ne m'as quand même pas appelé pour parler de notre passé d'étudiants ?

Opale but une longue gorgée dans un verre de cristal.

– Je voulais simplement te dire que je te surveille, Foaly, alors ne tente rien. Je voudrais aussi te montrer ce qui se passe en ville sous l'objectif des caméras de sécurité. Je te signale que c'est du direct et que Briar se trouve actuellement avec le Grand Conseil à qui il explique que tout est de ta faute. Amuse-toi bien.

Le visage d'Opale disparut pour laisser place à une vue générale du centre de Haven-Ville, le quartier touristique situé devant le restaurant Patatas des grands magasins Pelle-Mêle. En général, l'endroit était bondé de couples atlantes qui se prenaient en photo près de la fontaine. Mais aujourd'hui, il n'y avait plus qu'un champ de bataille. Le B'wa Kell avait lancé l'assaut contre les FAR et la bataille était manifestement inégale. Les gobelins tiraient avec leurs Néflask, mais les policiers ne ripostaient pas. Complètement impuissants, ils se contentaient de se cacher derrière le premier abri venu.

Foaly en resta bouche bée. C'était un désastre. Et un désastre dont on lui attribuerait la responsabilité. Or, le principe du bouc émissaire, c'est qu'on ne le laisse jamais vivre assez longtemps pour qu'il puisse protester de son innocence. Il devait absolument envoyer un message à Holly, et vite, sinon ils finiraient tous au cimetière des fées.

CHAPITRE X

BAROUD ET BAGARRES

CENTRE DE HAVEN-VILLE

Le restaurant Patatas n'était pas l'endroit où on rêvait d'aller faire bombance. Les frites y étaient grasses, la viande d'origine mystérieuse et les milk-shakes pleins de grumeaux coriaces. Pourtant, le Patatas ne désemplissait pas, surtout pendant le solstice.

En cet instant précis, le capitaine Baroud Kelp aurait presque préféré se trouver à l'intérieur du fast-food, en train de s'étouffer avec un hamburger caoutchouteux, plutôt que dehors à essayer d'éviter les tirs de rayons laser. Presque.

En l'absence de Root, le commandement des troupes revenait au capitaine Kelp. En temps normal, il aurait été enchanté d'assumer cette responsabilité. Mais en temps normal, il aurait disposé d'armes et de moyens de transport. Heureusement, ils avaient encore un réseau de communication.

Baroud et sa patrouille étaient occupés à débusquer le B'wa Kell des quartiers où il sévissait lorsqu'ils étaient tombés dans une embuscade tendue par la triade reptilienne. Les gobelins avaient pris position sur les toits, soumettant la patrouille des FAR à un redoutable tir croisé de rayons laser et de boules de feu. Une tactique trop complexe pour avoir été imaginée par des membres du B'wa Kell. Le gobelin moyen estimait que cracher et se gratter simultanément relevait de l'exploit. Il leur fallait toujours quelqu'un pour leur dire ce qu'ils devaient faire.

Baroud et l'un de ses jeunes caporaux s'étaient abrités derrière une cabine de photos d'identité tandis que les autres membres de sa patrouille avaient trouvé refuge à l'intérieur du Patatas.

Pour l'instant, ils parvenaient à tenir les gobelins à distance à l'aide de taiseurs et d'électrotriques. Les taiseurs avaient une portée de dix mètres et les électrotriques n'étaient utilisables que dans le corps à corps. Tous deux fonctionnaient avec des batteries électriques qui arriveraient bientôt à bout de course. Après, ils n'auraient plus qu'à jeter des pierres ou se battre à poings nus. Ils ne pouvaient même pas activer leurs boucliers car le B'wa Kell était équipé de casques de combat des FAR. Des modèles anciens, certes, mais quand même munis de filtres antibouclier.

Une boule de feu décrivit un arc au-dessus de la cabine et tomba à leurs pieds en faisant fondre l'asphalte. Les gobelins semblaient un peu plus malins. Relativement parlant. Au lieu d'essayer d'atteindre leur cible en tirant à travers la cabine, ils lançaient leurs projectiles par-dessus. Il ne restait plus beaucoup de temps, à présent.

Baroud ouvrit son micro.

– Allô, la base ? Ici Kelp. Du nouveau pour les armes ?

– Rien du tout, capitaine, répondit une voix. Une bonne partie des effectifs n'ont déjà plus que leurs doigts pour tirer. On est en train de recharger les vieux pistolets électriques mais ça va prendre au moins huit heures. On a encore deux ou trois combinaisons pare-balles au service de Détection. Je vous les fais envoyer illico. Vous les aurez dans cinq minutes maximum.

– Nom de nom ! rugit le capitaine.

Il fallait qu'ils partent d'ici. A tout moment, la cabine pouvait s'écrouler et ils constitueraient alors une cible idéale pour les gobelins. A côté de lui, le caporal tremblait de terreur.

– Allons, un peu de courage, bon sang ! lança sèchement Baroud.

– Ferme-la, Bard, répliqua son frère Grub, les lèvres tremblotantes. Tu étais censé veiller sur moi. C'est maman qui l'a dit.

Baroud lui agita sous le nez un index menaçant.

– Quand on est en service, je suis le capitaine Kelp, caporal. Et je te signale que, précisément, je veille sur toi.

– C'est ça que tu appelles veiller sur moi ? gémit Grub d'un air boudeur.

Baroud ne savait pas ce qui l'exaspérait le plus, son jeune frère ou les gobelins.

– Écoute-moi, Grub. Cette cabine ne va pas durer longtemps. Nous devons nous replier sur le Patatas. Compris ?

Les lèvres tremblotantes de Grub se raffermirent considérablement.

– Pas question. Je ne bouge pas d'ici. Tu ne peux pas m'y obliger. Même si je dois rester là jusqu'à la fin de ma vie, ça m'est égal.

Baroud releva sa visière.

– Écoute-moi. Écoute-moi bien. Ta vie pourrait bien finir dans trente secondes. Il faut y aller.

– Mais les gobelins, Bard ?

Le capitaine Kelp saisit son frère par les épaules.

– N'aie pas peur des gobelins. Tu devrais plutôt avoir peur du coup de pied que tu vas prendre dans le derrière si tu continues à traîner.

Grub fit la grimace. C'était quelque chose qu'il avait déjà eu l'occasion d'expérimenter.

– Ça va bien se passer, hein, frérot ?

Baroud cilla.

– Évidemment. Je suis le capitaine, non ?

Son petit frère hocha la tête, ses lèvres perdant à nouveau leur fermeté.

– Bon, alors, tu pointes bien ton nez vers la porte et tu fonces dessus quand je te le dis. Compris ?

Nouveau hochement de tête. Le menton de Grub remuait plus vite que le bec d'un pivert en pleine action.

– Attention, caporal. A mon commandement...

Nouvelle boule de feu. Plus proche, cette fois. De la

fumée s'éleva des semelles en caoutchouc de Baroud. Le capitaine passa le bout du nez derrière le coin de la cabine. Un tir de laser faillit lui creuser une troisième narine. Le panneau publicitaire en acier qui se trouvait un peu plus loin tournoya comme une toupie. « Foto Finish », était-il écrit. Ou plutôt « Fot Finish », pour être plus précis, le o ayant été effacé par la décharge du pistolet. L'acier n'était donc pas à l'épreuve des rayons laser, mais il faudrait s'en contenter.

Baroud parvint à attraper au passage le panneau articulé et s'en couvrit les épaules à la manière d'un homme-sandwich. Une armure de fortune. Les uniformes des FAR étaient doublés de microfilaments qui dispersaient les décharges de neutrinos ou même les rayons soniques, mais les Néflask n'étaient plus utilisés depuis des décennies et les combinaisons n'avaient donc pas été conçues pour leur résister. Un tir de laser pouvait déchirer un uniforme comme une feuille de papier de riz.

Il tapota l'épaule de son frère.

– Prêt ?

Impossible de dire si Grub avait hoché la tête ou si c'était son corps tout entier qui tremblait.

Baroud ramena ses jambes sous lui et ajusta le panneau sur son dos et sa poitrine. L'acier résisterait à une ou deux décharges. Après, il lui faudrait protéger Grub avec son propre corps.

Nouvelle boule de feu. Au milieu du chemin qui les séparait du Patatas. Dans un instant, la flamme aurait

disparu en liquéfiant le revêtement. Il fallait y aller tout de suite. Et traverser la gerbe de feu.

– Bloque la visière de ton casque !

– Pourquoi ?

– C'est un ordre, caporal.

Grub s'exécuta. On pouvait discuter avec son frère mais pas avec un supérieur.

Baroud posa une main sur le dos de Grub et le poussa. Violemment.

– Vas-y ! Vite ! Vite !

Ils se précipitèrent au cœur des flammes. Baroud entendit crépiter les filaments de son uniforme tandis qu'ils affrontaient la chaleur brûlante. Le goudron bouillant collait à ses bottes en faisant fondre ses semelles de caoutchouc.

Ils parvinrent à traverser la boule de feu et se dirigèrent d'un pas chancelant vers la double porte du restaurant. Baroud essuya la suie qui recouvrait sa visière. Ses soldats l'attendaient, tapis derrière des boucliers anti-émeute. Deux sorciers infirmiers avaient déjà retiré leurs gants, prêts à pratiquer une imposition des mains.

Plus que dix mètres.

Ils se remirent à courir.

Les gobelins visèrent. Une grêle de tirs résonna à leurs oreilles, pulvérisant ce qui restait de la vitrine du restaurant. La tête de Baroud fut projetée en avant lorsqu'une décharge s'écrasa à l'arrière de son casque. Nouveaux coups de feu. Plus bas. Un tir groupé l'atteignit entre les omoplates. Le panneau d'acier tint bon.

L'impact souleva le capitaine comme un cerf-volant,

le précipitant contre son frère. Tous deux furent propulsés à travers les doubles portes réduites en miettes. Des mains les tirèrent aussitôt à l'abri d'un mur de boucliers antiémeute.

– Grub, haleta le capitaine Kelp, assailli par la douleur, le bruit, la fumée. Il est OK ?

– En pleine forme, répondit l'infirmier chef en retournant Baroud sur le ventre. Vous, en revanche, vous allez avoir de sacrés bleus dans le dos demain matin.

Le capitaine Kelp repoussa d'un geste de la main le sorcier infirmier.

– On a des nouvelles du commandant ?

Le sorcier hocha la tête.

– Aucune. Root est porté disparu et Cudgeon a été réintégré comme commandant. Pire encore, on dit que c'est Foaly qui est derrière toute cette histoire.

Baroud pâlit et sa douleur dans le dos n'y était pour rien.

– Foaly ! C'est impossible !

Accablé, Baroud grinça des dents. Foaly et le commandant ! Il n'avait plus le choix, à présent, il serait obligé de faire la seule chose qui lui donnait des cauchemars.

Le capitaine Kelp se redressa péniblement sur un coude. Au-dessus de leurs têtes retentissait le bourdonnement incessant des décharges de Néflask. Ils seraient bientôt complètement vaincus, ce n'était plus qu'une question de temps. Il fallait s'y résoudre.

Baroud prit une profonde inspiration.

– Bon, écoutez-moi, vous tous. Nous devons battre en retraite et nous replier sur le centre de police.

Tout le monde se figea sur place. Même Grub s'interrompit au milieu d'un sanglot. Battre en retraite ?

– Vous avez très bien entendu ce que j'ai dit ! gronda Baroud. On bat en retraite. On ne peut pas tenir la rue sans armes. Allez, remuez-vous !

Les troupes des FAR se dirigèrent d'un pas traînant vers l'entrée de service. Elles n'avaient pas l'habitude de la défaite. Qu'on appelle ça une retraite ou un repli stratégique, c'était la même chose : ils prenaient la fuite. Et qui aurait jamais pensé qu'un tel ordre viendrait de la bouche de Baroud Kelp ?

TERMINAL DES NAVETTES, CERCLE ARCTIQUE

Artemis et ses compagnons de route allèrent se réfugier dans le port des navettes. Holly fit le trajet sur l'épaule de Butler. Elle avait commencé par protester longuement et avec force jusqu'à ce que le commandant lui ordonne de se taire.

– Vous venez de subir une opération chirurgicale grave, avait-il rappelé. Alors, taisez-vous et faites vos exercices de rééducation.

Il était vital que Holly remue son doigt pendant une heure entière pour assurer la cicatrisation des tendons. Elle devait absolument imposer à son index les mouvements qu'elle aurait à accomplir par la suite, surtout celui qui consistait à presser la détente d'une arme.

Ils se serrèrent autour d'un luminocube dans la salle d'attente déserte des départs.

– Vous avez de l'eau ? demanda Holly. Je me sens complètement déshydratée.

Root cligna de l'œil, ce qui n'était pas fréquent.

– Voici un truc que j'ai appris sur les théâtres d'opérations.

Il prit à sa ceinture un petit tube en plexiglas rempli d'un liquide transparent.

– Vous n'aurez pas grand-chose à boire avec ça, commenta Butler.

– Plus que vous ne croyez. C'est une cartouche à Hydrosion, qui sert normalement d'extincteur de poche. L'eau est compressée dans un espace minuscule. Quand on tire la cartouche en visant le cœur d'un incendie, l'impact inverse les effets de la compression et vous obtenez un demi-litre d'eau qui explose au milieu des flammes. Beaucoup plus efficace que si on versait cent litres de l'extérieur. On appelle ça un Pétilleur.

– Ce serait très bien si vos armes étaient en état de fonctionner, dit sèchement Artemis.

– Pas besoin d'arme, répliqua Root en sortant un grand couteau de sa poche. Ça marche aussi à la main.

Il pointa la cartouche en direction d'un quart en métal et en fit sauter la douille. Un jet d'eau vaporisée jaillit aussitôt dans le récipient.

– Et voilà, capitaine. Après ça, qu'on ne vienne pas me dire que je ne prends pas soin de mes subordonnés.

– Ingénieux, admit Artemis.

– Et le mieux, reprit le commandant en rangeant

dans sa poche le Pétilleur vide, c'est qu'on peut le réutiliser quand on veut. Il suffit de le plonger dans la neige et le compresseur intégré fera le reste. Foaly ne pourra même pas me reprocher de gaspiller le matériel.

Holly but une longue gorgée et, bientôt, son visage retrouva des couleurs.

– Donc, nous avons été pris en embuscade par des tueurs du B'wa Kell, dit-elle d'un air songeur. Je me demande ce que ça peut bien signifier.

– Ça signifie qu'il y a des fuites, dit Artemis en se réchauffant les mains au luminocube. Il me semblait que cette mission était top secrète. Même votre Grand Conseil n'en était pas informé. Or, la seule personne qui ne soit pas avec nous, c'est ce centaure.

Holly se releva d'un bond.

– Foaly ? Ça ne peut pas être lui.

Artemis leva les mains en signe d'apaisement.

– Je me contente de raisonner logiquement.

– Tout ça est bien gentil, intervint le commandant, mais il ne s'agit que d'hypothèses. Nous devons analyser notre situation plus précisément. Quels sont les éléments dont nous disposons et que savons-nous de manière certaine ?

Butler approuva d'un signe de tête. Le commandant avait l'état d'esprit qui lui convenait. Celui d'un soldat.

Root répondit lui-même à sa question :

– Nous avons toujours la navette si elle n'a pas été sabotée à distance. Il y a un placard plein de provisions. De la nourriture atlante, principalement. Il faudra vous habituer au poisson et aux calamars.

– Et que savons-nous ?

Artemis prit le relais :

– Nous savons que les gobelins ont un espion au sein des FAR. Nous savons aussi que s'ils ont essayé d'éliminer la tête des FAR, en l'occurrence vous, commandant Root, c'est qu'ils cherchent sûrement à s'emparer du corps tout entier. Leur meilleure chance de succès consisterait à monter les deux opérations en même temps.

Holly se mordit la lèvre.

– Ce qui signifie...

– Ce qui signifie qu'il doit y avoir une sorte de révolution sous terre.

– Le B'wa Kell contre les FAR ? s'exclama Holly d'un ton goguenard. Ça ne durerait pas longtemps.

– En temps normal, peut-être, admit Artemis. Mais si vos armes sont hors d'usage...

– Alors, les leurs le sont aussi, acheva Root. Théoriquement.

Artemis se rapprocha du luminocube.

– Imaginons le pire scénario : Haven-Ville a été prise par le B'wa Kell et les membres du Grand Conseil sont soit morts, soit prisonniers. Dans ce cas, les perspectives seraient très sombres.

Aucune des deux fées ne répondit. Sombre était un mot bien faible pour qualifier une telle situation. Désastreuse aurait mieux convenu.

Artemis lui-même se sentait un peu découragé. Rien de tout cela ne pouvait aider son père.

– Je suggère de prendre un peu de repos, d'emporter

quelques vivres et de faire route vers Mourmansk lorsque les nuages nous permettront d'avancer sans être repérés. Butler pourrait fouiller l'appartement de ce Vassikin. Avec un peu de chance, mon père sera peut-être là-bas. Je sais que, sans armes, nous serons légèrement désavantagés mais nous bénéficierons de l'effet de surprise.

Pendant un bon moment, personne ne prononça un mot. Le silence devint gênant. Tout le monde savait ce qu'il fallait dire mais personne n'osait parler.

– Artemis, déclara enfin Butler en posant une main sur l'épaule du jeune homme. Nous ne sommes pas en état d'affronter la Mafiya. Nous n'avons aucune puissance de feu et nos collègues doivent retourner sous terre, ce qui nous privera également de leurs pouvoirs magiques. Si nous y allons tout de suite, nous n'en sortirons pas vivants. Ni l'un ni l'autre.

Artemis contempla le cœur du luminocube.

– Mais mon père est tout près, Butler. Je ne peux pas abandonner maintenant.

Holly se sentit émue malgré elle par cette volonté d'aller jusqu'au bout même si la tentative paraissait vouée à l'échec. Elle était convaincue que, pour une fois, Artemis n'essayait pas de manipuler les autres. C'était simplement un fils qui voulait revoir son père. Peut-être avait-elle un peu perdu de ses défenses, mais elle éprouva de la compassion pour lui.

– On ne va pas abandonner, Artemis, dit-elle à voix basse, on va se réorganiser, ce qui est très différent. Nous reviendrons. Souvenez-vous du proverbe : c'est dans l'heure qui précède l'aube qu'il fait le plus noir.

Artemis la regarda.

– Quelle aube ? Nous sommes au-dessus du cercle Arctique, ne l'oublions pas.

CABINE DE CONTRÔLE

Foaly était furieux contre lui-même. Après tout le mal qu'il s'était donné pour crypter ses systèmes de sécurité, Opale Koboï était entrée comme dans un moulin et avait piraté l'intégralité de son réseau. En plus, les FAR l'avaient payée pour accomplir le travail.

Le centaure ne pouvait s'empêcher d'admirer son audace. C'était un plan d'une remarquable simplicité. Répondre à l'appel d'offres pour la modernisation des FAR et proposer le devis le plus bas. Demander une carte d'accès à tous les bâtiments puis installer des caméras-espions dans chaque secteur. Elle avait même facturé aux FAR le matériel de surveillance.

Foaly appuya sur plusieurs boutons par acquit de conscience. Aucune réaction. Il s'y attendait, bien sûr. Opale avait certainement pris le contrôle de tout le système, jusqu'à la dernière fibre optique. Peut-être même l'observait-elle en cet instant. Il l'imaginait très bien, lovée au creux de son Aéromouss™, pouffant de rire face à son écran à plasma, jubilant devant la déconfiture de son plus grand rival.

Foaly grogna. Elle avait réussi à le prendre par surprise une fois mais ce serait la dernière. Il n'allait quand même pas s'effondrer pour la plus grande joie d'Opale Koboï... Ou peut-être que si, après tout.

Le centaure se prit la tête dans les mains et se mit à pousser des sanglots dramatiques, offrant l'image même de la défaite. Puis il écarta deux doigts pour jeter un coup d'œil discret... « Si j'étais une caméra-espion, où me cacherais-je ? se demanda-t-il. Dans un endroit qui échapperait à l'analyseur panoramique. » Foaly leva les yeux vers le petit appareil constitué d'un enchevêtrement complexe de câbles et de puces, fixé au plafond. Le seul endroit que l'analyseur ne pouvait vérifier, c'était l'analyseur lui-même...

Il savait donc à présent d'où Opale l'observait, même si cela ne l'avançait pas à grand-chose. La caméra étant installée à l'intérieur de l'appareil, il devait y avoir un très faible angle mort juste au-dessous du boîtier en titane. Ce qui n'empêchait pas la fée de voir tout le reste. Foaly était doublement prisonnier : il ne pouvait plus sortir ni se servir de son ordinateur.

Il s'efforça d'examiner en détail la cabine de contrôle. Qu'avait-il fait installer de nouveau depuis que Koboï y avait eu accès pour la dernière fois ? Il devait bien exister du matériel neuf qu'elle n'avait pas pu détourner...

Mais il ne trouva que des objets sans intérêt. Un rouleau de câble à fibres optiques, quelques fiches de raccordement et divers outils. Rien qui puisse lui servir. Quelque chose attira alors son regard sous une console. Une lumière verte.

Le rythme cardiaque de Foaly s'accéléra. Il sut

immédiatement de quoi il s'agissait. L'ordinateur portable d'Artemis Fowl. Au complet avec modem et e-mail. Il s'obligea à rester calme. Opale Koboï n'avait pas pu en prendre le contrôle. L'appareil n'était arrivé ici que quelques heures plus tôt. Foaly n'avait même pas encore eu l'occasion de le démonter.

Dans un bruit de sabots, le centaure alla prendre sa boîte à outils. Simulant un accès de colère, il en renversa le contenu sur les dalles à plasma. Sa rage apparente ne l'empêcha pas d'attraper au passage un câble et une pince coupante. Il poursuivit sa démonstration de désespoir en s'affalant sur la console, le corps secoué de gros sanglots. Bien entendu, il s'affala à l'endroit précis sous lequel Holly avait posé l'ordinateur d'Artemis. D'un coup de sabot anodin, il fit glisser le portable sous l'analyseur, là où, selon ses estimations, se situait l'angle mort. Il se jeta ensuite sur le sol, secouant les jambes en tous sens dans une crise de fureur spectaculaire. En principe, la caméra-espion d'Opale ne devait montrer que ses sabots qui s'agitaient convulsivement.

Jusqu'à présent, tout allait bien. Foaly souleva le couvercle du portable, coupant aussitôt le son. Les humains tenaient absolument à ce que leurs machines émettent des « bip » aux moments les plus mal choisis. Il glissa une main sur le clavier et un instant plus tard, il avait ouvert l'e-mail.

C'était maintenant que se posait le problème essentiel. Accéder à Internet sans fil était une chose, y accéder depuis le centre de la terre était beaucoup plus difficile. La tête posée au creux de son coude, Foaly enfonça l'extrémité d'un câble à fibres optiques dans un port de voie montante relié à un scope. Les scopes étaient des instruments d'observation dissimulés dans les satellites de communication américains. Foaly avait une antenne, à présent. Restait à espérer que l'Être de Boue était branché.

LABORATOIRES KOBOÏ

Opale Koboï ne s'était jamais autant amusée. Pour elle, le monde souterrain était littéralement un terrain de jeu. Elle s'étira de tout son long sur son Aéromouss, comme un chat satisfait, dévorant du regard le chaos qui s'étalait sur ses écrans à plasma. Les FAR n'avaient aucune chance. Ce n'était plus qu'une question de temps. Bientôt, le B'wa Kell aurait accès au centre de police et la ville serait à eux. Viendraient ensuite l'Atlantide puis le monde des humains.

Opale flottait d'un écran à l'autre, se délectant des moindres détails. En ville, les gobelins surgissaient de tous les coins sombres, les armes à la main, assoiffés de sang. Les décharges de Néflask écornaient les monuments historiques. Les fées se barricadaient dans leurs maisons en récitant des prières pour que les bandes de pillards passent sans les voir. Les magasins étaient dévalisés et brûlés. Opale espérait qu'il n'y aurait pas trop d'incendies. Elle n'avait pas envie de régner sur un paysage de guerre.

Un écran de communication s'ouvrit sur le moniteur central.

C'était Cudgeon qui l'appelait sur leur ligne secrète. Il paraissait véritablement heureux. Le bonheur glacé de la revanche.

– Briar, couina Opale. C'est une merveille. Je voudrais que tu sois là pour voir ça avec moi.

– Je te rejoindrai bientôt. Pour l'instant, je dois rester avec mes troupes. Le Grand Conseil m'a réintégré au poste de commandant pour me récompenser d'avoir découvert la trahison de Foaly. Comment va notre prisonnier ?

Opale jeta un regard à l'écran qui montrait Foaly.

– Franchement, il est très décevant. J'espérais qu'il tenterait quelque chose. Une évasion, au moins. Mais tout ce qu'il trouve à faire, c'est pleurnicher et trépigner de rage.

Le sourire de Cudgeon s'élargit.

– Tempérament suicidaire, j'imagine. J'en suis même certain.

Le commandant de fraîche date reprit un ton professionnel :

– Qu'est-ce qui se passe chez les FAR ? Ils n'ont pas trouvé de parade, j'espère ?

– Non. Ils réagissent exactement comme tu l'avais prévu. Ils se terrent à l'intérieur du centre de police comme des tortues dans leurs carapaces. Tu veux que je coupe leurs communications ?

Cudgeon hocha la tête.

– Non. Ils nous informent de leurs moindres

mouvements grâce à leurs prétendues fréquences de sécurité. Laisse-les fonctionner. Au cas où.

Opale Koboï se rapprocha de l'écran.

– Dis-moi encore des choses, Briar. Parle-moi de l'avenir.

Le visage de Cudgeon laissa paraître une brève expression d'agacement. Mais il n'allait pas se laisser départir de sa bonne humeur en un jour comme celui-là.

– J'ai informé le Grand Conseil que Foaly s'était barricadé dans sa cabine pour organiser le sabotage. Heureusement, tu vas réussir par miracle à reprendre le contrôle de son système informatique et à rendre aux FAR l'usage des canons ADN du centre de police. Ces gobelins ridicules seront écrasés. Je deviendrai le héros de la résistance et tu seras ma princesse. Désormais, tous les contrats de défense reviendront de plein droit aux Laboratoires Koboï.

Opale retint son souffle.

– Et après ?

– Après, toi et moi, nous nous débarrasserons de ces insupportables Êtres de Boue. Voilà, ma chérie, comment se présente l'avenir.

TERMINAL DES NAVETTES, CERCLE ARCTIQUE

Artemis fut le premier surpris d'entendre son téléphone sonner. Il enleva l'un de ses gants avec les dents et arracha le portable de la bande Velcro à laquelle il était attaché.

– Message texte, dit-il en parcourant le menu du portable. Butler est le seul à avoir ce numéro.

Holly croisa les bras.

– Quelqu'un d'autre l'a aussi, apparemment.

Artemis ne lui prêta aucune attention.

– Ce doit être Foaly. Il a surveillé pendant des mois mes communications sans fil. Ou bien il se sert de mon ordinateur ou bien il a trouvé le moyen d'unifier nos plates-formes.

– Je comprends, dirent Butler et Root d'une même voix.

Deux gros mensonges.

Holly n'était nullement impressionnée par ce jargon.

– Alors, qu'est-ce que ça dit ?

Artemis tapota le minuscule écran.

– Voyez vous-même.

Le capitaine Short prit le portable et fit défiler le message qu'elle lut à haute voix. A chaque ligne, son visage s'allongeait...

CMDT ROOT. ÉVNENTS GRAVES. HAVN OCCPÉE PAR GOBLNS. CTRE PLICE CERNÉ. CUDGEON + OPL KBOÏ DERRIÈRE COMPLOT. PLUS D'ARMES NI CMMUNICATIONS. CNONS ADN CNTRLÉS PAR KBOÏ. SUIS ENFRMÉ DANS CAB. GRD CONS PENSE SUIS TRAÎTRE. SI VIVANTS AIDER SVP. SINON, MVAIS NUMRO.

Holly, la gorge soudain sèche, déglutit difficilement.

– Ça va très mal.

Le commandant se leva d'un bond, attrapant le portable pour lire lui-même le message.

– Oui, vous pouvez le dire, déclara-t-il quelques instants plus tard. Cudgeon ! Ainsi donc, depuis le début, c'était lui. Pourquoi ne m'en suis-je pas aperçu ? On peut répondre à Foaly ?

Artemis réfléchit.

– Non. Il n'y a pas de réseau de communications, ici. Je suis même surpris que nous ayons reçu le message.

– Vous pourriez bricoler quelque chose ?

– Oui, bien sûr. Si vous me donnez six mois, un matériel spécialisé et trois kilomètres de poutrelles en acier.

Holly ricana.

– Vous parlez d'un cerveau du crime !

Butler posa avec douceur une main sur l'épaule du capitaine Short.

– Chut, murmura-t-il. Artemis réfléchit.

Artemis plongea le regard dans le plasma liquide qui constituait le cœur du luminocube.

– Nous avons deux possibilités, commença-t-il après un long moment de silence.

Personne ne l'interrompit, pas même Holly. Après tout, Artemis Fowl avait bien trouvé un moyen d'échapper à la suspension temporelle.

– Nous pourrions chercher de l'aide parmi les humains. Il ne fait aucun doute que certaines des relations les plus douteuses de Butler se laisseraient convaincre de nous fournir une assistance, en échange d'une rémunération, bien entendu.

Root hocha la tête.

– Mauvaise idée.
– Il suffirait de leur effacer la mémoire après.
– Les effacements de mémoire ne marchent pas toujours. Pas question de laisser se balader librement des mercenaires avec des souvenirs résiduels. Deuxième possibilité ?
– Nous entrons par effraction dans les Laboratoires Koboï et nous rendons aux FAR le contrôle de leurs armes.
Le commandant éclata d'un grand rire.
– Entrer par effraction dans les Laboratoires Koboï ? Vous êtes sérieux ? Tout le complexe est construit sur de la roche. Il n'y a aucune fenêtre et les murs sont à l'épreuve des balles et des canons ADN. Toute personne non autorisée qui s'approcherait dans un rayon de cent mètres recevrait immédiatement une décharge entre ses deux oreilles pointues.
Butler émit un sifflement.
– Ça fait beaucoup de matériel lourd pour une simple entreprise d'ingéniérie.
– Je sais, soupira Root. Les Laboratoires Koboï ont obtenu des permis spéciaux. C'est moi qui les ai signés.
Le garde du corps réfléchit quelques instants.
– Irréalisable, déclara-t-il enfin. A moins d'avoir le plan des lieux.
– Nom de nom, gronda le commandant. Je ne pensais pas devoir dire ça un jour mais je ne vois qu'un seul être capable de faire ce genre de travail...
Holly acquiesça.
– Mulch Diggums.

– Diggums ?

– C'est un nain. Un cambrioleur professionnel. Le seul qui ait jamais réussi à s'introduire en douce dans les Laboratoires Koboï et à s'en tirer vivant. Malheureusement, nous l'avons perdu l'année dernière, pendant qu'il creusait un tunnel pour s'échapper de votre manoir.

– Je me souviens de lui, dit Butler. Il a failli m'arracher la tête. Un personnage fuyant.

Root eut un petit rire.

– J'ai arrêté ce vieux Mulch à huit reprises. La dernière fois, c'était justement après le cambriolage des Laboratoires Koboï. Mulch et son cousin avaient monté une entreprise de travaux publics. Un moyen de se procurer les plans des systèmes de sécurité. Ils ont obtenu un contrat avec Koboï. Mulch a fait le travail en s'aménageant une voie d'accès secrète. Typique de Diggums : il parvient à s'introduire dans l'endroit le mieux gardé du monde souterrain et quelques jours plus tard, il essaie de vendre à un de mes indics un athanor qu'il avait volé là-bas.

Artemis se redressa brusquement.

– Un athanor ? Vous voulez dire un fourneau d'alchimiste ? Vous pratiquez l'alchimie ?

– Ne vous emballez pas, l'humain. C'est un matériel expérimental. Selon le Livre, les anciens sorciers savaient changer le plomb en or mais le secret a été perdu. Même Opale Koboï n'y est pas encore arrivée.

– Ah, dit Artemis, déçu.

– Croyez-moi si vous voulez, mais ce bandit me

manquerait presque. Il avait une façon d'insulter les gens...

Root leva les yeux au ciel.

– Je me demande s'il est là-haut, en train de nous regarder.

– D'une certaine manière, oui, dit Holly d'un ton coupable. En fait, commandant, Mulch Diggums se trouve en ce moment à Los Angeles.

CHAPITRE XI

BEAUCOUP DE BRUIT POUR RIEN

LOS ANGELES, USA

En réalité, Mulch Diggums était en cet instant devant l'appartement d'une actrice qui avait reçu un Oscar. Naturellement, elle ignorait sa présence. Et, bien sûr, il était venu là avec de mauvaises intentions. Voleur un jour, voleur toujours.

Non que Mulch eût besoin d'argent. Il avait tiré un très bon profit de l'affaire Artemis Fowl. Suffisant pour louer un grand appartement au dernier étage d'un hôtel de Beverly Hills. Il avait équipé les lieux d'un système hi-fi vidéo Pioneer, d'une bibliothèque de DVD et d'un stock de bœuf en boîte qui aurait suffi à le nourrir jusqu'à la fin de ses jours. Mulch Diggums avait décidé de s'offrir dix ans de repos et de détente.

Mais la vie ne se laisse pas faire aussi facilement. Elle refuse d'aller se blottir bien sagement dans un coin. Les habitudes accumulées au cours de plusieurs siècles ne pouvaient s'effacer ainsi. Après avoir vu la moitié des films de la collection James Bond, Mulch s'aperçut qu'il regrettait le mauvais vieux temps. Bientôt, l'occupant solitaire du penthouse commença à faire des promenades la nuit. Des promenades qui se terminaient généralement dans les maisons des autres.

Au début, Mulch se contentait de visiter, savourant le plaisir de neutraliser les systèmes de sécurité les plus complexes mis au point par les Êtres de Boue. Puis il prit quelques trophées. De petites choses – un verre en cristal, un cendrier ou un chat quand il avait faim. Mais bientôt, Mulch Diggums éprouva le besoin irrépressible de retrouver sa mauvaise réputation et ses larcins devinrent plus substantiels. Lingots d'or, diamants de la taille d'un œuf ou pit bulls quand il était vraiment affamé.

L'histoire des Oscar avait commencé par hasard. Un jour, à l'occasion d'une excursion à New York, il en avait subtilisé un pour le garder comme souvenir. C'était un Oscar du meilleur scénario. Le lendemain matin, il faisait la une de tous les journaux, de la côte est à la côte ouest. On aurait cru qu'il s'était emparé d'un convoi humanitaire au lieu d'une simple statuette dorée. Mulch, bien sûr, était enchanté. Il venait de se trouver un nouveau passe-temps nocturne.

Au cours des deux semaines suivantes, Mulch déroba des Oscar de la meilleure bande-son et des meilleurs effets spéciaux. Les tabloïds se déchaînèrent. Ils voyaient quelque chose de magique dans l'habileté avec laquelle les vols avaient été commis et ils donnèrent au mystérieux cambrioleur un surnom : Arsène

Lutin. Lorsque Mulch le lut pour la première fois, ses orteils en frétillèrent de joie. Et des orteils de nain qui frétillent offrent un spectacle de choix. Ils ont en effet des articulations très flexibles et la même agilité que les doigts d'une main. Mieux vaut toutefois ne pas s'attarder sur leur fumet. Mulch se fixa dès lors un objectif : réunir une collection complète.

Pendant les six mois qui suivirent, Arsène Lutin frappa sur tout le territoire des États-Unis. Il alla même jusqu'en Italie pour aller y chercher un Oscar du meilleur film étranger. Et il se fit construire pour entreposer son butin une armoire spéciale avec des vitres teintées qui devenaient totalement opaques quand on appuyait sur un bouton. Mulch Diggums se sentait revivre.

Bien entendu, tous les gens qui avaient reçu un Oscar sur la planète triplèrent leurs systèmes de sécurité, pour le plus grand bonheur de Mulch. Il n'aurait eu aucun mérite à forcer la porte d'une cabane de plage. Il lui fallait des gratte-ciel et de la haute technologie. C'était ce que le public voulait. Ce fut ce qu'Arsène Lutin lui donna. Les journaux se régalèrent. Il devint un héros. Pendant la journée, quand il lui était impossible de s'aventurer au-dehors à cause de la lumière, Mulch s'occupait à écrire le scénario de ses propres exploits.

Ce soir était un grand soir. Celui de la dernière statuette. Il ne lui manquait plus qu'un Oscar de la meilleure actrice. Et pas de n'importe quelle meilleure actrice. Sa cible, c'était Maggie V, l'explosive beauté de la Jamaïque. Elle avait remporté l'Oscar cette année-là pour son interprétation de Precious, le personnage d'une... explosive beauté de la Jamaïque. Maggie V avait publiquement déclaré que si Arsène Lutin essayait quoi que ce soit chez elle, il récolterait beaucoup plus que ce qu'il était venu chercher. Comment Mulch aurait-il pu résister à un tel défi ?

L'immeuble lui-même était facile à localiser. Il s'agissait d'un bloc de vitres et d'acier de dix étages, tout près de Sunset Boulevard. Une simple promenade pour Mulch qui habitait un peu plus au nord. Ainsi donc, par une nuit au ciel couvert, le nain intrépide emballa ses outils, bien décidé à entrer par effraction dans les livres d'histoire.

Maggie V habitait au dernier étage. Il n'était pas question de monter par l'escalier, l'ascenseur ou les conduits d'aération. Il faudrait passer par l'extérieur.

Pour se préparer à l'escalade, Mulch s'était abstenu de boire pendant deux jours. Les pores de la peau des nains ne servent pas seulement à la transpiration, ils leur permettent également de s'hydrater en captant l'humidité ambiante. Très pratique quand on se trouve coincé plusieurs jours de suite sous un éboulement. Car même si l'on n'a rien à boire, chaque centimètre carré de peau peut absorber à la manière d'une sangsue l'eau contenue dans la terre. Lorsqu'un nain a soif, ce qui était le cas de Mulch en cet instant, ses pores s'élargissent jusqu'à la taille d'un trou d'épingle et aspirent comme une ventouse la moindre particule d'eau disponible.

Ce qui peut se révéler extrêmement utile si on doit, par exemple, escalader la façade d'un immeuble de dix étages.

Mulch retira ses chaussures et ses gants, enfonça sur sa tête un casque volé aux FAR et commença à monter.

CONDUIT E 93

Holly sentait les poils de sa nuque se hérisser sous le regard noir du commandant. Elle essaya de ne pas y prêter attention, s'efforçant d'éviter toute collision entre la navette de l'ambassadeur atlante et la paroi du conduit arctique.

– Alors, pendant tout ce temps, vous saviez que Mulch Diggums était vivant ?

Holly poussa légèrement la manette du réacteur tribord pour éviter un morceau de roche à moitié fondu.

– Je n'en étais pas sûre. Foaly avait émis cette hypothèse.

Le commandant fit le geste de tordre un cou imaginaire.

– Foaly ! Faut-il s'en étonner ?

– Je vous signale à tous les deux que nous sommes censés faire équipe, ironisa Artemis, assis côté passagers.

– Parlez-moi donc de l'hypothèse de Foaly, capitaine, ordonna Root en s'attachant dans le siège du copilote.

Holly activa le système de nettoyage statique des caméras extérieures de la navette. Des charges positives et négatives éliminaient la poussière déposée sur les objectifs.

– Foaly trouvait la mort de Mulch un peu suspecte, étant donné qu'il était le meilleur spécialiste en matière de tunnels.

– Dans ce cas, pourquoi ne m'en a-t-il pas parlé ?

– C'était une simple intuition. Sauf votre respect, vous savez comment vous réagissez quand on vous parle d'une simple intuition, commandant.

Root acquiesça à contrecœur. C'était vrai, il n'avait pas le temps de s'intéresser aux intuitions. Avec lui, il fallait des preuves concrètes, sinon c'était : « Dehors et revenez me voir quand vous en aurez trouvé ! »

– Le centaure a mené une petite enquête à ses moments perdus. La première chose dont il s'est aperçu, c'était que l'or récupéré par les FAR était un peu léger. J'avais négocié la restitution d'une moitié de la rançon mais, d'après les calculs de Foaly, il manquait deux douzaines de lingots dans le chariot.

Le commandant alluma l'un de ses légendaires cigares au champignon. Il dut admettre que l'idée n'était pas absurde : quand de l'or disparaît et que Mulch Diggums se trouve dans un rayon de moins de cent cinquante kilomètres, il est impossible de ne pas faire le rapprochement.

– Comme vous le savez, la procédure veut que l'on vaporise sur tout objet appartenant aux FAR un produit à base de solinium qui permet de le suivre à la trace. C'est ce qui a été fait pour l'or de la rançon. Foaly a donc recherché avec ses scanners toutes les radiations de solinium à la surface de la planète et il en a découvert une forte concentration dans la ville de Los Angeles. En particulier au Crowley Hotel de Beverly Hills. Et quand il s'est branché sur l'ordinateur de l'immeuble, il a vu que le locataire qui occupait le dernier étage portait le nom de Lance Digger.

Les oreilles pointues de Root frémirent.

– Digger ?

– Exactement, dit Holly en hochant la tête. Vous avouerez que c'est un peu plus qu'une coïncidence ? Foaly est venu me prévenir et je lui ai conseillé de prendre quelques photos satellites avant de vous apporter le dossier. Sauf que...

– Sauf que Mister Digger s'est révélé très difficile à photographier. C'est ça ?

– Dans le mille.

Le visage de Root passa du rose soutenu au rouge tomate.

– Mulch, cette fripouille ! Comment s'y est-il pris pour nous faire croire à sa mort ?

Holly haussa les épaules.

– D'après nous, il a dû fixer sa caméra-iris sur l'œil d'un animal, peut-être un lapin. Puis il a provoqué un éboulement dans le tunnel.

– Et donc, les fonctions vitales que nous captions étaient celles d'un lapin.

– Exactement. En théorie.

– Je vais le tuer ! s'exclama Root en martelant le tableau de bord à coups de poing. Vous ne pourriez pas faire avancer cette casserole un peu plus vite ?

LOS ANGELES

Mulch n'éprouvait aucune difficulté à escalader l'immeuble. Il y avait des caméras de surveillance extérieures mais le filtre ionique de son casque lui indiquait la direction exacte dans laquelle leurs objectifs étaient pointés. Il lui suffisait de se faufiler dans les angles morts.

Une heure plus tard, il avait atteint le dixième étage où se trouvait l'appartement de Maggie V. Ses fenêtres étaient équipées d'un triple vitrage et d'un revêtement pare-balles. Une vraie paranoïaque, comme toutes les stars.

Bien entendu, il y avait une alarme en haut de la vitre et un détecteur de mouvements collé au mur comme un grillon figé. Il fallait s'y attendre.

Mulch creusa un trou dans la vitre en faisant fondre le verre à l'aide d'un détersif de roche que les nains utilisent pour nettoyer les diamants dans les mines. Les humains, eux, taillent les diamants pour les faire briller. Quelle idée ! La moitié de la pierre jetée à la poubelle !

Il se servit ensuite de son filtre ionique pour déterminer l'espace que couvrait en cet instant le détecteur de mouvements. Le rayon rouge révéla que l'appareil était dirigé vers le sol. Aucune importance. Mulch avait l'intention de passer par le mur.

Les pores de sa peau toujours avides de la moindre goutte d'eau, le nain rampa le long de la cloison en tirant le meilleur parti des étagères en acier qui entouraient presque entièrement le vaste living-room.

L'étape suivante consistait à trouver l'Oscar. Il pouvait être caché n'importe où, y compris sous l'oreiller de Maggie V, mais autant commencer par cette pièce. Peut-être aurait-il de la chance ?

Mulch activa le filtre à rayons X de son casque, scannant les murs à la recherche d'un coffre-fort. Rien. Il essaya le sol ; les humains devenaient plus astucieux, ces temps-ci. Là, sous un tapis en faux zèbre, une forme cubique en métal. Facile.

Toujours collé au mur, il se glissa au-dessus du détecteur de mouvements, tournant lentement la tête pour accompagner la rotation du gadget jusqu'à ce qu'il soit dirigé vers le plafond. Le sol devenait praticable, à présent.

Mulch se laissa tomber sur le tapis, tâtant la surface à l'aide de ses orteils hautement tactiles. Aucun capteur n'était cousu dans la doublure du tapis. Il rabattit le faux zèbre, découvrant une petite trappe dans le sol. Les contours en étaient à peine visibles à l'œil nu. Mais Mulch était un expert et ses yeux n'étaient pas nus, grâce aux objectifs à focale variable intégrés dans la visière du casque.

Il introduisit un clou dans la rainure et fit sauter la trappe. Le coffre lui-même était un peu décevant. Il n'était même pas renforcé de plomb et Mulch parvenait très bien à voir le mécanisme grâce à son filtre à rayons X. C'était une simple serrure à combinaison. A trois chiffres seulement.

Mulch désactiva le filtre. Quel intérêt de forcer une serrure si on pouvait voir au travers ? Il préféra coller son oreille contre l'acier en faisant cliqueter le bouton central. Quinze secondes plus tard, le coffre était ouvert à ses pieds.

L'Oscar plaqué or semblait lui cligner de l'œil. Ce fut à ce moment-là que Mulch commit une grosse erreur. Il se détendit. Dans son esprit, il se voyait déjà de retour chez lui, buvant à longues gorgées une bouteille de deux litres d'eau glacée. Or, les voleurs détendus sont promis à la prison.

Mulch négligea de vérifier si la statuette n'était pas piégée et il l'enleva directement du coffre. S'il s'était montré plus méfiant, il aurait vu un fil métallique collé magnétiquement sous l'objet. Quand on retirait l'Oscar de sa cachette, un circuit électrique se trouvait interrompu et l'enfer se déchaînait.

CONDUIT E93

Holly enclencha le pilote automatique en position de vol stationnaire à trois mille mètres au-dessous de la surface. Elle détacha son harnais de sécurité et alla rejoindre les autres à l'arrière de la navette.

– Nous avons deux problèmes. Premièrement, si nous descendons plus bas, nous serons repérés par les scanners en admettant qu'ils soient toujours opérationnels.

– Ça vous surprendrait beaucoup si je vous disais que j'aimerais mieux ne pas connaître le deuxième problème ? demanda Butler.

– Deuxièmement, poursuivit Holly sans tenir compte de l'interruption, cette partie du conduit a été désaffectée lorsque nous nous sommes retirés de la région arctique.

– Ce qui signifie ?

– Que les tunnels de service ont été condamnés. Et sans tunnels de service, impossible d'avoir accès au réseau des conduits.

– Pas de problème, assura Root. Il suffit de faire sauter la paroi.

Holly soupira.

– Avec quoi, commandant ? Nous sommes dans un vaisseau à usage diplomatique. Il n'est pas équipé de canons.

Butler retira d'un étui attaché à sa Cordelune deux objets en forme d'œuf.

– Des dislocateurs, dit-il. Vous croyez que ce sera suffisant ? Foaly me les a confiés en cas de besoin.

Artemis grogna. S'il en avait cru sa première impression, il aurait juré que le serviteur s'amusait beaucoup.

LOS ANGELES

– Oh, oh, murmura Mulch.

En quelques instants, la situation s'était complètement retournée et devenait extrêmement dangereuse. Dès que le circuit de sécurité avait été interrompu, une porte coulissante s'était ouverte, laissant entrer deux énormes bergers allemands. Ce qu'on pouvait trouver de mieux en matière de chien de garde. Ils étaient suivis par leur maître, un colosse caparaçonné de vêtements de protection. On aurait dit qu'il était habillé de paillassons. De toute évidence, les chiens avaient un caractère instable.

– Jolis toutous, dit Mulch en déboutonnant lentement le rabat postérieur de son pantalon.

CONDUIT E93

Holly modifia légèrement la position de ses manettes pour rapprocher la navette de la paroi du conduit.

– Impossible d'aller plus loin, dit-elle dans le micro de son casque. Sinon, les courants thermiques risquent de nous jeter contre le roc.

– Les courants thermiques ? grogna Root. Vous ne m'en aviez pas parlé avant que je sorte de cet engin.

Le commandant était étalé les bras en croix sur l'aile gauche, un œuf à dislocation enfoncé dans chaque botte.

– Désolée, commandant, il faut bien que quelqu'un reste aux manettes.

Root marmonna quelque chose en rampant vers l'extrémité de l'aile. Bien entendu, les turbulences n'étaient pas aussi violentes que si le vaisseau avait été en mouvement, mais l'assaut des courants thermiques suffisait à secouer le commandant comme des dés dans un gobelet. Ce qui l'incitait à tenir bon, c'était la pensée de pouvoir serrer le cou de Mulch Diggums entre ses doigts.

– Encore un mètre, dit-il dans le micro, la voix haletante.

Au moins, ils pouvaient encore se parler, la navette ayant son propre système de communication.

– Un mètre de plus et j'y arrive.

– Impossible, commandant. C'est à vous de jouer.

Root risqua un coup d'œil dans l'abîme. Le puits à pression s'enfonçait interminablement jusqu'à la lueur orangée qui émanait du noyau de la terre. C'était de la folie. Une véritable démence. Il devait y avoir un autre moyen. Finalement, le commandant aurait encore préféré risquer un vol en surface.

Julius Root eut alors une vision. Peut-être était-ce dû aux vapeurs de soufre, à la tension nerveuse ou même au manque de nourriture. En tout cas, le commandant aurait juré avoir vu le visage de Mulch Diggums apparaître devant lui, gravé dans la paroi rocheuse. Un visage au sourire narquois, un cigare aux lèvres.

Sa détermination lui revint d'un coup, comme une vague. Allait-il laisser la victoire à un malfaiteur ? Sûrement pas.

Root se releva péniblement, essuyant ses mains moites sur sa combinaison. Les courants thermiques lui tiraient bras et jambes comme des fantômes malicieux.

– Vous êtes prête ? Il va falloir prendre nos distances avec le trou que je vais faire là-dedans, s'écria-t-il dans le micro.

– Comptez sur moi, commandant, répondit Holly. Dès que vous serez revenu dans la soute, on prend le large.

– OK. Attention, préparez-vous.

Root actionna le lanceur de la flèche-piton fixée à sa ceinture. La pointe de titane s'enfonça aisément dans le roc. Elle était dotée de deux minuscules charges explosives dont le déclenchement ferait jaillir un collet assurant sa prise dans la paroi rocheuse. Cinq mètres. Une distance raisonnable, même s'il fallait la parcourir en se balançant au bout d'une corde. Ce n'était pas cela qui le préoccupait. C'était le vide au-dessous et l'absence de prise à la surface lisse du roc.

« Allez, Julius, vas-y, ricana le visage de pierre de Mulch. On va voir à quoi tu ressembles, écrabouillé contre un mur. »

– Taisez-vous, bagnard, rugit le commandant.

Et il s'élança, accroché à la corde fixée au piton.

La paroi rocheuse le heurta de plein fouet, lui coupant le souffle. Root serra les dents pour lutter contre la douleur. Il espérait n'avoir rien de cassé. Après l'excursion en Russie, il ne disposait plus d'assez de magie en lui pour faire éclore une pâquerette, encore moins pour réparer une côte cassée.

Les feux de la navette éclairèrent les traces de brûlure laissées à la surface par les lasers des nains chargés de sceller l'entrée du tunnel. Ces lignes de soudure constituaient le point faible de la roche. Root enfonça les dislocateurs dans deux fissures qui apparaissaient le long de ces marques.

– J'arrive, Diggums, marmonna-t-il en écrasant les détonateurs encastrés dans chaque oeuf.

Il lui restait trente secondes avant l'explosion.

Root tira une deuxième flèche-piton en visant l'aile de la navette. Une cible facile. Dans le simulateur de tir, il était capable de faire ce genre de chose les yeux fermés. Mais les simulateurs n'étaient pas secoués à la dernière minute par des courants thermiques.

Au moment précis où le commandant tira la flèche, un tourbillon de gaz particulièrement puissant entraîna l'arrière de la navette dans son sillage en la faisant pivoter de quarante degrés dans le sens inverse des aiguilles d'une montre. La flèche manqua sa cible d'un mètre. Elle plongea dans l'abîme en emportant la corde avec elle. Root n'avait plus que deux possibilités : rembobiner la corde à l'aide du treuil fixé à sa ceinture ou abandonner le piton et tout recommencer avec celui qu'il gardait en secours. Julius décrocha la corde ; une nouvelle tentative irait plus vite. Son plan aurait été excellent s'il n'avait déjà utilisé l'autre piton pour se dégager du piège de glace où il avait été enfermé avec Butler. Le commandant se souvint de ce détail une demi-seconde après avoir laissé tomber son dernier piton au fond du gouffre.

– Nom de nom ! s'exclama-t-il en tapotant sa ceinture à la recherche d'une autre flèche dont il savait pertinemment qu'elle n'était plus là.

– Des ennuis, commandant ? demanda Holly, la voix tendue par les efforts qu'elle devait faire pour maintenir la navette.

– Je n'ai plus de piton et le compte à rebours a commencé.

Un bref silence s'ensuivit. Très bref. Il n'était plus

temps de réfléchir longuement. Root jeta un coup d'œil à son lunomètre. Il lui restait vingt-cinq secondes avant l'explosion.

Lorsque la voix de Holly retentit à nouveau dans ses écouteurs, elle ne débordait pas d'enthousiasme ni d'optimisme :

– Heu... commandant, vous avez du métal sur vous ?

– Oui, répliqua Root, déconcerté. Mon plastron, ma boucle de ceinture, mon insigne, mon pistolet, pourquoi ?

Holly rapprocha insensiblement la navette de la paroi. Aller plus loin aurait relevé du suicide.

– Posons la question en ces termes : est-ce que vous tenez vraiment à vos côtes ?

– Pourquoi ?

– Je pense pouvoir vous tirer de là.

– Comment ?

– Si je vous le disais, vous ne seriez pas content du tout.

– Dites-le-moi, capitaine. C'est un ordre.

Holly le lui dit. Root ne fut pas content du tout.

LOS ANGELES

Gaz de nain. Un sujet délicat ; les nains eux-mêmes n'en parlent guère volontiers. Les épouses de nains sont connues pour reprocher à leurs maris de laisser échapper des gaz à la maison au lieu de s'en débarrasser dans les tunnels. De par leur physiologie, les nains sont sujets à des ballonnements soudains, surtout lorsqu'ils avalent beaucoup d'argile en travaillant dans les mines. Un nain peut en absorber plusieurs kilos à la seconde grâce à sa faculté de décrocher ses mâchoires. Ce qui fait beaucoup d'argile mélangée à de grandes quantités d'air. Les déchets ainsi produits doivent forcément aller quelque part et prennent tout naturellement la direction du sud. Pour exprimer les choses avec tact, disons que les tunnels se rebouchent d'eux-mêmes. Il y avait des mois que Mulch n'avait pas mangé d'argile mais il disposait encore de quelques poches de gaz en cas de besoin.

Les chiens se préparaient à l'attaque. Des filets de bave coulaient de leurs mâchoires béantes. Ils allaient le mettre en pièces.

Mulch se concentra. Le gargouillement familier retentit et déforma son ventre. On aurait dit que des gnomes se livraient à un match de lutte au fond de ses entrailles.

Le nain serra les dents. L'explosion allait être spectaculaire.

Le maître-chien souffla dans un sifflet d'arbitre. Les molosses se précipitèrent comme des torpilles. Mulch lâcha un torrent de gaz qui troua la fausse peau de zèbre et le propulsa vers le plafond. Les pores assoiffés de sa peau s'y accrochèrent aussitôt comme des ventouses. Il était en sécurité. Pour le moment.

Les bergers allemands furent pris au dépourvu. Ils avaient eu l'occasion de dévorer toutes sortes de créatures au cours de leur existence mais ils n'avaient encore jamais rien connu de pareil. Ni d'aussi déplaisant. N'oublions pas que les chiens ont un odorat beaucoup plus sensible que celui des humains.

Le maître-chien souffla à plusieurs reprises dans son sifflet mais son autorité sur les deux fauves s'était évanouie au moment même où Mulch avait pris son envol sous la pression des vents recyclés. Dès que leurs naseaux se furent dégagés, les chiens commencèrent à bondir, les dents vers le ciel.

Mulch déglutit avec difficulté. Les chiens sont plus intelligents que la moyenne des gobelins et dans quelques instants, ils penseraient à escalader les meubles pour essayer de lui sauter dessus.

Mulch, toujours collé au plafond, se dirigea vers la fenêtre mais le maître-chien y arriva avant lui, bloquant de son corps caparaçonné le trou pratiqué dans la vitre. Diggums le vit tâter sa ceinture pour y saisir une arme. La situation empirait. Les nains présentent de nombreuses particularités mais ils ne sont pas à l'épreuve des balles.

Pour aggraver les choses, Maggie V apparut à la porte en brandissant une batte de base-ball chromée. Ce n'était pas la Maggie V que le public connaissait. Son visage était recouvert d'un masque verdâtre et elle avait un sachet de thé sous chaque œil.

– Tu es fait, Arsène Lutin, dit-elle d'un air goguenard. Et tes ventouses ne te sauveront pas.

Mulch comprit que sa carrière était fortement compromise.

Qu'il parvienne ou non à s'enfuir, la police de Los

Angeles se rendrait chez tous les nains de la ville dès le lever du soleil.

Il n'avait plus qu'une seule carte à jouer. Le don des langues. Les nains sont particulièrement doués pour les langues étrangères qui dérivent toutes du gnomique si on remonte suffisamment loin dans leurs origines. Y compris la langue des chiens américains.

– Arf ! grogna Mulch. Arf, rrrouaff, rraff.

Les chiens se figèrent. L'un d'eux essaya de se figer en plein bond, ce qui le fit atterrir sur son partenaire. Ils passèrent un moment à se mordre la queue l'un l'autre puis ils se souvinrent qu'une créature accrochée au plafond leur parlait en aboyant. Son accent était épouvantable, sans doute originaire d'Europe de l'Est. Mais c'était quand même du chien.

– Arrouaf ? demanda l'un d'eux. Qu'est-ce que tu dis ?

Mulch pointa le doigt sur leur maître.

– Wouaf, arrfy, arrouaf ! Cet humain cache un gros os sous ses vêtements, grogna-t-il. (Il s'agit d'une traduction libre.)

Les deux bergers allemands bondirent aussitôt sur le maître-chien tandis que Mulch s'enfuyait par la vitre trouée. Maggie V hurla si fort que son masque se craquela et que ses sachets de thé tombèrent sur le sol. Bien entendu, Arsène Lutin savait que cette partie de sa carrière de cambrioleur était terminée, mais la satisfaction qu'il éprouva en sentant le poids de la statuette à l'intérieur de sa chemise n'en fut pas diminuée pour autant.

CONDUIT E93

Plus que vingt secondes avant l'explosion des dislocateurs et le commandant était toujours suspendu à sa corde contre la paroi du conduit. Ils n'avaient aucune paire d'ailes à leur disposition et d'ailleurs, ils n'auraient pas eu le temps de les utiliser. S'ils ne parvenaient pas à sauver Root à l'instant même, la déflagration le précipiterait dans l'abîme. Et la magie ne sert à rien quand on se trouve réduit à l'état de matière en fusion. Il n'y avait plus qu'une seule solution. Holly allait devoir utiliser les crampons de secours.

Toutes les navettes étaient équipées d'un train d'atterrissage secondaire. Si les points d'ancrage se révélaient défaillants, on pouvait libérer quatre crampons magnétiques encastrés dans leurs logements. Les crampons se fixaient à la surface métallique de la plateforme d'atterrissage en amenant la navette jusqu'au sas d'amarrage. Ils pouvaient également se révéler utiles dans les endroits accidentés où les aimants cherchaient d'eux-mêmes les éléments métalliques auxquels ils s'accrochaient comme des limaces suceuses.

– Attention, Julius, dit Holly, ne bougez pas le moindre muscle.

Root pâlit. Holly l'avait appelé Julius. Ce n'était pas bon signe.

Plus que dix secondes.

Holly actionna un petit écran de contrôle.

– Débloquage du crampon d'atterrissage bâbord avant.

Un grincement métallique signala l'ouverture du logement et le déverrouillage du crampon.

Le visage du commandant apparut sur l'écran de contrôle. Même vu d'ici, il paraissait inquiet. Holly centra la croix du viseur sur sa poitrine.

– Capitaine Short, vous êtes sûre de vous ?

Holly ne prêta aucune attention à l'intervention de son supérieur.

– Portée quinze mètres. Accrochage magnétique.

– Holly, peut-être que je pourrais sauter. J'arriverai peut-être à m'en sortir. Je peux sûrement y arriver.

Cinq secondes...

– Mise à feu du crampon bâbord.

Six charges minuscules s'enflammèrent à la base du crampon de secours, propulsant hors de son logement le disque de métal fixé à un câble polymère rétractable.

Root ouvrit la bouche pour lancer un juron mais le crampon l'en empêcha en venant s'écraser contre sa poitrine et en vidant son corps du moindre souffle. Diverses choses craquèrent en lui.

– Retour à bord, lança Holly dans le micro de l'ordinateur.

Simultanément, elle mit les gaz et lança la navette de l'autre côté du puits à pression. Le commandant fut entraîné derrière le vaisseau comme un surfer du vide.

Zéro seconde. Les dislocateurs explosèrent, projetant deux mille kilos de débris au fond du gouffre. Une goutte de matière dans un océan de magma.

Une minute plus tard, le commandant se retrouva attaché à un brancard dans l'infirmerie de la navette atlante. Respirer lui faisait mal mais ce n'était pas cela qui allait l'empêcher de parler :

– Capitaine Short, dit-il d'une voix rauque. Qu'est-ce qui vous est passé par la tête ? J'aurais pu me tuer.

Holly régla le pilote automatique sur vol stationnaire et prit un médipack dans la boîte de premiers secours. Elle l'écrasa entre ses doigts pour activer les cristaux. Ça ne remplaçait pas la magie mais c'était toujours mieux qu'une tape sur l'épaule et un baiser.

– Où avez-vous mal ?

Root toussa. Un filet de sang s'étala sur son uniforme.

– Dans toute la région du corps. Et j'ai deux ou trois côtes cassées.

Holly se mordit la lèvre. Elle n'était pas médecin et guérir quelqu'un n'avait rien d'automatique. Les choses pouvaient se passer très mal. Holly connaissait un capitaine qui avait perdu connaissance après s'être cassé une jambe. A son réveil, il s'était retrouvé avec un pied à l'envers. Holly avait déjà eu l'occasion de procéder à des opérations compliquées. Mais lorsqu'Artemis lui avait demandé de guérir la dépression de sa mère, elle se trouvait dans une autre dimension temporelle. Elle avait envoyé de puissantes ondes positives chargées de suffisamment d'étincelles pour durer plusieurs jours. Une sorte de reconstituant à large spectre. Quiconque s'était rendu au manoir des Fowl au cours de la semaine suivante avait dû en ressortir en sifflotant un air joyeux.

– Holly, grogna Root.

– D'a... d'accord, balbutia-t-elle. OK.

Elle appliqua les mains sur la poitrine de Root, envoyant sa magie le long de ses doigts.

– Guérison, murmura-t-elle.

Les yeux du commandant roulèrent dans leurs orbites. La magie lui faisait perdre conscience pour lui permettre de récupérer. Holly posa un médipack sur la poitrine de l'officier évanoui.

– Tenez ça, ordonna-t-elle à Artemis. Dix minutes seulement, sinon les tissus risquent d'être attaqués.

Artemis appuya sur le médipack et ses doigts furent bientôt recouverts de sang. Soudain, il ne ressentait plus la moindre envie de faire de l'esprit. D'abord, l'exercice physique, ensuite la chair mutilée. Et maintenant, ça. Les quelques jours qu'il venait de passer avaient fortement contribué à son éducation. Mais il aurait presque préféré retourner à Saint-Bartleby.

Holly se hâta de revenir dans le cockpit. Elle dirigea les caméras extérieures vers le tunnel de service tandis que Butler se serrait à grand-peine dans le siège du copilote.

– Alors, dit-il, qu'est-ce que ça donne ?

Holly eut un sourire. Pendant un instant, le serviteur crut voir sur son visage une expression semblable à celle d'Artemis Fowl.

– Ça donne un gros trou.

– Bien. Dans ce cas, allons rendre visite à un vieil ami.

Les pouces dressés, Holly s'apprêtait à actionner les commandes des propulseurs.

– Oui, dit-elle. Allons-y.

Un instant plus tard, la navette atlante disparut dans le tunnel de service plus vite qu'une carotte dans le gosier de Foaly.

Pour ceux qui ne le sauraient pas, ça veut dire très vite.

CROWLEY HOTEL, BEVERLY HILLS, LOS ANGELES

Mulch revint sans encombre à son hôtel. Bien entendu, cette fois-ci, il n'eut pas à escalader la façade. Ce qui aurait été beaucoup plus difficile que de monter chez Maggie V. Les murs étaient en effet constitués de briques très poreuses. Ses doigts auraient très vite absorbé l'humidité qu'elles contenaient et perdu leur adhérence.

Non, cette fois, Mulch passa par l'entrée principale. Et pourquoi s'en serait-il privé ? Aux yeux du portier, il était Lance Digger, millionnaire reclus. Petit sans doute. Mais riche.

– Bonsoir, Art, dit Mulch au portier en se dirigeant vers l'ascenseur.

Art jeta un coup d'œil par-dessus le comptoir en marbre de la réception.

– Ah, Mister Digger, c'est vous, dit-il, un peu surpris. J'ai cru que vous étiez déjà passé sous mon champ de vision il y a quelques instants.

– Non, répondit Mulch avec un sourire. C'est la première fois que je rentre, ce soir.

– C'était peut-être un courant d'air.

– Possible. Pourtant, avec le loyer qu'on paie ici, ils pourraient calfeutrer les fenêtres.

– Ça, c'est vrai, approuva Art.

Il fallait toujours être d'accord avec les clients. Un principe de la direction.

Dans l'ascenseur, Mulch utilisa une tige télescopique pour appuyer sur le bouton du dernier étage. Au début, quand il était venu habiter ici, il sautait pour l'atteindre mais ce n'était pas un comportement digne d'un millionnaire. Et il était sûr que, derrière son comptoir, Art l'entendait sauter dans l'ascenseur.

La cabine aux parois recouvertes de miroirs s'éleva silencieusement, avalant les étages jusqu'à son appartement. Mulch résista à l'envie de sortir la statuette de son sac. L'ascenseur aurait pu s'arrêter pour laisser entrer quelqu'un. Il se contenta de boire longuement une bouteille d'eau minérale irlandaise, l'eau qui se rapproche le plus de l'idée que les fées se font de la pureté. Dès qu'il aurait mis l'Oscar en lieu sûr, il prendrait un bain froid pour abreuver les pores de sa peau. Sinon, il risquait de se réveiller collé au lit le lendemain matin.

La porte de Mulch était protégée par un code. Une suite de quatorze chiffres. Rien de tel qu'une pointe de paranoïa pour éviter la prison. Même si les FAR le croyaient mort, Mulch ne pouvait abandonner l'idée que Julius Root comprendrait un jour ce qui s'était passé et se lancerait à sa recherche.

Le décor de l'appartement était très inhabituel pour une demeure humaine. L'endroit était rempli d'argile et de rocaille où s'écoulaient de petites cascades. On aurait plutôt dit l'intérieur d'une caverne qu'une résidence luxueuse de Beverly Hills.

Le mur nord avait l'apparence d'un bloc de marbre noir. L'apparence seulement.

Un examen plus attentif révélait la présence d'un écran plat d'un mètre, d'un lecteur de DVD et d'un panneau de verre teinté. Mulch saisit une télécommande plus grosse que sa jambe et fit apparaître son armoire secrète en composant un autre code très compliqué. A l'intérieur s'alignaient trois rangées d'Oscars. Mulch posa celui de Maggie V sur le socle de velours qui l'attendait.

Il essuya une larme imaginaire au coin de sa paupière.

– Je voudrais remercier l'académie, déclara-t-il en pouffant de rire.

– Très émouvant, dit une voix derrière lui.

Mulch claqua la porte de l'armoire, craquelant le panneau de verre.

Il y avait un jeune humain près de la rocaille. Dans son propre appartement ! Le garçon avait une allure étrange, même pour un Être de Boue. Il était anormalement pâle, très mince, avec des cheveux noirs et un uniforme d'écolier qui semblait avoir traversé deux continents sans s'arrêter chez le teinturier.

Les poils du menton de Mulch se raidirent. La présence de ce garçon ne présageait rien de bon. Les poils de nain ne se trompent jamais.

– Votre système d'alarme est très amusant, poursuivit le jeune homme. Il m'a fallu plusieurs secondes pour le neutraliser.

Mulch comprit alors qu'il avait de sérieux ennuis. La police humaine ne s'introduit pas chez les gens par effraction.

– Qui êtes-vous, l'hu... mon garçon ?

– La question devrait plutôt être : qui êtes-vous ? Êtes-vous Lance Digger, le millionnaire reclus ? Ou le célèbre Arsène Lutin ? Ou peut-être encore, comme le soupçonne Foaly, Mulch Diggums, le bagnard évadé ?

Mulch se mit à courir, utilisant ses ultimes réserves de gaz pour accroître sa vitesse. Il ignorait qui pouvait bien être cet Être de Boue mais si c'était Foaly qui l'envoyait, il devait sûrement s'agir d'un chasseur de primes.

Le nain se précipita à travers le salon, fonçant sur son issue de secours. C'était la raison pour laquelle il avait choisi cet immeuble-là parmi d'autres. Au début du XXe siècle, un large conduit de cheminée montait dans les étages jusqu'au toit.

Après l'installation du chauffage central, dans les années cinquante, l'entrepreneur chargé des travaux avait simplement bouché le conduit avec de la terre en le scellant à l'aide d'une dalle de béton. Mulch avait senti une odeur d'humus à l'instant même où l'agent immobilier ouvrait la porte de l'appartement. Il lui avait suffi de retrouver l'emplacement de l'ancienne cheminée et de briser la dalle de béton pour s'aménager instantanément un tunnel de sortie.

Et voilà.

Tout en courant, Mulch déboutonna son rabat postérieur. L'étrange jeune homme n'essaya pas de le poursuivre. D'ailleurs, pour quoi faire ? Il n'y avait pas d'issue apparente.

Le nain s'accorda une seconde pour lancer une dernière réplique.

– Tu ne me prendras jamais vivant, l'humain. Dis à Foaly qu'on n'envoie pas un Être de Boue faire un travail de fée.

« Mon Dieu », songea Artemis en se massant le front. Les dialoguistes de Hollywood avaient décidément une influence désastreuse.

Mulch arracha le panier de fleurs séchées qui dissimulait la cheminée et plongea. Il décrocha sa mâchoire et se retrouva bientôt immergé dans l'argile vieille d'un siècle. Elle n'était pas vraiment à son goût. Les minéraux et les éléments nutritifs qu'elle contenait s'étaient depuis longtemps desséchés, remplacés par cent ans de détritus carbonisés et de cendres de tabac. Mais c'était quand même de l'argile et les nains étaient faits pour l'avaler. Mulch sentit son inquiétude s'envoler. Aucune créature vivante ne pourrait plus l'attraper, à présent. Il était dans son domaine.

Le nain descendit rapidement, dévorant les étages. Des murs s'effondrèrent sur son passage et Mulch eut le sentiment qu'il aurait du mal à récupérer son dépôt de garantie, même s'il se donnait la peine de revenir le chercher.

En un peu plus d'une minute, il atteignit le parking en sous-sol. Il raccrocha sa mâchoire, secoua son postérieur pour se débarrasser d'éventuelles bulles de gaz puis se faufila par la grille qui fermait le conduit. Son 4X4 spécialement aménagé l'attendait. Le réservoir plein, les vitres teintées, prêt à partir.

– Bande de pigeons, gloussa le nain d'un air moqueur en plongeant la main dans sa chemise pour prendre les clés accrochées à son cou.

Le capitaine Holly Short se matérialisa à moins d'un mètre de lui.

– Pigeons ? dit-elle, son électrotrique réglée à la puissance maximum.

Mulch étudia rapidement la situation. Le sol du parking était recouvert d'asphalte. Or, l'asphalte était mortel pour les nains, il leur obstruait les entrailles comme de la colle. Quant à la rampe de sortie, elle était bloquée par un homme aussi gros qu'une montagne.

Mulch l'avait déjà vu dans le manoir des Fowl. Ce qui signifiait que l'humain présent dans son appartement devait être le tristement célèbre Artemis Fowl. Le capitaine Short lui barrait le chemin et ne semblait guère portée à l'indulgence. Il n'y avait plus qu'une seule solution. Retourner dans la cheminée. Remonter deux étages et se cacher dans un autre appartement.

Holly eut un sourire.

– Vas-y, Mulch. Je te le conseille.

Mulch s'exécuta. Il fit volte-face et se rua sur la cheminée, s'attendant à recevoir un choc douloureux dans l'arrière-train. Il ne fut pas déçu. Comment Holly aurait-elle pu manquer une cible pareille ?

CONDUIT E 116, SOUS LOS ANGELES

Le terminal des navettes de Los Angeles était situé à une centaine de kilomètres au sud de la ville, caché sous une projection holographique représentant une dune de sable. Root les attendait dans la navette. Il était suffisamment remis à présent pour esquisser un sourire.

– Tiens, tiens, grogna-t-il en se soulevant du brancard, un nouveau médipack attaché contre ses côtes. On dirait que mon bandit préféré est revenu d'entre les morts.

Mulch ouvrit un bocal de pâté de calamar trouvé dans le réfrigérateur personnel de l'ambassadeur atlante.

– Comment se fait-il, Julius, que vous ne soyez jamais venu me rendre visite ? Après tout, j'ai sauvé votre carrière, quand nous étions en Irlande. Sans moi, vous n'auriez jamais su que Fowl possédait une copie du Livre.

Lorsque Root était en colère, comme c'était le cas en ce moment, on aurait pu faire griller des toasts sur ses joues.

– On avait conclu un marché, bagnard. Vous ne l'avez pas respecté. Alors, maintenant, je vous ramène.

Mulch mangeait de gros morceaux de pâté avec ses doigts boudinés.

– Ce serait meilleur avec un petit jus de scarabée, commenta-t-il.

– Profitez-en bien pendant que vous le pouvez encore, Diggums. Parce que votre prochain repas, on vous le servira par le guichet d'une cellule.

Le nain se laissa aller contre le dossier d'un fauteuil capitonné.

– Très confortable, dit-il.

– C'est mon avis, approuva Artemis. Ça fonctionne sans doute avec un système de suspension hydraulique. Sûrement très cher.

– Beaucoup mieux que les navettes cellulaires, reprit Mulch. Le jour où ils m'ont arrêté pour avoir vendu un Van Gogh à un Texan, je me souviens qu'ils m'ont fait voyager dans une navette de la taille d'un trou de souris. Il y avait un troll dans la cellule voisine. Ça empestait horriblement.

– C'est ce qu'a dit le troll, déclara Holly avec un sourire.

Tout en sachant parfaitement que Mulch prenait plaisir à le provoquer, Root ne put s'empêcher de laisser éclater sa fureur :

– Écoutez-moi bien, bagnard. Je ne suis pas venu jusqu'ici pour entendre vos souvenirs de guerre. Alors taisez-vous sinon, c'est moi qui vais vous faire taire.

Le nain ne fut nullement impressionné.

– Par simple curiosité, Julius, dites-moi donc ce qui justifie ce long voyage ? Le grand commandant Root réquisitionnant la navette d'un ambassadeur simplement pour appréhender ma pauvre petite personne ? Je n'y crois pas. Alors, qu'est-ce qui se passe ? Et pourquoi avez-vous emmené ces Êtres de Boue avec vous ?

Il désigna Butler d'un signe de tête.

– Surtout celui-là.

Le serviteur sourit.

– Vous vous souvenez de moi, mon petit bonhomme ? Je crois que nous avons un compte à régler tous les deux...

Mulch déglutit. Il avait eu l'occasion de croiser le fer avec Butler. L'affrontement ne s'était pas très bien terminé pour l'humain. Mulch lui avait envoyé des gaz de nain à la figure. Très embarrassant pour un garde du corps, et très douloureux aussi.

Pour la première fois, Root pouffa de rire, malgré ses côtes sensibles.

– D'accord, Mulch, vous avez raison. Il se passe quelque chose. Quelque chose de très grave.

– Je m'en doutais. Et comme d'habitude, vous avez besoin de moi pour accomplir vos basses besognes.

Mulch se frotta les fesses.

– Ce n'est pas en me brutalisant que vous obtiendrez ce que vous cherchez. Il était inutile de m'envoyer une telle décharge, capitaine. Ça va laisser des marques.

Holly mit la main derrière son oreille comme pour mieux entendre.

– Même en écoutant bien, tu n'entendras aucun sifflet dans l'assistance. D'après ce que j'ai vu, tu vivais plutôt confortablement avec l'or des FAR.

– Oh, vous savez, cet appartement me coûte une fortune. Le dépôt de garantie représente à lui seul quatre années de votre salaire. Vous avez admiré la vue ? Avant moi, c'était un réalisateur de films qui habitait là.

Holly haussa un sourcil.

– Contente de voir que tu as fait bon usage de cet argent. Il aurait été désolant de le voir gaspiller.

Mulch haussa les épaules.

– Hé, je suis un voleur. Qu'attendiez-vous de moi ? Que je fonde un hospice pour les pauvres ?

– Non, Mulch, aussi étrange que cela puisse paraître, je ne m'y attendais pas du tout.

Artemis s'éclaircit la gorge.

– Cette petite réunion est très émouvante. Mais pendant que vous faites assaut d'esprit, mon père est en train de geler dans les glaces de l'Arctique.

Le nain remonta la fermeture éclair de sa combinaison.

– Son père ? Vous voulez que j'aille sauver le père d'Artemis Fowl ? Dans l'Arctique ?

Sa voix exprimait une peur réelle. Les nains détestent la glace presque autant que le feu.

Root hocha la tête.

– J'aimerais bien que ce soit aussi simple. Et vous aussi, quand je vous aurai expliqué.

Les poils de la barbe du nain se hérissèrent sur son menton. Et comme disait sa grand-mère : « Il faut toujours faire confiance à tes poils, Mulch. »

CHAPITRE XII

LE RETOUR DE L'ÉQUIPE

CABINE DE CONTRÔLE

Foaly réfléchissait. Il réfléchissait toujours. Les idées crépitaient dans son cerveau comme du pop-corn dans un micro-ondes. Mais elles ne lui servaient à rien. Il n'avait même plus la ressource de faire venir Julius pour lui rebattre les oreilles de stratagèmes ineptes. La seule arme du centaure, c'était l'ordinateur portable d'Artemis Fowl. Autant combattre un troll avec un cure-dent.

L'ordinateur humain n'était sans doute pas sans mérite, si on s'intéressait à l'histoire ancienne. L'e-mail s'était déjà révélé utile. En admettant qu'il y ait encore quelqu'un de vivant pour y répondre. Une petite caméra était fixée sur le couvercle pour les vidéoconférences. Quelque chose que les Êtres de Boue n'avaient découvert que récemment. Jusqu'alors, les humains s'étaient contentés de communiquer par l'écriture ou les ondes sonores. Foaly hocha la tête. Les barbares.

La caméra était cependant de bonne qualité et dotée de plusieurs filtres. Le centaure aurait presque pu croire que quelqu'un avait révélé quelques secrets de la technologie des fées.

D'un coup de sabot, Foaly fit pivoter le portable pour diriger la caméra vers le mur d'écrans. « Viens, Cudgeon. Souris, tu es filmé. »

Il n'eut pas longtemps à attendre. Quelques minutes plus tard, un écran de communication s'ouvrit et Cudgeon apparut, brandissant un drapeau blanc.

– Très élégant, commenta Foaly d'un ton railleur.

– C'est ce que je pensais, répondit l'elfe en agitant le fanion d'un air théâtral. J'en aurai besoin un peu plus tard.

Cudgeon appuya sur une touche de sa télécommande.

– Tu as peut-être envie de regarder ce qui se passe à l'extérieur ?

Les vitres opaques redevinrent transparentes, laissant voir des escouades de techniciens qui essayaient fébrilement de forcer les systèmes de sécurité de la cabine. La plupart dirigeaient des capteurs sur les diverses interfaces mais d'autres procédaient de manière plus traditionnelle en tapant sur les détecteurs avec de gros marteaux. Aucune des deux méthodes ne donnait le moindre résultat.

La gorge sèche, Foaly déglutit. Il était comme un rat pris au piège.

– Et si tu m'expliquais ton plan, Briar ? En général, c'est ce que font les traîtres assoiffés de pouvoir.

Cudgeon s'installa confortablement dans son fauteuil pivotant.

– Mais bien sûr, Foaly. Et cette fois, il ne s'agira pas d'un de ces films d'humains que tu aimes tant. Il n'y aura aucun héros pour se précipiter à ton secours au dernier moment. Short et Root sont déjà morts. Tout comme les Êtres de Boue qui les accompagnaient. Tu n'auras ni sursis ni secours. Attends-toi à une mort certaine, rien d'autre.

Foaly aurait dû éprouver de la tristesse mais tout ce qu'il ressentit, ce fut de la haine.

– Lorsque la situation sera désespérée, poursuivit Cudgeon, je dirai à Opale de rendre aux FAR le contrôle de leurs armes. Le B'wa Kell sera mis hors de combat et c'est toi qu'on tiendra pour responsable de toute cette affaire, si toutefois tu es encore vivant, ce dont je doute.

– Lorsque les gobelins retrouveront leurs esprits, ils te dénonceront.

Cudgeon agita l'index en signe de dénégation.

– Seuls quelques-uns d'entre eux savent que je suis impliqué et je m'occuperai personnellement de leur cas. Ils ont déjà été convoqués aux Laboratoires Koboï. J'irai les rejoindre dans peu de temps. Les canons ADN ont été réglés sur le code génétique des gobelins. Lorsque le moment sera venu, je les activerai et toutes leurs troupes seront assommées pour le compte.

– Et ensuite, Opale Koboï deviendra ton impératrice, j'imagine ?

– Bien entendu, répondit Cudgeon d'une voix sonore.

Il appuya alors sur une autre touche de la télécommande pour s'assurer qu'ils étaient sur une longueur d'onde protégée.

– Impératrice ? murmura-t-il. Vraiment, Foaly ! Tu crois donc que je me serai donné tout ce mal pour partager le pouvoir ? Oh que non ! Dès que cette mascarade sera terminée, Miss Koboï va être victime d'un tragique accident. Peut-être même de plusieurs accidents tragiques.

Foaly se hérissa.

– Au risque de parler comme dans un mauvais film, Briar, tu ne t'en tireras pas aussi facilement.

Cudgeon posa le doigt sur la touche de fin de communication.

– Si c'est vrai, dit-il d'un ton aimable, tu ne seras plus là pour t'en réjouir.

Et il disparut de l'écran, laissant le centaure à son désespoir. C'est tout au moins ce que Cudgeon croyait.

Foaly tendit la main vers le portable.

– On peut faire une pause, les gars, c'est dans la boîte, dit-il.

CONDUIT E 116

Holly amarra la navette à la paroi d'un conduit désaffecté.

– Nous disposons d'environ trente minutes. Les capteurs internes nous annoncent une poussée de magma dans une demi-heure et aucune navette ne peut résister à une telle chaleur.

Ils se rassemblèrent dans le salon pressurisé pour établir un plan.

– Il faut s'introduire dans les Laboratoires Koboï et reprendre le contrôle de l'armement des FAR, dit le commandant.

Mulch s'était levé et se dirigeait vers la porte.

– Pas question, Julius. L'endroit a été modernisé depuis la dernière fois que j'y suis allé. J'ai entendu dire qu'ils avaient des canons à code génétique.

Root rattrapa le nain par la peau du cou.

– Premièrement, vous ne m'appelez pas Julius. Deuxièmement, vous vous comportez comme si vous aviez le choix, bagnard.

Mulch lui lança un regard mauvais.

– J'ai le choix, Julius. Je peux très bien purger ma peine dans une bonne petite cellule. M'obliger à aller au combat constitue une violation de mes droits.

Le teint de Root oscilla entre le rose pastel et le rouge betterave.

– Vos droits ! balbutia-t-il. Et c'est vous qui me parlez de vos droits ! Ça, c'est typique !

Puis, étrangement, il se calma.

En fait, il semblait presque heureux. Quiconque connaissait bien le commandant savait que lorsque lui était heureux, quelqu'un d'autre allait bientôt ne pas l'être du tout.

– Qu'est-ce qu'il y a ? demanda Mulch d'un air soupçonneux.

Root alluma l'un de ses horribles cigares au champignon.

– Rien. Vous avez raison, c'est tout.

Le nain plissa les yeux.

– J'ai raison ? Vous êtes en train de me dire devant témoins que j'ai raison ?

– Mais bien sûr. Vous obliger à aller au combat violerait tous les droits qui vous sont garantis par les textes. Et donc, au lieu de vous proposer le marché fantastique auquel je pensais, je vais ajouter deux petits siècles de prison à votre peine et vous envoyer dans un établissement de haute sécurité.

Root s'interrompit pour souffler un nuage de fumée au visage du nain.

– Au mont des Soupirs, très exactement.

Mulch pâlit sous l'argile qui recouvrait ses joues.

– Le mont des Soupirs ? Mais c'est une...

– Une prison de gobelins, acheva le commandant. Je sais. Mais pour un spécialiste de l'évasion comme vous, je pense que je n'aurai aucune difficulté à convaincre l'administration pénitentiaire de faire une exception.

Mulch se laissa tomber dans le fauteuil capitonné. Les choses tournaient mal. La dernière fois qu'il avait partagé une cellule avec des gobelins, il ne s'était guère amusé. Et il s'agissait d'une simple garde à vue au centre de police. Au milieu d'une population de détenus, il ne durerait pas une semaine.

– Alors, ce marché, en quoi ça consiste ?

Artemis sourit, fasciné. Le commandant Root était plus intelligent qu'il n'en avait l'air.

D'ailleurs, le contraire aurait été quasiment impossible.

– Ah tiens, vous êtes intéressé ?

– Peut-être. Je ne vous promets rien.

– OK, alors voilà. C'est à prendre ou à laisser. Inutile de discuter. Vous vous arrangez pour qu'on puisse entrer dans les Laboratoires Koboï et, quand tout sera terminé, je vous donne deux jours d'avance avant de vous faire rechercher.

Mulch pinça les lèvres. C'était une bonne proposition. Décidément, ils devaient avoir beaucoup d'ennuis, en bas.

CENTRE DE POLICE

La situation devenait de plus en plus explosive au centre de police. Il y avait des monstres derrière la porte, au sens propre du terme. Le capitaine Kelp courait d'un poste à l'autre pour essayer de rassurer ses troupes.

– Ne vous inquiétez pas, ils ne pourront jamais franchir ces portes avec des Néflask. Il leur faudrait au moins un missile...

Au même instant, les portes de l'entrée principale ployèrent sous l'effet d'une force terrifiante. Comme si on avait soufflé dans un sac en papier. Elles résistèrent au choc, mais tout juste.

Cudgeon sortit en trombe du poste de commandement, les glands de son nouveau grade étincelant sur sa poitrine. Depuis que le Grand Conseil avait décidé sa réintégration, il était devenu un personnage historique en étant le seul commandant des FAR à avoir été élevé deux fois à ce grade.

– Qu'est-ce que c'était ?

Baroud brancha sur les écrans les caméras extérieures. L'image montra un gobelin qui portait un gros tube sur l'épaule.

– Une sorte de bazooka. Sans doute un ancien canon Néflask à gros calibre.

Cudgeon se frappa le front.

– Incroyable ! Normalement, ils devaient tous être détruits. Maudit soit ce centaure ! Comment a-t-il pu voler tout ce matériel sous mon nez ?

– Ne soyez pas trop sévère avec vous-même, dit Baroud. Il nous a tous trompés.

– Combien de temps pourrons-nous encore tenir ?

Baroud haussa les épaules.

– Pas longtemps. Encore deux chocs comme celui-ci et ce sera fini. Mais peut-être qu'ils n'avaient qu'un seul missile ?

Parole historique. La porte fut une nouvelle fois ébranlée. De gros morceaux de maçonnerie tombèrent du sommet des colonnes de marbre.

Baroud prit son envol, ses pouvoirs magiques refermant une plaie qui barrait son front.

– Infirmiers, voyez s'il y a des blessés. Est-ce que les armes sont chargées ?

Grub s'avança en trébuchant sous le poids de deux fusils électriques.

– Prêtes, capitaine. Trente-deux pièces. Vingt décharges chacune.

– OK. Je ne veux que les tireurs d'élite. Interdiction de faire feu avant que j'en aie donné l'ordre.

Grub acquiesça, le visage grave et pâle.

– Allez-y, caporal, dépêchez-vous.

Lorsque son frère se fut éloigné, Baroud parla à voix basse au commandant Cudgeon.

– Je ne sais pas quoi vous dire, mon commandant. Ils ont fait sauter le tunnel de l'Atlantide, donc aucun secours à espérer de ce côté-là. Et impossible de tracer un pentagramme autour d'eux pour établir une suspension temporelle. Nous sommes cernés, inférieurs en nombre et sous-armés. Si le B'wa Kell parvient à forcer les portes de sécurité, ce sera terminé en quelques secondes. Il faut absolument accéder à la cabine de contrôle. Il y a des progrès de ce côté-là ?

Cudgeon hocha la tête.

– Les techniciens font ce qu'ils peuvent. Nous avons des capteurs pointés sur chaque centimètre carré. Si nous parvenons à découvrir le code d'accès, ce sera vraiment un coup de chance.

Baroud frotta ses yeux fatigués.

– J'ai besoin de temps. Il doit y avoir un moyen de les arrêter.

Cudgeon sortit un drapeau blanc de sa tunique.

– En effet, il y a un moyen...

– Mon commandant ! Vous ne pouvez pas sortir. Ce serait du suicide.

– Peut-être, admit Cudgeon. Mais si je n'y vais pas,

nous risquons d'être tués jusqu'au dernier dans quelques minutes. Au moins, pendant ce temps-là, nous aurons un peu de répit pour essayer de forcer la cabine de contrôle.

Baroud réfléchit. Il n'y avait pas d'autre possibilité.

– Qu'est-ce que vous avez à négocier ?

– Les prisonniers du mont des Soupirs. Nous pourrions peut-être proposer des sortes de libérations sous contrôle.

– Le Grand Conseil n'acceptera jamais.

Cudgeon se redressa de toute sa taille.

– Ce n'est pas le moment de faire de la politique, capitaine. Il faut agir.

Baroud fut sincèrement stupéfait. Ce n'était pas le même Briar Cudgeon qu'il avait connu. Quelqu'un lui avait greffé une colonne vertébrale.

Le commandant fraîchement promu allait réellement gagner les glands épinglés à son revers. Baroud sentit monter dans sa poitrine un sentiment qu'il n'avait encore jamais éprouvé devant Briar Cudgeon : le respect.

– Entrebâillez la porte d'entrée, ordonna le commandant d'une voix tranchante comme l'acier.

Devant son écran, Foaly apprécierait sûrement le spectacle.

– Je vais parler à ces reptiles.

Baroud prit la relève de son supérieur. Si jamais ils s'en sortaient, il ferait tout son possible pour que le commandant Cudgeon soit décoré du Gland d'Or à titre posthume. Au minimum.

CONDUIT INCONNU, SOUS LES LABORATOIRES KOBOÏ

La navette atlante plongea dans un vaste conduit en rasant la paroi d'assez près pour rayer la peinture de la coque.

Artemis passa la tête par la porte qui donnait accès à la cabine des passagers.

– Est-ce vraiment nécessaire, capitaine ? demanda-t-il alors qu'ils frôlaient la mort pour la énième fois. Ou bien jouez-vous les casse-cou pour le seul plaisir d'épater la galerie ?

Holly cilla.

– Vous trouvez que j'ai une tête de casse-cou ?

Artemis dut admettre que ce n'était pas le cas. Le capitaine Short était très jolie, et même d'une beauté redoutable. A la manière des veuves noires. Artemis s'attendait à ressentir les premiers effets de la puberté dans environ huit mois et il se doutait qu'à ce moment-là, il verrait Holly sous un autre jour. Sans doute était-il préférable pour lui qu'elle ait quatre-vingts ans.

– Je colle le plus possible à la paroi pour chercher la fameuse fissure dont Mulch nous a parlé, expliqua Holly.

Artemis approuva d'un signe de tête. C'était la théorie du nain. Suffisamment incroyable pour être vraie. Il retourna à l'arrière pour écouter les explications très particulières de Mulch.

Le nain avait tracé un schéma grossier sur un panneau lumineux. A vrai dire, il existait des chimpanzés plus doués que lui pour le dessin. Et qui dégageaient une odeur plus supportable. Mulch se servait d'une carotte en guise de baguette – ou, plus exactement, de plusieurs carottes. Les nains aiment beaucoup les carottes.

– Ça, ce sont les Laboratoires Koboï, marmonna-t-il, la bouche pleine.

– Ça ? s'exclama Root.

– Je sais bien, Julius, que mon schéma n'est pas très précis.

Le commandant bondit de son siège avec une telle force qu'on aurait pu croire à une explosion de gaz de nain.

– Pas très précis ? C'est un simple rectangle !

Mulch demeura imperturbable.

– On s'en fiche, l'important se trouve ici.

– Ce gribouillis ?

– Il s'agit d'une ligne droite qui représente une fissure, protesta le nain. Tout le monde peut le voir, non ?

– Dans un jardin d'enfants, peut-être. Admettons que ce soit une fissure, et alors ?

– C'est là que les choses se compliquent. Car voyez-vous, en temps normal, cette fissure n'existe pas.

Root recommença à tordre un cou imaginaire. Un geste qu'il répétait de plus en plus fréquemment, ces temps-ci. Artemis, en revanche, se montra soudain très intéressé.

– Quand apparaît-elle ?

Mais Mulch n'allait pas se contenter de donner une réponse directe.

– Nous, les nains, on en connaît un rayon en matière de roches. Ça fait des éternités qu'on y creuse notre trou.

Les doigts de Root commencèrent à pianoter sur son électrotrique.

– Ce que le Peuple des fées n'a jamais compris, c'est que les pierres sont vivantes. Elles respirent.

Artemis approuva d'un hochement de tête.

– Bien sûr. Dilatation par la chaleur.

Mulch mordit dans sa carotte d'un air triomphant.

– Exactement. Et l'inverse est aussi vrai. Elles se contractent quand elles refroidissent.

Même Root écoutait à présent.

– Les Laboratoires Koboï sont bâtis sur une couche solide. Cinq kilomètres de roc. Impossible à percer à moins de disposer d'ogives Sonix. Et dans ce cas, Opale Koboï risquerait fort de s'en apercevoir.

– En quoi cela nous aide-t-il ?

– Une fissure s'ouvre dans cette couche rocheuse lorsqu'elle refroidit. J'ai travaillé aux fondations quand ils ont construit le bâtiment. La fissure permet d'arriver juste au-dessous. Il y a encore un long chemin à parcourir après mais au moins, on est dans la place.

Le commandant était sceptique.

– Comment se fait-il qu'Opale Koboï n'ait pas remarqué une fissure aussi béante ?

– Oh, je n'ai pas dit qu'elle était béante.

– Elle est grande comment ?

Mulch haussa les épaules.

– Sais pas. Peut-être cinq mètres. A son point le plus large.

– C'est quand même une grande fissure. Si on passe une journée là-dedans, on doit finir par la voir.

– Elle ne reste sûrement pas ouverte la journée entière, intervint Artemis. N'est-ce pas, Mulch ?

– La journée entière ? J'aimerais bien. A vue de nez, je dirais plutôt, en donnant une estimation approximative...

Root perdait son calme. Il n'aimait pas beaucoup qu'on le fasse lanterner.

– Dépêchez-vous, bagnard, avant que j'ajoute une brûlure à votre postérieur !

Mulch eut l'air blessé.

– Arrêtez de crier comme ça, Julius, j'ai les poils du menton qui se hérissent.

Root ouvrit la porte du réfrigérateur, offrant son visage à la caresse du froid.

– OK, Mulch. Combien de temps ?

– Trois minutes maximum. La dernière fois que j'y suis allé, j'avais une paire d'ailes et une combinaison pressurisée. J'ai failli être aplati et grillé.

– Grillé ?

– Laissez-moi deviner, dit Artemis. La fissure ne s'ouvre que lorsque la roche s'est suffisamment contractée. Si elle se trouve sur la paroi d'un conduit, le moment le plus froid doit se situer juste avant les poussées de magma.

Mulch cligna de l'œil.

– Bien raisonné, l'humain. Si la roche ne vous écrabouille pas, c'est le magma qui vous fera rôtir.

La voix de Holly crépita dans les haut-parleurs.

– J'ai quelque chose sur l'écran. Ça pourrait être une ombre ou alors une fissure dans la paroi.

Mulch exécuta quelques pas de danse, visiblement très content de lui.

– Vous voyez bien, Julius, j'avais raison, une fois de plus ! Vous me devez une fière chandelle.

Le commandant se caressa l'arête du nez. S'il s'en sortait vivant, il ne quitterait plus jamais son bureau.

LABORATOIRES KOBOÏ

Le bâtiment était encerclé par des gobelins du B'wa Kell armés jusqu'aux dents, la langue pendante, assoiffés de sang. Cudgeon, poussé par une douzaine de fusils, fut escorté sans ménagement à travers la foule. Au sommet de leurs tours, les canons ADN étaient hors d'usage pour le moment. Dès l'instant où Cudgeon sentirait que le B'wa Kell ne lui était plus d'aucune utilité, ils seraient réactivés.

Le commandant fut emmené dans le saint des saints et contraint de se mettre à genoux devant Opale et les généraux du B'wa Kell. Lorsque les soldats eurent été renvoyés, il se releva, retrouvant son autorité.

– Tout se passe selon le plan prévu, annonça-t-il en s'approchant d'Opale pour lui caresser la joue. Dans une heure, Haven-Ville sera tombée entre nos mains.

Le général Scalène n'était guère convaincu.

– Elle tomberait beaucoup plus vite si nous avions des pistolets de Koboï.

Cudgeon eut un soupir patient.

– Nous en avons déjà parlé, général. L'émission du signal disruptif désactive toutes les armes à neutrinos. Si on vous donne des pistolets en état de marche, les FAR pourront aussi se servir des leurs.

Dépité, Scalène s'éloigna d'un pas traînant en se léchant les globes oculaires de sa langue fourchue.

Bien entendu, ce n'était pas la seule raison pour laquelle les gobelins étaient privés de pistolets à neutrinos. Cudgeon n'avait aucune envie d'armer des troupes qu'il se promettait de trahir. Dès que le B'wa Kell se serait débarrassé des membres du Grand Conseil, Opale rendrait aux FAR leur puissance de feu.

– Comment ça se passe ?

Opale pivota sur son Aéromouss, les jambes repliées sous elle.

– Merveilleusement bien. Les portes ont cédé quelques instants après ton départ, lorsque tu es allé… négocier.

Cudgeon sourit.

– Heureusement que je suis sorti. J'aurais pu être blessé.

– Le capitaine Kelp a rassemblé les troupes qui lui restent dans la salle des opérations, autour de la cabine de contrôle. Les membres du Grand Conseil sont également là-bas.

– Parfait, commenta Cudgeon.

Un autre général du B'wa Kell, le dénommé Laglaire, tapa du poing sur la table de conférence.

– Non, Cudgeon, c'est loin d'être parfait. Nos frères dépérissent au mont des Soupirs.

– Patience, général Laglaire, répondit Cudgeon d'un ton apaisant, allant jusqu'à poser une main sur l'épaule du gobelin. Dès que le centre de police sera tombé, nous pourrons ouvrir les cellules du mont des Soupirs sans rencontrer de résistance.

En lui-même, Cudgeon était furieux. Ces créatures imbéciles. Ce qu'il pouvait les détester ! Elles s'habillaient de robes taillées dans leur propre peau, après chaque mue. Dégoûtant. Cudgeon avait hâte de réactiver les canons ADN pour interrompre leurs jacasseries pendant quelques heures.

Il croisa le regard d'Opale. Elle lisait dans ses pensées. Savourant la victoire par avance, elle eut un grand sourire qui découvrit ses dents minuscules. Quelle délicieuse perversité chez cet être. C'était d'ailleurs la raison pour laquelle il fallait s'en débarrasser. Opale Koboï ne se sentirait jamais heureuse si elle devait n'occuper que la deuxième place dans la hiérarchie du pouvoir.

Il lui adressa un clin d'œil.

– Bientôt, dit-il en remuant silencieusement les lèvres. Bientôt.

CHAPITRE XIII

DANS LA BRÈCHE

SOUS LES LABORATOIRES KOBOÏ

Les navettes des FAR ont la forme d'une goutte d'eau, l'arrière imposant avec ses deux propulseurs et le nez si pointu qu'il pourrait traverser une plaque d'acier. Mais nos héros ne se trouvaient pas à bord d'une navette des FAR, ils voyageaient dans le vaisseau de luxe d'un ambassadeur. Le confort y était privilégié par rapport à la vitesse. L'avant de l'engin avait la taille d'un derrière de gnome. Massif et somptueux avec une calandre sur laquelle on aurait pu faire griller un bison entier.

– Donc, vous nous dites que cette fissure va s'ouvrir pendant environ deux minutes et que je dois la traverser avec la navette. Votre plan se réduit à ça ? résuma Holly.

– C'est ce que nous avons de mieux à faire, répondit Root d'un air sombre.

– Au moins, nous serons assis dans des sièges capitonnés quand nous nous ferons aplatir comme des crêpes. Ce machin est à peu près aussi maniable qu'un rhinocéros à trois pattes.

– Comment pouvais-je prévoir ? grommela Root. Normalement, il devait s'agir d'un vol de routine. Cette navette a une excellente stéréo.

Butler leva la main.

– Écoutez. Vous entendez ce bruit ?

Ils tendirent l'oreille. Le son venait d'en dessous. On aurait dit un géant qui s'éclaircissait la gorge.

Holly regarda les images transmises par les caméras ventrales.

– Une poussée de magma, annonça-t-elle. Une énorme langue de feu. Elle va nous roussir les plumes d'un instant à l'autre.

Devant eux, la paroi rocheuse craquait et gémissait, au rythme incessant de ses contractions et dilatations. La fissure s'ouvrait comme le sourire d'une bouche aux dents noires.

– La voilà. Allons-y, dit précipitamment Mulch. Elle va se refermer plus vite qu'un ver gluant qui...

– Elle n'est pas encore assez grande, coupa Holly. Ceci est une navette, pas un gros nain volant, dans tous les sens du terme.

Mulch avait trop peur pour se sentir insulté.

– Dépêchez-vous. Elle va s'agrandir à mesure que nous avancerons.

En temps normal, Holly aurait attendu que Root donne le feu vert. Mais le pilotage, c'était son domaine. Et personne ne se serait permis de discuter avec le capitaine Short quand elle était aux commandes d'une navette.

Dans un tremblement, la fissure s'élargit encore d'un mètre.

Holly serra les dents.

– Tenez-vous bien, dit-elle en poussant les gaz au maximum.

Les passagers du vaisseau se cramponnèrent aux bras de leurs fauteuils et fermèrent les yeux. Sauf Artemis. Il n'y parvenait pas. Il éprouvait une sorte de fascination morbide à l'idée de voler à une vitesse insensée dans un gouffre inexploré, sur la seule foi d'un nain kleptomane.

Holly était concentrée sur ses instruments de bord. Les caméras et les capteurs extérieurs envoyaient diverses informations sur les écrans et dans les haut-parleurs. Le sonar s'affolait, émettant des signaux si rapprochés qu'on aurait dit une plainte ininterrompue. Les projecteurs à halogène éclairaient les images terrifiantes qui s'inscrivaient sur les écrans et le radar laser traçait en trois dimensions sur un fond noir des figures aux lignes vertes. Il y avait également le pare-brise à quartz. Mais avec les nuages de poussière et les débris qui volaient de toutes parts, il était quasiment impossible de voir quoi que ce soit à l'œil nu.

– La température augmente, murmura Holly en jetant un coup d'œil à l'écran de contrôle arrière.

Une colonne de plasma orange avait jailli dans le conduit, projetant de la matière en fusion à l'entrée de la fissure.

Ils étaient lancés dans une course éperdue. La fissure

se refermait derrière eux et s'élargissait simultanément devant le vaisseau. Le bruit était effrayant. On aurait dit un tonnerre éclatant dans une bulle.

Mulch se boucha les oreilles.

– La prochaine fois, je choisirai le mont des Soupirs.

– Silence, bagnard, gronda Root. C'était votre idée.

Leur dispute fut interrompue par un terrible grincement qui projeta une gerbe d'étincelles devant le pare-brise.

– Désolée, s'excusa le capitaine Short. Notre matériel radio vient de prendre congé.

Elle fit une embardée, passant de justesse entre deux plaques mouvantes. La chaleur du magma qui dilatait la pierre les avait poussées l'une vers l'autre. Une arête rocheuse s'abattit sur la queue du vaisseau lorsque les deux plaques s'entrechoquèrent comme les paumes d'un géant claquant les mains. Butler serrait fermement son Sig Sauer contre lui. Une manière de se rassurer.

Enfin, ils arrivèrent à l'autre extrémité de la fissure, débouchant dans une grotte où se dressaient trois immenses colonnes de titane.

– Là, dit Mulch, la voix haletante. Les fondations.

Holly roula les yeux.

– Est-ce possible ? grogna-t-elle en sortant les crampons d'atterrissage.

Mulch avait tracé un autre schéma. Celui-ci ressemblait à un serpent arrondi.

– Nous sommes conseillés par un idiot armé d'un crayon, dit Root avec un calme trompeur.

– J'ai quand même réussi à vous amener jusqu'ici, Julius, répondit Mulch, l'air boudeur.

Holly était en train de vider la dernière bouteille d'eau minérale. Elle utilisa un bon tiers de son contenu pour s'asperger la tête.

– Ne commence pas à ronchonner, le nain, dit-elle. Tout ce que je vois, c'est qu'on est coincés au centre de la terre sans issue de secours et sans communications avec l'extérieur.

Mulch recula d'un pas.

– Le vol vous a tous rendus un peu nerveux. Retrouvons notre calme avant de continuer, d'accord ?

Personne n'avait l'air disposé à se calmer. Même Artemis paraissait légèrement secoué par l'épreuve. Et Butler tenait toujours fermement son Sig Sauer.

– Le plus dur est passé. Nous avons atteint les fondations, à présent. La seule façon de sortir d'ici, c'est de remonter.

– Voyez-vous cela, bagnard ? dit Root. Et à votre avis, comment fait-on pour remonter ?

Mulch prit une carotte dans le réfrigérateur et la pointa sur son schéma.

– Ceci représente...

– Un serpent ?

– Non, Julius. C'est un des piliers qui soutiennent le bâtiment.

– Les piliers en titane massif plantés dans la couche de roc infranchissable ?

– Exactement. Sauf que l'un d'eux n'est pas si massif que ça.

Artemis hocha la tête.

– C'est bien ce que je pensais. Vous avez rogné sur les matériaux, n'est-ce pas, Mulch ?

Mulch n'éprouvait aucun repentir.

– Vous connaissez les règlements en matière de construction ? Des pilliers en titane massif ? Vous avez une idée de ce que ça coûte ? Le devis aurait monté en flèche. Alors, mon cousin Nord et moi on a décidé d'oublier le titane.

– Mais il fallait bien remplir le pilier avec quelque chose, intervint le commandant. Koboï a sûrement dû vérifier.

Mulch hocha la tête d'un air contrit.

– On les a raccordés pendant deux jours aux conduits d'évacuation des égouts. Les sonographes n'ont pas fait la différence.

Holly sentit sa gorge se serrer.

– Les égouts ? Tu veux dire…

– Non. C'est fini, aujourd'hui. Ça s'est passé il y a cent ans. Maintenant, il n'y a plus que de l'argile. Et une argile d'excellente qualité.

Le visage de Root aurait pu porter à ébullition une grosse marmite d'eau.

– Et vous vous imaginez qu'on va grimper là-haut en pataugeant dans vingt mètres de… fumier ?

Le nain haussa les épaules.

– Si vous préférez, vous pouvez rester ici à tout jamais, ça m'est égal. Moi en tout cas, je monte par là.

La tournure que prenaient les événements ne plaisait pas du tout à Artemis. Courir, sauter, se faire mal, d'accord. Mais les égouts ?

– C'est ça, votre plan ? parvint-il à marmonner.

– Qu'est-ce qu'il y a, Bonhomme de Boue ? répliqua Mulch d'un air goguenard. On a peur de se salir les mains ?

Ce n'était qu'une façon de parler, Artemis le savait. Mais l'expression était bien choisie. Il jeta un regard à ses doigts minces. La veille, on aurait dit des doigts de pianiste aux ongles manucurés. Aujourd'hui, c'étaient ceux d'un maçon.

Holly donna une tape sur l'épaule d'Artemis.

– Allons-y, dit-elle. Dès que nous aurons sauvé le monde souterrain, nous pourrons partir au secours de votre père.

Holly remarqua un changement dans le visage d'Artemis. Comme si ses traits ne savaient pas très bien quelle expression adopter. Elle s'interrompit en repensant à ce qu'elle venait de dire. Pour elle, sa remarque n'avait été qu'un encouragement de circonstance, le genre de chose qu'un officier comme elle est amené à dire chaque jour. Mais Artemis ne semblait pas habitué à faire partie d'une équipe.

– Ne croyez pas que je me laisse aller à des familiarités, simplement, quand je donne ma parole, je la respecte.

Artemis préféra ne pas réagir. Il avait déjà pris un coup de poing dans la figure, aujourd'hui.

Ils descendirent de la navette par une passerelle escamotable. Artemis posa le pied sur le sol, se frayant un chemin parmi les pierres déchiquetées et les débris de construction abandonnés par Mulch et son cousin un

siècle plus tôt. La caverne était éclairée par des roches phosphorescentes qui étincelaient comme des étoiles.

– Cet endroit est une merveille géologique, s'exclama-t-il. La pression à cette profondeur devrait nous écraser, ce qui n'est pas le cas.

Il s'agenouilla pour examiner une moisissure qui sortait d'une vieille boîte de peinture rouillée.

– Il y a même de la vie.

Mulch arracha les restes d'un marteau coincé entre deux rocs.

– C'était donc là qu'il était celui-là. On avait un peu forcé sur les explosifs quand on a creusé les trous pour planter les colonnes. Quelques débris ont dû... tomber.

Holly était effarée. Aux yeux du Peuple, la pollution est une véritable horreur.

– Tu as violé tellement de lois, ici, Mulch, que je n'ai pas assez de doigts pour les compter. Quand tu auras tes deux jours d'avance, arrange-toi pour filer vite parce que c'est moi qui te poursuivrai.

– Voilà, on y est, dit Mulch sans prêter attention aux menaces.

Il en avait tellement entendu qu'elles n'avaient plus aucun effet sur lui.

Il y avait un trou dans l'un des piliers. Mulch en caressa le bord avec tendresse.

– Scie au diamant laser. Petite batterie nucléaire. Cette merveille peut couper n'importe quoi.

– Je m'en souviens de votre petite scie, dit Root. Un jour vous avez failli me décapiter avec.

Mulch soupira.

– C'était le bon vieux temps, pas vrai, Julius ?

Pour toute réplique, Root lui donna un fulgurant coup de pied dans le derrière.

– Parlez moins et creusez plus, bagnard.

Holly enfonça la main dans le trou.

– Des courants d'air. Le champ de pressurisation de la ville a dû réguler l'atmosphère de cette caverne au cours des années. C'est pour ça que nous ne sommes pas plats comme des limandes à l'heure qu'il est.

– Je comprends, dirent Butler et Root d'une même voix.

Un nouveau mensonge à ajouter à la liste.

Mulch ouvrit son rabat postérieur.

– Je vais creuser un tunnel jusqu'au sommet et je vous attendrai là-haut. Essayez de déblayer tout ce que vous pourrez. Je rejetterai la boue recyclée sur la paroi pour éviter d'obstruer le passage.

Artemis grogna. L'idée de ramper dans les matières recyclées de Mulch lui semblait quasiment intolérable. Seule la pensée de son père lui permettait de tenir.

Mulch s'introduisit dans le pilier.

– Reculez, dit-il en décrochant sa mâchoire.

Butler se hâta d'obéir – il n'avait pas l'intention de se laisser surprendre une deuxième fois par les gaz de nain.

Mulch s'enfonça jusqu'à la taille dans la colonne de titane. Quelques instants plus tard, il avait entièrement disparu. Le pilier commença à vibrer en émettant des sons peu ragoûtants. Des morceaux d'argile martelaient l'enveloppe métallique. Un flot ininterrompu de débris et d'air condensé jaillissait du trou.

– Stupéfiant, murmura Artemis. Tout ce que je pourrais faire si j'en avais dix comme lui. Entrer à Fort Knox deviendrait un jeu d'enfant.

– N'y songez même pas, avertit Root. Qu'est-ce qu'on a comme matériel ? ajouta-t-il en se tournant vers Butler.

Le serviteur dégaina son pistolet.

– Un Sig Sauer avec douze balles dans le chargeur. Rien d'autre. C'est moi qui le prendrai puisque je suis le seul à pouvoir le soulever. Vous deux, vous récupérerez ce que vous trouverez en chemin.

– Et moi ? demanda Artemis, bien qu'il connût déjà la réponse.

Butler regarda son maître droit dans les yeux.

– Je veux que vous restiez ici. Ceci est une opération militaire. Vous n'arriveriez à rien d'autre qu'à vous faire tuer.

– Mais...

– Mon travail consiste à vous protéger, Artemis, et cette caverne constitue sans doute l'endroit le plus sûr de la planète.

Artemis ne discuta pas. A vrai dire, tout cela lui était déjà venu à l'esprit. Parfois, le génie peut devenir un fardeau.

– Très bien, Butler, je resterai ici. A moins que...

Butler plissa les yeux.

– A moins que quoi ?

Artemis eut un sourire lourd de menaces.

– A moins qu'il ne me vienne une idée.

CENTRE DE POLICE

Au centre de police, la situation était désespérée. Le capitaine Kelp avait disposé en cercle les troupes qui lui restaient, à l'abri d'une barricade de bureaux et d'ordinateurs retournés. Les gobelins tiraient au jugé par l'embrasure de la porte et les médicosorciers ne disposaient plus de la moindre parcelle de magie. Désormais, les blessés ne pouvaient plus compter sur aucun soin.

Les membres du Grand Conseil s'étaient blottis derrière le mur que formaient les soldats. Ils étaient tous là, sauf le lieutenant-colonel Vinyaya qui avait exigé qu'on lui confie un des fusils électriques. Elle n'avait encore jamais raté sa cible.

Les techniciens, accroupis derrière leurs bureaux, essayaient tous les codes possibles pour tenter d'accéder à la cabine de contrôle. Baroud n'avait guère d'espoir de ce côté-là. Lorsque Foaly bloquait une porte, elle restait bloquée.

Pendant ce temps, à l'intérieur de la cabine, le centaure ne pouvait rien faire d'autre que de taper rageusement du poing. Cudgeon avait donné une nouvelle preuve de sa cruauté en permettant à Foaly d'observer la bataille à travers les vitres blindées.

Elle semblait perdue d'avance. Même si Julius et Holly avaient reçu son message, il était trop tard à présent pour tenter quoi que ce soit. Foaly avait les lèvres et la gorge sèches. Tout l'avait abandonné. Son ordinateur, son intellect, son sens de l'humour. Tout.

SOUS LES LABORATOIRES KOBOÏ

Quelque chose d'humide frappa Butler en pleine tête.

– Qu'est-ce que c'était ? souffla-t-il à Holly qui fermait la procession.

– Il vaut mieux ne pas poser la question, répliqua le capitaine Short.

Même derrière les filtres de son casque, l'odeur restait épouvantable.

Le contenu de la colonne avait fermenté pendant un siècle et dégageait la même puanteur qu'au premier jour. Ou pire encore. « Au moins, songea le garde du corps, je ne suis pas obligé d'en manger. »

Root était à l'avant, les feux de son casque projetant des rayons lumineux dans les ténèbres. Le pilier formait un angle de quarante degrés avec le sol et des rainures y avaient été creusées à intervalles réguliers pour maintenir en place le titane qui aurait dû le remplir.

Mulch avait fait un remarquable travail de dégagement. Mais les matières recyclées devaient bien aller quelque part. Le nain, c'était tout à son honneur, s'était efforcé de mâcher soigneusement chaque bouchée pour éviter les grumeaux.

Les trois autres avançaient avec constance en essayant de ne pas penser à ce qu'ils faisaient. Lorsqu'ils l'eurent rattrapé, Mulch était cramponné à un rebord, le visage contracté par la douleur.

– Qu'est-ce qui se passe ? demanda Root, laissant par inadvertance l'inquiétude percer dans sa voix.

– Pa'ez de'ant, marmonna Mulch. Pa'ez de'ant, 'ite.

Les yeux de Root s'agrandirent sous l'effet d'un sentiment proche de la panique.

– Passez devant ! siffla-t-il. Vite !

Ils se faufilèrent à grand-peine entre le nain et la paroi. Juste à temps. Mulch se détendit et laissa échapper une décharge de gaz qui aurait suffi à gonfler le chapiteau d'un cirque. Il raccrocha sa mâchoire.

– Ça va mieux, soupira-t-il. Il y a beaucoup d'air dans ce mélange. Maintenant, si vous vouliez bien ne pas m'envoyer votre projecteur dans l'œil... Vous savez que je n'aime pas la lumière.

Le commandant s'exécuta volontiers, passant sur l'infrarouge.

– Bon, à présent que nous sommes là, comment fait-on pour sortir ? Vous n'avez pas apporté votre scie, me semble-t-il ?

Le nain sourit.

– Pas de problème. Un voleur avisé prépare toujours sa prochaine visite. Regardez.

Mulch montra du doigt un endroit de la paroi de titane qui ne se distinguait en rien du reste.

– J'ai rebouché ça moi-même la dernière fois que je suis venu. C'est un joint flexible.

Root ne put s'empêcher de sourire.

– Vous êtes décidément une habile canaille. Comment avons-nous fait pour vous attraper ?

– La chance, répliqua le nain en donnant un coup de coude contre la paroi du pilier.

Une ouverture circulaire apparut aussitôt, telle qu'elle avait été découpée un siècle auparavant.

– Bienvenue dans les Laboratoires Koboï.

Ils se hissèrent dans un couloir faiblement éclairé. Des chariots à coussin d'air chargés de matériel étaient alignés par rangées de quatre le long des murs. Des tubes lumineux fixés au plafond diffusaient une lumière minimum.

– Je connais cet endroit, dit Root. Je suis déjà venu ici à l'occasion d'une inspection pour la délivrance de permis de détention d'armes. Il suffit de longer deux autres couloirs et on arrive au centre informatique. Nous avons une bonne chance d'y parvenir.

– Et les canons ADN ? demanda Butler.

– Sacrés engins, admit le commandant. Si leur système de détection ne vous reconnaît pas, vous êtes mort. Ils peuvent être programmés pour neutraliser des espèces entières.

– Sacrés engins, approuva le serviteur.

– Je pense qu'ils sont désactivés, reprit Root. D'abord, s'il y a des gobelins partout, j'imagine qu'ils ne sont pas entrés par la porte principale. Ensuite, si c'est Foaly qu'on tient pour responsable de ce petit soulèvement, les gens de chez Koboï feront semblant de ne pas avoir d'armes, tout comme les FAR.

– Quelle est la stratégie ? demanda Butler.

– Nous n'avons pas tellement le choix, avoua le commandant. Dès que nous aurons tourné le coin, nous serons dans le champ des caméras. Il faudra donc courir le plus vite possible en tapant sur tous ceux qu'on croisera en chemin. S'ils ont des armes, on les prend. Mulch, vous restez ici et vous élargissez le tunnel.

Il se peut que nous ayons à filer rapidement. Prêt?

Holly tendit la main.

– Messieurs, c'était un plaisir de travailler avec vous.

Le commandant et le serviteur posèrent chacun une main sur la sienne.

– C'est réciproque, dirent-ils.

Ils s'avancèrent ensuite le long du couloir. Deux cents gobelins contre nos trois héros pratiquement désarmés. La bataille serait rude.

A L'INTÉRIEUR DES LABORATOIRES KOBOÏ

– Des intrus, couina Opale Koboï d'un air ravi. A l'intérieur du bâtiment.

Cudgeon s'approcha de l'écran de surveillance.

– Je suis sûr que c'est Julius. Extraordinaire. De toute évidence, votre commando s'est vanté, général Laglaire.

Laglaire se lécha les globes oculaires à grands coups de langue furieux. Le lieutenant Nyle allait y laisser sa peau bien avant la période de mue.

– Est-ce qu'on peut activer les canons ADN? murmura Cudgeon à l'oreille d'Opale.

La fée hocha la tête en signe de dénégation.

– Pas tout de suite. Ils ont été reprogrammés pour neutraliser les gobelins. Il faudrait plusieurs minutes pour les régler à nouveau.

Cudgeon se tourna vers les quatre généraux.

– Envoyez un peloton à l'arrière et un autre par le

flanc. Nous pourrons les cerner quand ils seront arrivés à la porte. Ils n'auront plus d'issue.

Cudgeon contempla l'écran d'un regard extatique.

– Je n'aurais pas pu espérer mieux. Maintenant, mon cher ami Julius, c'est mon tour de t'humilier.

Artemis réfléchissait. C'était le moment de se concentrer. Il était assis en tailleur sur un rocher, passant en revue les diverses stratégies qu'ils pourraient mettre en œuvre pour sauver son père à leur retour dans l'Arctique. Si la Mafiya parvenait à fixer les conditions de l'échange avant qu'Artemis ait eu le temps de passer à l'action, il n'y aurait plus qu'un seul plan possible. Un plan à haut risque. Artemis se creusa la cervelle. Il devait bien exister un autre moyen.

Il fut distrait par un son musical qui venait de la colonne de titane. On aurait dit une note soutenue émise par un basson. « Des gaz de nain », se dit-il. La colonne avait une bonne acoustique.

Il lui fallait trouver une idée lumineuse. Une idée qui resplendirait comme le cristal dans cette boue où il se sentait plongé, une idée qui donnerait tout son sens à cette dure journée.

Huit minutes plus tard, il fut à nouveau interrompu. Cette fois, ce n'était pas du gaz. C'était un appel au secours. Mulch avait des ennuis et des ennuis apparemment douloureux.

Artemis s'apprêtait à envoyer Butler s'en occuper lorsqu'il réalisa que son garde du corps n'était pas là. Parti en mission pour sauver le monde souterrain.

Artemis devait se débrouiller seul.

Il passa la tête à l'intérieur de la colonne de titane. Il y faisait aussi noir que dans une vieille botte et l'odeur y était deux fois plus forte. Artemis jugea nécessaire de s'équiper d'abord d'un casque des FAR et il se hâta d'aller en chercher un dans la navette. Après quelques essais, il en activa les lumières et le système d'étanchéité.

– Mulch ? Vous êtes là ?

Pas de réponse. Était-ce un piège ? Était-il possible qu'Artemis Fowl soit sur le point d'être victime de la plus vieille ruse du monde ? Tout à fait possible, estima-t-il. Malgré tout, il ne pouvait prendre à la légère la vie de cette petite créature velue. Depuis qu'ils avaient quitté Los Angeles, et contre toute attente, un lien s'était créé entre Mr Diggums et lui. Artemis frissonna. C'était une chose qui se produisait de plus en plus souvent depuis que sa mère avait retrouvé la raison.

Il se faufila dans le tube et grimpa en direction du disque de lumière qu'il apercevait tout au bout. L'odeur était épouvantable. Ses chaussures étaient irrécupérables et aucun teinturier ne pourrait jamais sauver son blazer aux couleurs de Saint-Bartleby. Mulch avait intérêt à être vraiment en détresse.

Lorsqu'il parvint au sommet de la colonne, il vit le nain qui se tortillait par terre, le visage déformé par une authentique douleur.

– Que se passe-t-il ? demanda-t-il en ôtant son casque et en s'agenouillant auprès de Mulch.

– Occlusion intestinale, grogna le nain, les poils de sa barbe ruisselant de sueur. Très grave. Je n'arrive plus à me dégager.

– Qu'est-ce que je peux faire ? demanda Artemis, effrayé d'avance par la réponse.

– Ma botte gauche. Enlevez-la.

– Votre botte ? Vous avez bien dit votre botte ?

– Oui, gémit Mulch, le torse raidi par la douleur. Enlevez-la.

Artemis ne put retenir un soupir de soulagement. Il avait craint bien pire. Il posa la jambe du nain sur ses genoux et tira la botte.

– Belles bottes, commenta-t-il.

– Elles viennent de Rodeo Drive, l'avenue des magasins chics de Los Angeles, répondit Mulch, haletant. Si vous pouviez vous dépêcher...

– Excusez-moi.

La botte glissa, révélant une chaussette beaucoup moins luxueuse, trouée et racommodée par endroits.

– Le petit orteil, dit Mulch, les yeux fermés par la douleur.

– Quoi, le petit orteil ?

– Appuyez sur l'articulation. Appuyez fort.

Appuyer sur l'articulation. Il devait s'agir d'une méthode de réflexothérapie. Chaque partie du corps correspond à une région du pied. Celui-ci est le clavier de l'organisme, pour ainsi dire. Une pratique qui existe depuis des siècles chez les Orientaux.

– Très bien. Si vous y tenez vraiment.

Artemis prit l'orteil velu de Mulch entre le pouce et

l'index. Peut-être était-ce un effet de son imagination, mais il lui sembla que les poils s'écartaient pour lui faciliter la tâche.

– Serrez fort, dit le nain, le souffle court. Pourquoi ne serrez-vous pas ?

Artemis ne serrait pas parce qu'il était trop occupé à loucher sur le canon du pistolet que quelqu'un venait de lui appuyer entre les deux yeux.

Le lieutenant Nyle qui tenait l'arme n'en croyait pas sa chance. Il venait de capturer à lui seul deux intrus et en plus, il avait découvert leur moyen d'accès. Qui pouvait encore prétendre que rester à l'arrière pour éviter le combat ne présentait pas des avantages ? Les événements prenaient pour lui une tournure exceptionnelle. Il allait être promu colonel avant sa troisième mue.

– Debout, ordonna-t-il en crachant des flammes bleues.

Même à travers l'appareil de traduction automatique, sa façon de parler avait quelque chose de reptilien.

Artemis se releva lentement, sans lâcher la jambe de Mulch. Le rabat postérieur du nain s'ouvrit de lui-même.

– Qu'est-ce qu'il a ? demanda Nyle en se penchant pour regarder de plus près.

– Il a mangé quelque chose qui ne passe pas, répondit Artemis.

Et il serra l'articulation du petit orteil.

L'explosion qui en résulta souleva le gobelin de terre et l'envoya rouler dans le couloir. Un spectacle qu'on ne voyait pas tous les jours.

Mulch se releva.

– Merci, mon garçon. J'ai bien cru que j'allais y rester. J'ai dû avaler quelque chose de dur. Du granite, peut-être, ou du diamant.

Artemis acquiesça. Il n'était pas encore en état de parler.

– Ces gobelins sont complètement idiots. Vous avez vu sa tête, maintenant ?

Artemis ne répondit pas. Toujours pas en état.

– Vous voulez jeter un coup d'œil ?

L'humour douteux de Mulch sortit Artemis de son ahurissement.

– Ce gobelin n'était sûrement pas seul.

Mulch reboutonna son rabat postérieur.

– Non. J'en ai vu passer toute une escouade. Celui-là restait sans doute en arrière pour fuir le combat. Typique des gobelins.

Artemis se massa les tempes. Il allait bien trouver un moyen d'aider ses amis. Enfin quoi, ce n'était quand même pas pour rien qu'il avait le QI le plus élevé jamais répertorié en Europe !

– Mulch, dit-il. J'ai une question très importante à vous poser.

– Je ne peux rien vous refuser, maintenant que vous m'avez sauvé la peau.

Artemis prit le nain par les épaules.

– Je sais désormais comment vous avez réussi à vous

introduire dans les Laboratoires Koboï. Mais vous n'avez pas pu repartir par le même chemin. La poussée de magma vous aurait rattrapé. Alors, comment avez-vous fait ?

Mulch sourit.

– Très simple. J'ai actionné le système d'alarme et je suis sorti vêtu de l'uniforme des FAR que je portais en entrant.

Artemis fronça les sourcils.

– Impossible aujourd'hui. On doit pouvoir trouver autre chose. Il le faut.

De toute évidence, les canons ADN étaient hors d'usage. Au moment où il commençait à se sentir plus optimiste, Root entendit le tonnerre d'un martèlement de bottes.

– Nom de nom ! Nous sommes découverts. Vous deux, continuez à avancer, je vais les retenir aussi longtemps que je pourrai.

– Non, commandant, dit Butler. Sauf votre respect, nous n'avons qu'une seule arme grâce à laquelle je pourrai en abattre beaucoup plus que vous. Je vais attendre qu'ils tournent l'angle du couloir. Vous, essayez de forcer la porte pendant ce temps-là.

Holly ouvrit la bouche pour protester. Mais qui pouvait discuter avec un homme de cette taille ?

– D'accord, bonne chance. Si vous êtes blessé, restez étendu en essayant de bouger le moins possible jusqu'à mon retour. Quatre minutes. Souvenez-vous.

Butler hocha la tête.

– Je m'en souviendrai.

– Ah, au fait, Butler...

– Oui, capitaine ?

– Ce petit malentendu, l'année dernière. Lorsque vous m'avez kidnappée, Artemis et vous.

Butler leva les yeux au plafond. Il aurait plutôt regardé le bout de ses chaussures si Holly n'avait pas été dans son champ de vision.

– Oui, je sais, j'avais l'intention d'en parler à...

– Laissez tomber. Après tout ce qui vient de se passer, nous sommes quittes.

– Holly, remuez-vous, ordonna Root. Butler, empêchez-les d'approcher de trop près.

Butler serra les doigts autour de la crosse moulée du pistolet. On aurait dit un ours armé.

– Ils feraient bien de garder leurs distances. Dans leur propre intérêt.

Artemis grimpa sur l'un des chariots et tapota un gros tuyau fixé au plafond.

– Apparemment, cette conduite suit le couloir sur toute sa longueur. Qu'est-ce que c'est ? Un système de ventilation ?

Mulch ricana.

– J'aimerais bien. C'est l'alimentation en plasma des canons ADN.

– Pourquoi n'êtes-vous pas entré par là ?

– Oh, tout simplement parce qu'il y a suffisamment de chaleur là-dedans pour faire frire un troll.

Artemis posa sa main contre le tuyau.

– Et si les canons ne sont pas activés ?

– Dans ce cas, le plasma devient une sorte de soupe radioactive.

– Radioactive ?

Mulch se caressa la barbe d'un air songeur.

– En fait, Julius pense que les canons ont été désactivés.

– Y a-t-il un moyen de s'en assurer ?

– On pourrait essayer d'ouvrir ce panneau qui paraît impossible à ouvrir.

Mulch palpa du bout des doigts la surface courbe de la conduite.

– Ah, regardez ici. Un minuscule trou de serrure. Pour l'entretien des canons. Même le plasma doit parfois être rechargé.

Il montra un trou minuscule dans le métal. On aurait dit un simple grain de poussière.

– Et maintenant, regardez le maître à l'œuvre.

Le nain approcha son menton du trou et y enfonça un poil de sa barbe. Lorsque l'extrémité du poil recourbé réapparut, Mulch l'arracha à sa racine. Privé de vie, le poil se figea instantanément dans une sorte de rigidité cadavérique après avoir pris la forme exacte de l'intérieur de la serrure.

Retenant son souffle, Mulch tourna cette clé de fortune. Le panneau s'ouvrit sans résistance.

– Ça, mon garçon, c'est ce qu'on appelle le talent.

A l'intérieur du tuyau, une gelée orange palpitait doucement. De temps à autre, on voyait une étincelle danser dans ses profondeurs. Le plasma, trop dense pour couler par l'ouverture, conservait sa forme cylindrique.

Mulch scruta la matière tremblotante.

– En effet, il est désactivé. Si ce truc était opérationnel, on serait déjà en train de bronzer.

– Et les étincelles ?

– Des décharges résiduelles. Elles peuvent provoquer un léger picotement, mais rien de grave.

Artemis acquiesça.

– Très bien, dit-il en attachant le casque sur sa tête.

Mulch pâlit.

– Vous n'êtes pas sérieux, Bonhomme de Boue ? Vous avez une idée de ce qui se passerait si les canons étaient brusquement réactivés ?

– J'essaie de ne pas y penser.

– Ça vaut mieux.

Le nain hocha la tête, décontenancé.

– OK, vous avez trente mètres à parcourir et dix minutes d'oxygène dans votre casque. Fermez bien les filtres. L'air sentira un peu le renfermé au bout d'un moment mais ça vaut mieux que de gober du plasma. Tenez, prenez ça, aussi.

Il ôta de la serrure le poil de barbe rigidifié.

– Pour quoi faire ?

– J'imagine que vous aurez envie de ressortir quand vous serez arrivé au bout. Vous n'y aviez peut-être pas pensé, petit génie ?

Artemis déglutit d'un air gêné. Non, il n'y avait pas pensé. Et l'héroïsme ne se réduit pas à foncer aveuglément au-devant du danger.

– Glissez-le délicatement dans l'autre serrure. Souvenez-vous que c'est un poil de barbe, pas un morceau de métal.

– Délicatement. D'accord.

– Et n'allumez pas les lumières de votre casque. Les halogènes risqueraient de réactiver le plasma.

Artemis sentit la tête lui tourner.

– N'oubliez pas de vous asperger de mousse anti-radiation dès que vous le pourrez. Vous en trouverez dans des bombes bleues. Il y en a partout dans le bâtiment.

– Des bombes bleues. Très bien. Rien d'autre, Mister Diggums ?

– Il faut aussi se méfier des serpents à plasma...

Les jambes d'Artemis faillirent se dérober sous lui.

– Vous plaisantez ?

– Oui, admit Mulch. Mais parlons sérieusement : à chaque mouvement de reptation que vous ferez dans ce tuyau, vous allez parcourir environ cinquante centimètres. Alors, comptez soixante mouvements et sortez.

– Je dirais plutôt un peu moins de cinquante centimètres. Il vaut mieux compter soixante-trois mouvements.

Il glissa le poil de nain dans sa poche-poitrine.

Mulch haussa les épaules.

– Comme vous voudrez, mon garçon. C'est votre peau qui est en jeu. Et maintenant, allez-y.

Le nain joignit les mains pour lui faire la courte échelle et Artemis y posa le pied. Il se demanda soudain s'il ne ferait pas mieux de renoncer mais il était trop tard : Mr Diggums l'avait déjà hissé dans le tuyau. La gelée orange l'aspira et l'enveloppa tout entier.

Le plasma s'enroulait autour de lui comme un être vivant, faisant exploser les bulles d'air prises dans ses vêtements. Une étincelle résiduelle lui effleura la jambe, secouant son corps d'une convulsion douloureuse. Un léger picotement, avait dit le nain ?

Artemis regarda à travers la gelée orange. Mulch levait les pouces pour l'encourager. Il souriait d'une oreille à l'autre. Artemis décida que si jamais il s'en sortait vivant, il faudrait l'engager au mois.

Il entreprit d'avancer à l'aveuglette et compta chaque mouvement de reptation. Un mouvement, deux mouvements...

Soixante-trois, c'était vraiment beaucoup.

Butler arma le Sig Sauer. Les bruits de pas qui se répercutaient sur les murs métalliques devenaient assourdissants. Des ombres s'étirèrent à l'angle du couloir, précédant leurs propriétaires. Le serviteur visa approximativement.

Une tête apparut. On aurait dit une grenouille. Léchant ses propres globes oculaires. Butler pressa la détente. La balle creusa dans le mur un trou gros comme un melon, juste au-dessus de la tête du gobelin. La tête se retira précipitamment. Bien entendu, Butler avait fait exprès de rater son coup. Il valait toujours mieux effrayer que tuer. Mais il ne pourrait continuer ainsi indéfiniment. Il avait de quoi recommencer onze fois, pas plus.

Les gobelins s'enhardirent, s'avançant de plus en plus. Butler savait qu'il devrait finir par tirer sur l'un d'eux et il estima préférable de passer au combat rapproché. Il se releva de sa position accroupie en faisant un peu moins de bruit qu'une panthère et fonça dans le couloir en direction de l'ennemi.

Sur toute la planète, il n'y avait que deux hommes mieux formés que Butler aux divers arts martiaux. L'un était parent avec lui. L'autre habitait une île en mer de Chine méridionale et passait ses journées à méditer et à se battre avec des palmiers. Ces malheureux gobelins étaient bien à plaindre.

Le B'wa Kell avait placé deux gardes en faction devant l'entrée du saint des saints. Tous deux étaient armés jusqu'aux dents et aussi épais qu'une pile de planches. En dépit des avertissements qu'on leur avait donnés, ils somnolaient sous leurs casques lorsque les elfes apparurent à l'angle du couloir.

– Regarde, marmonna l'un d'eux, des elfes.

– Hein ? dit l'autre, le plus bête des deux.

– Aucune importance, reprit le numéro un. Les FAR n'ont plus d'armes.

Le numéro deux se lécha les yeux.

– Non, mais ils ont un sale caractère.

Ce fut à cet instant que la botte de Holly s'écrasa sur sa poitrine en le projetant violemment contre le mur.

– Hé, protesta le numéro un en dégainant son pistolet. Ça ne se fait pas.

Root ne s'embarrassa pas de savants coups de pied,

préférant aplatir directement l'autre sentinelle contre la porte de titane.

– Et voilà, dit Holly, un peu essoufflée. Deux de moins, ce n'était pas si difficile.

Un commentaire qui devait se révéler prématuré. Car à peine avait-elle prononcé ces mots qu'un martèlement de bottes annonça l'arrivée dans le couloir perpendiculaire d'une escouade de deux cents gobelins du B'wa Kell.

– Ce n'était pas si difficile, répéta le commandant d'un ton railleur en serrant les poings.

Artemis avait du mal à se concentrer. Les étincelles se multipliaient et chaque décharge entravait un peu plus ses efforts. A deux reprises, il avait perdu le compte de ses mouvements. Il en était à cinquante-quatre, maintenant. Ou cinquante-six. Une différence qui devenait une question de vie ou de mort.

Il tendait devant lui un bras puis l'autre, nageant comme il pouvait dans cette mer gélatineuse. Il ne voyait quasiment rien. Tout était orange et il n'eut la certitude d'avoir parcouru une certaine distance que lorsqu'il sentit son genou plonger dans un renfoncement, là où un autre tuyau injectait du plasma dans un canon.

Artemis rampa une dernière fois dans la gelée, remplissant ses poumons d'air vicié. Soixante-trois. Ça y était. Bientôt, les purificateurs d'air de son casque ne serviraient plus à rien et il respirerait uniquement du dioxyde de carbone.

Il tâta la paroi inférieure du tuyau, à la recherche d'un trou de serrure. Là encore, ses yeux ne lui étaient d'aucun secours. Il ne pouvait même pas allumer les projecteurs du casque par peur d'activer la rivière de plasma.

Rien, pas le moindre creux. Il allait mourir ici tout seul. Jamais il ne connaîtrait la gloire. Artemis sentit son cerveau dériver, tournoyer dans un tunnel obscur. « Se concentrer », pensa-t-il. Se concentrer de toutes ses forces. Une étincelle avançait vers lui comme une étoile argentée à la lueur du crépuscule. Elle serpentait paresseusement le long du tuyau, illuminant la paroi au passage.

Là ! Un trou. Le trou. Éclairé un instant par l'étincelle fugitive. Artemis plongea la main dans sa poche avec des gestes de nageur ivre et en sortit le poil de barbe. Allait-il fonctionner ? Il n'y avait aucune raison pour que ce panneau-là ait une serrure différente de l'autre.

Scrutant la gelée, Artemis glissa la clé de fortune dans l'ouverture. Délicatement. Était-elle bien enfoncée ? Apparemment, oui. Il en était même sûr à soixante pour cent. Ce qui n'était déjà pas si mal.

Il tourna la clé. Le panneau pivota aussitôt sur ses gonds. Artemis imagina le sourire de Mulch. « Ça, mon garçon, c'est ce qu'on appelle le talent. »

Il était très possible que tous ses ennemis du monde souterrain se soient rassemblés sous ce tuyau pour l'attendre en pointant sur lui de redoutables pistolets. Mais Artemis ne s'en souciait guère. Il n'aurait pu supporter de respirer une fois de plus son propre gaz carbonique ni de recevoir une autre de ces décharges qui le transperçaient de douleur.

Il sortit donc la tête du plasma et releva la visière de son casque pour savourer ce qui serait peut-être son dernier souffle. Par chance, les occupants de la salle où il venait d'arriver ne regardaient pas dans sa direction. Ils contemplaient un écran sur lequel on voyait ses amis se livrer à un combat acharné. Eux avaient moins de chance.

« Ils sont trop nombreux », songea Butler lorsqu'il eut tourné le coin du couloir pour jeter un coup d'œil à la véritable armée de gobelins occupés à recharger leurs armes de piles neuves.

En apercevant Butler, ils crurent tout d'abord voir un troll habillé. « Pourquoi n'ai-je pas écouté ma mère qui m'a toujours dit de ne pas fréquenter les voyous ? » pensèrent alors bon nombre d'entre eux.

Mais Butler avait déjà bondi. Il s'écrasa sur eux comme une masse. Trois gobelins furent assommés avant même d'avoir compris ce qui leur arrivait. Un autre se tira une décharge dans le pied et d'autres encore préférèrent se coucher en faisant mine d'être évanouis.

Artemis avait vu la scène sur l'écran à plasma de la salle de contrôle. Tout comme les autres personnages présents dans le saint des saints des Laboratoires Koboï. Pour eux, c'était comme un spectacle. Une sorte d'émission de télé. Les généraux gobelins avaient pouffé de rire puis fait la grimace en voyant Butler décimer leurs troupes. Tout cela leur semblait irréel. Les gobelins occupaient le bâtiment par centaines et il n'y avait aucune possibilité pour leurs ennemis d'accéder à cette salle.

Artemis ne disposait que de quelques secondes pour décider d'un plan d'action. Quelques secondes seulement. Il n'avait aucune idée de ce qui pourrait lui servir dans tout cet étalage de technologie. Il scruta les murs au-dessous de lui, à la recherche de quelque chose. N'importe quoi.

Là. Sur une petite image incrustée dans l'écran, à l'écart de la console principale, il avait vu Foaly. Prisonnier de la cabine de contrôle. Le centaure aurait sûrement une idée. Il avait eu tout le temps d'y réfléchir. Artemis savait qu'en sortant du tuyau, il deviendrait une cible et que les autres n'hésiteraient pas à le tuer.

Il se faufila hors du tube et tomba par terre avec un bruit sec. Ses vêtements saturés de plasma ralentissaient ses mouvements. Du coin de l'œil, il vit des têtes se tourner, puis des silhouettes se précipiter sur lui. Il ne savait pas combien.

Il y avait un micro sous l'image de Foaly. Artemis le brancha en appuyant sur le bouton.

– Foaly ! lança-t-il d'une voix rauque, des gouttes de gelée s'écrasant sur la console. Vous m'entendez ?

Le centaure réagit instantanément.

– Fowl ? Qu'est-ce qui vous arrive ?

– J’ai cinq secondes, Foaly. Il me faut un plan sinon, nous sommes tous morts.

Foaly hocha brièvement la tête.

– J’en ai un tout prêt. Branchez-moi sur tous les écrans.

– Quoi ? Comment ?

– Appuyez sur le bouton de mise en conférence. Le jaune. Un cercle avec des rayons autour, comme le soleil. Vous le voyez ?

Artemis le voyait. Il appuya dessus. Au même moment quelque chose appuya aussi sur lui. Très douloureusement.

Le général Scalène fut le premier à voir la créature tomber de la conduite de plasma. Qui était-ce ? Une fée ? Non, par tous les dieux, il s’agissait d’un humain.

– Regardez ! caqueta-t-il. Un Être de Boue.

Tout d’abord, les autres ne réagirent pas, trop absorbés par le spectacle qui se déroulait sur l’écran.

Cudgeon, en revanche, dressa aussitôt l’oreille. Un humain dans le saint des saints ? Comment était-ce possible ? Il saisit Scalène par les épaules.

– Tuez-le ! dit-il.

Les autres généraux écoutaient également à présent. Il y avait quelqu’un à tuer. Sans danger pour eux-mêmes. Ils allaient s’en charger selon la bonne vieille méthode : à coups de griffes et de boules de feu.

Tandis que l’humain se dirigeait d’un pas trébuchant vers l’une des consoles, ils se précipitèrent pour l’encercler, la langue pendante d’excitation.

Laglaire attrapa l'humain par le bras et le fit pivoter face à lui.

Un à un, les généraux s'approchèrent, prêts à tuer, des boules de feu jaillissant de leurs poings serrés. Mais quelque chose les détourna soudain de l'humain meurtri. Le visage de Cudgeon venait d'apparaître sur tous les écrans. Et les chefs du B'wa Kell n'appréciaient guère ce qu'ils entendaient :

– Lorsque la situation sera désespérée, je dirai à Opale de rendre aux FAR le contrôle de leurs armes. Le B'wa Kell sera mis hors de combat et c'est toi qu'on tiendra pour responsable de toute cette affaire, si toutefois tu es encore vivant, ce dont je doute.

Laglaire fit volte-face.

– Cudgeon ! Qu'est-ce que ça veut dire ?

Les généraux s'avancèrent vers lui, crachant et sifflant.

– Trahison, Cudgeon ! Trahison !

Cudgeon ne sembla pas s'inquiéter outre mesure.

– Soit, dit-il. Trahison.

Il fallut à Cudgeon un certain temps pour comprendre ce qui avait pu se produire. C'était Foaly le responsable. Il avait dû se débrouiller pour enregistrer leur conversation. Vraiment agaçant. Mais on devait reconnaître que le centaure ne manquait pas de ressource.

Cudgeon se rua vers la console principale pour interrompre la diffusion des images. Opale ne serait pas contente du tout si elle entendait la suite. Surtout le passage où il était question du tragique accident qui pourrait bien lui arriver. Il faudrait vraiment qu'il cesse de se vanter ainsi. Mais finalement, ce n'était pas trop grave. Tout était déjà sur les rails.

– Trahison ! siffla Scalène.

– D'accord, admit Cudgeon, trahison.

Il ajouta aussitôt :

– Ordinateur, activation des canons ADN. Autorisation Cudgeon B. Alpha, alpha, deux, deux.

Sur son Aéromouss, Opale paraissait au comble de la joie, frappant dans ses mains minuscules avec des mines ravies. Briar était très laid, mais c'était un tel géniiiiiie du mal.

D'un bout à l'autre des Laboratoires Koboï, les canons ADN automatiques se dressèrent sur leur socle et procédèrent rapidement à un autodiagnostic. A part une légère déperdition de plasma dans le saint des saints, tout était en ordre. Aussi les engins obéirent-ils instantanément aux paramètres de leur programme informatique en prenant pour cible au rythme de dix tirs par seconde toutes les créatures qui avaient un code génétique de gobelin.

Ce fut rapide et, comme tout ce qui était fabriqué par Koboï, efficace. En moins de cinq secondes, les canons avaient repris leur position de veille. Mission accomplie : deux cents gobelins assommés dans tout le bâtiment.

– Ouf ! soupira Holly en enjambant plusieurs rangées de gobelins inconscients. C'était moins une.

– Je ne vous le fais pas dire, approuva Root.

Cudgeon donna un coup de pied dans le corps endormi de Laglaire.

– Vous voyez, Artemis Fowl, ce que vous avez fait n'aura servi à rien, dit-il en dégainant son Cramoizig. Vos amis sont là-bas, vous êtes ici et les gobelins inconscients subiront bientôt un effacement définitif de mémoire à l'aide de produits chimiques particulièrement instables. Comme je l'avais prévu.

Il adressa un sourire à Opale qui volait au-dessus d'eux, blottie au creux de son Aéromouss.

– Comme nous l'avions prévu.

Opale lui rendit son sourire.

En temps normal, Artemis se serait cru obligé de lancer un commentaire narquois. Mais, pour l'instant, l'éventualité d'une mort imminente occupait entièrement ses pensées.

– Il me suffit maintenant de reprogrammer les canons pour qu'ils tirent sur vos amis, de rendre aux FAR l'usage de leurs armes puis de prendre le pouvoir sur le monde. Et personne ne pourra entrer ici pour m'en empêcher.

On ne devrait jamais prononcer de telles paroles, surtout quand on est un génie du mal. Rien de pire pour s'attirer des ennuis.

Butler se rua dans le couloir, rattrapant les autres qui se trouvaient déjà devant le saint des saints. Il vit à travers le panneau de quartz de la porte à quel point la situation d'Artemis était délicate. En dépit de tous ses efforts pour le protéger, maître Artemis avait quand même réussi à se mettre en danger de mort. Comment un garde du corps pouvait-il accomplir son travail si son protégé s'acharnait à sauter dans la fosse aux ours, si on peut ainsi s'exprimer ?

Butler sentit une décharge de testostérone se répandre dans son organisme. Il n'était séparé d'Artemis que par une simple porte. Une petite porte conçue pour résister à des fées armées de pistolets à rayons. Il recula de plusieurs mètres.

Holly lut dans ses pensées.

– N'y songez pas. Cette porte est blindée.

Le serviteur ne répondit pas. Il en était incapable. Le véritable Butler était submergé par des flots d'adrénaline et de force brute.

Avec un rugissement, il fonça sur la porte, concentrant sa redoutable puissance sur sa seule épaule. Le coup aurait renversé un hippopotamme de taille moyenne. Sans doute la porte était-elle efficace contre les armes à rayons et les assauts physiques modérés mais elle n'était certainement pas à l'épreuve de Butler. Le panneau de métal se chiffonna comme un morceau de papier d'aluminium.

L'élan de Butler l'emporta jusqu'au milieu de la salle. Holly et Root le suivirent, s'arrêtant seulement pour arracher leurs Néflask aux gobelins inconscients.

Cudgeon réagit rapidement, saisissant Artemis qu'il obligea à se relever.

– Ne bougez pas ou je tue le Gamin de Boue.

Butler poursuivit sur sa lancée. Sa dernière pensée rationnelle avait été de neutraliser Cudgeon. A présent, c'était devenu l'unique objectif de sa vie. Il se précipita, bras tendus.

Dans une tentative désespérée, Holly plongea et s'agrippa à la ceinture de Butler mais celui-ci la traîna derrière lui comme un chapelet de boîtes de conserve accroché à la voiture d'un couple de jeunes mariés.

– Butler, stop, grogna-t-elle.

Le garde du corps ne lui prêta aucune attention.

Holly tint bon, essayant de planter ses talons dans le sol.

– Stop ! répéta-t-elle.

Cette fois, elle avait parlé avec la voix du mesmer.

Butler sembla se réveiller. Il chassa soudain l'homme des cavernes qui avait pris le pouvoir en lui.

– C'est ça, l'humain, dit Cudgeon. Écoutez donc les conseils du capitaine Short. Nous pourrons sûrement nous entendre.

– Aucune négociation, Briar, intervint Root. C'est terminé. Tu laisses tomber le Gamin de Boue.

Cudgeon arma son Cramoizig.

– Ne t'inquiète pas, il tombera tout seul quand j'en aurai fini avec lui.

Le pire cauchemar de Butler devenait réalité. Son protégé se trouvait entre les mains d'un psychopathe. Sans qu'il puisse rien faire.

Un téléphone sonna.

– Je crois que c'est mon portable, dit machinalement Artemis.

Nouvelle sonnerie. C'était bel et bien son téléphone.

Stupéfiant qu'il fonctionne encore après tout ce qu'il avait subi. Artemis le déplia d'un geste.

– Oui ?

Ce fut un de ces moments où le temps paraît suspendu. Personne ne savait ce qui allait se produire.

Artemis lança l'appareil à Opale Koboï.

– C'est pour vous.

La fée se pencha pour attraper le minuscule portable. La respiration de Cudgeon devint plus saccadée. Son corps savait ce qui se passait même si son cerveau n'en était pas encore conscient.

Opale colla le téléphone contre son oreille.

– Vraiment, Foaly ! dit alors la voix de Cudgeon. Tu crois donc que je me serai donné tout ce mal pour partager le pouvoir ? Oh que non ! Dès que cette mascarade sera terminée, Miss Koboï va être victime d'un tragique accident. Peut-être même de plusieurs accidents tragiques.

Le visage d'Opale perdit aussitôt ses couleurs.

– Toi ! hurla-t-elle d'une voix suraiguë.

– C'est une ruse ! protesta Cudgeon. Ils essaient de nous dresser l'un contre l'autre.

Mais son regard trahissait la vérité.

Malgré leur petite taille, les fées lutines dans le genre d'Opale Koboï peuvent se montrer violentes. Elles supportent les choses jusqu'à un certain point puis explosent brusquement.

Pour Opale, le moment de l'explosion était arrivé. Elle actionna les manettes de l'Aéromouss et descendit en piqué.

Cudgeon n'hésita pas. Il tira par deux fois sur le fauteuil volant mais l'épais coussin protégea son pilote.

Opale fondit sur son ancien associé. Lorsque l'elfe leva les bras pour se protéger, Artemis parvint à se laisser glisser sur le sol. Briar Cudgeon n'eut pas cette chance. Il se prit dans la barre de sécurité de l'Aéromouss et fut soulevé de terre par la fée déchaînée.

Ils tournoyèrent ainsi tout autour de la salle, ricochant sur les murs avant de s'écraser dans le plasma, à l'endroit où le panneau d'accès au tuyau était resté ouvert.

Malheureusement pour Cudgeon, le plasma était redevenu actif. Il l'avait réactivé lui-même. Il n'eut toutefois pas le temps de goûter cette ironie du sort car des millions de particules radioactives l'avaient déjà grillé des pieds à la tête.

Koboï eut plus de chance. Elle fut projetée à bas de son Aéromouss et se retrouva étendue sur les dalles de caoutchouc, gémissant de douleur.

Butler réagit avant que Cudgeon ne retombe du tuyau.

Il jeta Artemis sur son épaule et vérifia s'il n'était pas blessé. Il ne découvrit qu'une ou deux écorchures superficielles. Rien qui ne puisse être soigné par quelques étincelles de magie.

Holly examina Opale Koboï.

– Elle est consciente ? demanda le commandant.

Koboï ouvrit les paupières. Holly se chargea de les refermer en lui assenant une manchette sur le front.

– Non, répondit-elle d'un air innocent. Complètement dans les vapes.

Root jeta un coup d'œil à Cudgeon et constata qu'il était trop tard pour se soucier de son état de santé. Peut-être était-ce mieux pour lui.

S'il avait survécu, il aurait passé deux siècles au mont des Soupirs.

Artemis vit alors quelqu'un apparaître à la porte. C'était Mulch. Il souriait et agitait la main en signe d'adieu, au cas où Julius aurait oublié sa promesse de lui laisser deux jours de répit avant de le faire à nouveau rechercher. Le nain montra du doigt une bombe aérosol bleue accrochée au mur et disparut.

– Butler, murmura Artemis en rassemblant ses toutes dernières forces, est-ce que quelqu'un pourrait m'asperger de mousse antiradiation ? Ensuite, j'aimerais bien qu'on aille à Mourmansk, si ce n'est pas trop demander.

Butler parut perplexe.

– De la mousse ? Quelle mousse ?

Holly décrocha la bombe aérosol et fit sauter la broche de sécurité.

– Vous permettez ? dit-elle avec un sourire. Je serais ravie de vous rendre ce service.

Elle dirigea alors sur Artemis un jet de mousse à l'odeur pestilentielle. En quelques instants, il ressembla à un bonhomme de neige à moitié fondu. Holly éclata de rire. Qui pouvait prétendre que travailler dans la police ne présentait pas parfois quelques avantages ?

CABINE DE CONTRÔLE

Une fois que le plasma eut court-circuité la télécommande de Cudgeon, un flot d'énergie vint alimenter à nouveau la cabine de contrôle.

Foaly réactiva aussitôt les narcotiques sous-cutanés plantés sous la peau des gobelins délinquants. La moitié des effectifs du B'wa Kell furent ainsi mis d'un seul coup hors de combat. Il reprogramma ensuite les propres canons ADN du centre de police en les réglant sur « tirs non mortels ». En quelques secondes, tout était terminé.

La première pensée du capitaine Kelp fut pour ses subordonnés.

– Appel général, cria-t-il, sa voix dominant le tumulte environnant. Avons-nous des pertes ?

Les chefs d'escadron répondirent l'un après l'autre, confirmant qu'on ne déplorait aucun mort.

– Nous avons eu de la chance, fit remarquer un médicosorcier. Il n'y a plus la moindre parcelle de magie disponible dans tout le bâtiment. Pas même un médipack. Si on avait eu un seul blessé de plus, il n'aurait pas pu être soigné.

Baroud reporta son attention sur la cabine de contrôle. Il n'avait pas l'air de très bonne humeur.

Foaly dépolarisa la vitre à quartz et brancha un canal radio.

– Je n'ai rien à voir dans tout ça, les gars. C'est Cudgeon le responsable. Moi, j'ai sauvé tout le monde. J'ai envoyé un enregistrement dans un téléphone portable et croyez-moi, ce n'était pas facile. Vous devriez me décerner une médaille.

Baroud serra le poing.

– D'accord, Foaly, sors un peu de là et je vais te la donner, moi, ta médaille.

Foaly n'était peut-être pas très doué pour les relations mondaines mais il savait reconnaître une menace lorsqu'elle était à peine voilée.

– Non, répondit-il, je reste ici jusqu'au retour du commandant Root. Lui pourra tout expliquer.

Le centaure fit passer la vitre en mode opaque et lança une vérification générale du système informatique. Il allait isoler et détruire toute trace des manipulations d'Opale Koboï. Paranoïaque, lui ? Qui était paranoïaque, à présent ? Hein, Holly ? C'était qui le paranoïaque, maintenant ?

CHAPITRE XIV

FÊTE DES PÈRES

MOURMANSK

La partie de la mer qui s'étendait entre Mourmansk et Severomorsk était devenue un cimetière marin pour la flotte autrefois puissante de Russie. Une bonne centaine de sous-marins nucléaires rouillaient le long de la côte, ancrés dans les fjords et les criques, et seules quelques pancartes ou des patrouilles occasionnelles avertissaient du danger les touristes curieux. A la nuit tombée, on n'avait pas besoin de faire de grands efforts pour voir briller les épaves ni pour entendre le bourdonnement qui s'en élevait.

L'un de ces sous-marins s'appelait le *Nikodim*. Il avait vingt-quatre ans et appartenait à la série des Typhon. Ses tuyauteries étaient rouillées et son réacteur fuyait. Une combinaison peu recommandée si l'on tient à sa santé. C'était là que Britva, le boss de la Mafiya, avait ordonné à ses sbires de procéder à l'échange d'Artemis Fowl senior contre la rançon.

Mikhael Vassikin et Kamar n'étaient pas enchantés de cette situation. Il y avait déjà deux jours qu'ils se trouvaient confinés dans la cabine du commandant et ils étaient convaincus que leur espérance de vie diminuait de minute en minute.

Vassikin toussa.

– Tu entends ça ? Il y a quelque chose qui ne va pas dans mes entrailles. Ce sont les radiations, je te dis.

– Toute cette histoire est ridicule, grogna Kamar. Le fils Fowl a treize ans. Treize ans ! C'est un bébé. Comment un enfant pourrait-il réunir cinq millions de dollars ? C'est de la folie.

Vassikin se redressa sur sa couchette.

– Peut-être pas. J'ai entendu des histoires sur lui. On dit qu'il a des pouvoirs.

Kamar ricana.

– Quels pouvoirs ? Des pouvoirs magiques ? Va donc te rafraîchir la tête dans le réacteur, espèce de vieille grand-mère.

– J'ai un contact à Interpol. Ils ont un dossier sur ce garçon. Treize ans et un dossier à Interpol ? Moi, j'en ai trente-sept et Interpol n'a toujours rien sur moi.

Le Russe paraissait déçu.

– Un dossier à Interpol ? Qu'est-ce que ça a de magique ?

– Mon contact m'a juré que ce garçon a été vu dans le monde entier le même jour à la même heure.

Kamar ne fut pas impressionné pour autant.

– Ton contact est encore plus trouillard que toi.

– Crois-moi si tu veux mais je serai content de sortir

vivant de ce maudit sous-marin. D'une façon ou d'une autre.

Kamar rabattit les oreillettes de sa toque de fourrure.

– OK, allons-y. C'est l'heure.

– Enfin, soupira Vassikin.

Les deux hommes allèrent chercher le prisonnier dans la cabine voisine. Ils ne redoutaient pas de tentative d'évasion. Pas avec une jambe en moins et une cagoule attachée sur la tête. Vassikin jeta Fowl senior sur son épaule et monta l'échelle qui menait au kiosque du sous-marin.

Kamar établit le contact radio avec les renforts postés à l'extérieur. Il y avait plus d'une centaine d'hommes de main cachés parmi les congères et les buissons pétrifiés. Les extrémités rougeoyantes de leurs cigarettes éclairaient la nuit comme des lucioles.

– Éteignez ces cigarettes, bande d'imbéciles ! souffla Kamar dans le micro. Il est presque minuit, Fowl peut arriver d'une seconde à l'autre. Souvenez-vous : personne ne tire avant que j'en aie donné l'ordre. A mon signal, tout le monde devra faire feu en même temps.

On entendit presque un sifflement lorsqu'une centaine de mégots de cigarettes furent jetés en même temps dans la neige. Cent hommes. C'était une opération coûteuse. Mais une simple goutte dans l'océan, à côté des vingt pour cent que Britva avait promis à Kamar et Vassikin.

Quelle que soit la direction d'où viendrait cet Artemis Fowl, il serait pris sous des tirs croisés qui ne lui laisseraient aucune chance. Ni lui ni son père ne pouvaient espérer s'en sortir vivants tandis que Kamar et Vassikin seraient bien à l'abri derrière la paroi d'acier du kiosque.

Kamar sourit. « On va voir un peu l'étendue de tes pouvoirs magiques, l'Irlanskii. »

Avec le regard expérimenté d'un officier des FAR, Holly observait les lieux à travers ses filtres à vision nocturne haute résolution. Butler, lui, devait se contenter de simples jumelles.

– Vous avez compté combien de cigarettes ?

– Plus de quatre-vingts, répondit le capitaine. Il pourrait y avoir une centaine d'hommes. Si jamais on fait un pas là-dedans, c'est fini.

Root approuva d'un signe de tête. D'un point de vue tactique, c'était un véritable cauchemar.

Ils étaient postés de l'autre côté du fjord, au sommet d'une pente. Le Grand Conseil les avait même autorisés à s'équiper d'ailes, en raison des services rendus par Artemis Fowl.

Foaly avait consulté l'e-mail de l'ordinateur d'Artemis et avait trouvé un message : « Cinq millions de dollars US. Le *Nikodim*. Mourmansk. Le 14 à minuit. » C'était bref et précis. Qu'y avait-il d'autre à dire ? Ils n'avaient pas pu libérer Artemis senior avant qu'on le transfère sur le lieu fixé pour l'échange et maintenant, c'était la Mafiya qui avait les cartes en main.

Ils firent cercle autour de Butler qui dessina un schéma dans la neige à l'aide d'un marqueur laser.

– J'ai tendance à penser que la cible est retenue ici, dans le kiosque. Pour y parvenir, il faut parcourir toute la longueur du sous-marin. Ils ont une centaine d'hommes cachés tout autour du périmètre. Nous ne disposons d'aucun appui aérien, d'aucune information satellite et notre armement est réduit au minimum.

Butler soupira.

– Désolé, Artemis, je ne vois pas de solution.

Holly s'agenouilla pour examiner le schéma.

– Il faudrait plusieurs jours pour établir une zone de suspension temporelle. Nous ne pouvons pas activer nos boucliers à cause des radiations et il n'y a aucun moyen de s'approcher d'assez près pour utiliser le mesmer.

– Et les armes des FAR ? demanda Artemis, bien qu'il connût déjà la réponse.

Root mâchonna un cigare éteint.

– Nous en avons déjà parlé, Artemis. Nous possédons toute la puissance de feu nécessaire mais si nous commençons à tirer, votre père sera leur première cible. Ce sont les règles habituelles du kidnapping.

Artemis resserra le col de la parka des FAR qu'on lui avait donnée et contempla le schéma grossièrement tracé.

– Et si on leur remet l'argent ?

Foaly leur avait fabriqué cinq millions de dollars en petites coupures avec l'une de ses vieilles imprimantes. Il avait même demandé à une escouade de lutins de les froisser un peu.

Butler désapprouva d'un signe de tête.

– Ce n'est pas comme ça que ces gens-là traitent leurs affaires. Vivant, Mister Fowl représente pour eux un ennemi potentiel. Il faut qu'il meure.

Artemis acquiesça avec lenteur. Il n'y avait donc aucun autre moyen. Il devrait appliquer le plan qu'il avait élaboré dans le terminal arctique des navettes.

– Très bien, dit-il. Dans ce cas, écoutez-moi, tous, j'ai un plan. Mais il risque de vous paraître un peu extrême.

Le téléphone portable de Mikhael Vassikin sonna, déchirant le silence du Grand Nord. Vassikin faillit tomber par l'écoutille du kiosque.

– *Da* ? Qu'est-ce que c'est ? Je suis occupé.

– C'est Fowl, dit dans un russe sans accent une voix plus glaciale que la banquise. Il est minuit, je suis là.

Mikhael fit volte-face, scrutant les environs avec ses jumelles.

– Là ? Où ? Je ne vois rien.

– Suffisamment près.

– Comment avez-vous eu ce numéro ?

Un petit rire retentit dans l'écouteur. En l'entendant, Vassikin sentit ses entrailles se nouer

– Je connais quelqu'un qui a tous les numéros.

Mikhael respira profondément pour retrouver son calme.

– Vous avez l'argent ?

– Bien sûr. Vous avez le colis ?

– Ici même.

Nouveau petit rire glacé.

– Tout ce que je vois, c'est un gros imbécile, un petit rat et quelqu'un qui a une cagoule sur la tête. Ce pourrait être n'importe qui. Je n'ai pas l'intention de payer cinq millions de dollars pour votre cousin Youri.

Vassikin se baissa sous le bord du kiosque.

– Fowl nous voit ! souffla-t-il à Kamar. Ne te relève surtout pas.

Kamar se précipita de l'autre côté du kiosque et appela ses hommes par radio.

– Il est là. Fowl est arrivé. Fouillez la zone.

Vassikin colla à nouveau le portable contre son oreille.

– Vous n'avez qu'à venir vérifier. Vous verrez par vous-même.

– Je vois très bien d'où je suis. Enlevez la cagoule, c'est tout.

Mikhael couvrit le combiné de sa main.

– Il veut que j'enlève la cagoule. Qu'est-ce que je fais ?

Kamar soupira. A présent, on savait qui était le cerveau de l'équipe.

– Enlève-la. Quelle importance ? De toute façon, dans cinq minutes, ils seront morts tous les deux.

– OK, Fowl. J'enlève la cagoule. Le visage que vous allez voir est bien celui de votre père.

Le gros Russe redressa le prisonnier et le hissa au-dessus du kiosque. Puis il tendit la main et ôta la cagoule en toile de sac.

A l'autre bout de la ligne, il entendit alors une exclamation étouffée.

A travers les filtres du casque qu'il avait emprunté aux FAR, Artemis voyait le kiosque du sous-marin comme s'il s'était trouvé à un mètre de distance. La cagoule glissa et il ne put s'empêcher de laisser échapper une brève exclamation.

C'était son père. Changé, bien sûr, mais reconnaissable. Artemis Fowl Ier, sans l'ombre d'un doute.

– Alors, dit la voix russe à son oreille, c'est lui ?

Artemis dut faire des efforts pour empêcher sa propre voix de trembler :

– Oui, répondit-il, c'est bien lui. Félicitations. Vous possédez là une forte monnaie d'échange.

Dans le kiosque, Vassikin leva le pouce vers son complice.

– C'est lui, souffla-t-il, l'argent est à nous.

Kamar n'était pas aussi optimiste. Il était prématuré de se réjouir tant qu'ils n'auraient pas les billets en main.

Butler cala le fusil Tirlong sur son affût. C'était lui-même qui l'avait choisi dans l'armurerie des FAR. Une cible à quinze cents mètres. Pas facile à atteindre. Mais il n'y avait pas de vent et Foaly lui avait fourni une lunette qui assurait automatiquement le réglage du tir. La croix du viseur était en plein sur la poitrine d'Artemis Fowl senior.

Butler prit une profonde inspiration.

– Artemis, vous êtes sûr que c'est ce que vous voulez ? Il y a un gros risque.

Artemis ne répondit pas, vérifiant pour la énième

fois que Holly était bien en position. Comment aurait-il été sûr ? Il pouvait se produire un million de choses imprévues qui feraient échouer sa ruse, mais avait-il le choix ?

Artemis hocha la tête. Une seule fois.

Butler tira.

La balle atteignit Artemis senior à l'épaule. Il pivota sur lui-même s'effondrant sur un Vassikin stupéfait.

Le Russe poussa un hurlement de rage et hissa l'Irlandais ensanglanté par-dessus le bord du kiosque. Artemis senior glissa le long de la surface d'acier et s'écrasa sur les plaques de glace morcelées collées à la coque du sous-marin.

– Il lui a tiré dessus, gémit le houligany. Ce démon a tiré sur son propre père.

Kamar était effaré.

– Idiot ! s'écria-t-il. Tu viens de jeter notre otage par-dessus bord.

Il scruta les eaux noires. Il ne restait rien de l'Irlanskii, à part quelques rides à la surface de la mer.

– Va donc le chercher si tu y tiens, dit Vassikin d'un air sombre.

– Il était mort ?

Son complice haussa les épaules.

– Peut-être. Il saignait beaucoup. Et si la balle ne l'a pas tué, les eaux s'en chargeront. De toute façon, nous n'y sommes pour rien.

Kamar lança un effroyable juron.

– Je ne pense pas que Britva sera de cet avis.

– Britva, dit Vassikin dans un souffle.

La seule chose que le Menidzher comprenait, c'était l'argent.

– Mon Dieu ! Nous sommes perdus !

L'écouteur du téléphone portable tombé sur le pont se mit à vibrer. Fowl était toujours en ligne.

Mikhael ramassa l'appareil comme s'il s'était agi d'une grenade.

– Fowl ? Vous êtes là ?

– Oui, répondit Artemis.

– Espèce de fou furieux ! Qu'est-ce que vous avez fait ? Votre père est sûrement mort, maintenant. Je croyais que nous avions passé un marché !

– Il est toujours valable. Avec quelques modifications. Vous avez encore la possibilité de ramasser un peu d'argent, ce soir.

Mikhael cessa de paniquer et l'écouta avec attention. Existait-il un moyen de sortir de ce cauchemar ?

– J'écoute.

– Je ne voulais surtout pas que mon père puisse revenir et détruire tout ce que j'ai bâti au cours de ces deux dernières années.

Mikhael acquiesça. C'était parfaitement compréhensible à ses yeux.

– Il fallait donc qu'il meure. Et je voulais m'en charger moi-même, pour être sûr que c'était fait. Mais je peux quand même vous laisser un petit quelque chose.

Mikhael avait du mal à respirer.

– Un petit quelque chose ?

– La rançon. Les cinq millions au complet.

– Et pourquoi feriez-vous ça ?

– Vous prenez l'argent et vous me laissez repartir en toute sécurité. Une honnête proposition, non ?

– En effet.

– Très bien. Maintenant, regardez de l'autre côté, au-dessus du fjord.

Mikhael tourna la tête. Il y avait un signal lumineux au sommet d'une pente couverte de neige.

– Il s'agit d'une bombe éclairante, reprit Artemis. Elle est attachée à une mallette. La bombe s'éteindra dans dix minutes. Si j'étais vous, j'essaierais de venir récupérer la mallette le plus vite possible. Sinon, vous mettrez des années à la retrouver.

Mikhael ne prit pas la peine de couper la communication. Il laissa tomber le téléphone et se mit à courir.

– L'argent ! cria-t-il. Là-haut. La lumière.

Kamar se lança sur ses talons, hurlant des ordres dans sa radio. Il fallait absolument que quelqu'un mette la main sur cette mallette. Qui allait se soucier de sauver un Irlanskii de la noyade alors qu'il y avait cinq millions de dollars à ramasser ?

Root tendit le doigt vers Holly au moment où Butler tirait sur Artemis senior.

– Vite ! ordonna-t-il.

Le capitaine Short actionna ses ailes et s'élança du sommet de la pente. Bien entendu, ce qu'ils faisaient là était totalement contraire aux règlements mais le Grand Conseil avait décidé de laisser une grande latitude à Foaly pour se faire pardonner de l'avoir plus ou moins accusé de trahison. La seule condition exigée, c'était que le centaure reste en communication constante avec eux et que chaque membre du groupe porte sur lui une capsule d'incinération dotée d'un système de déclenchement à distance. Ainsi, les fées et leur équipement pourraient être entièrement détruits en cas de capture ou de blessure.

Holly observait à travers sa visière ce qui se passait à bord du sous-marin. Elle vit la balle toucher Artemis senior à l'épaule et le projeter sur le plus grand des deux Russes. Du sang apparut dans son champ de vision. Il était encore suffisamment chaud pour être enregistré par son capteur à images thermales. Holly dut admettre que le plan d'Artemis paraissait efficace. Il pouvait peut-être marcher. Peut-être les Russes se laisseraient-ils abuser. Après tout, les humains ne voyaient généralement que ce qu'ils voulaient bien voir.

Les choses tournèrent alors horriblement mal.

– Il est tombé à l'eau ! cria Holly dans le micro de son casque, poussant à fond la manette des gaz. Il est vivant, mais il ne le restera pas longtemps si on ne le sort pas de là tout de suite.

Elle glissa en silence à la surface miroitante de la glace, les bras croisés sur sa poitrine pour améliorer l'aérodynamique. Sa vitesse était telle que des yeux humains n'auraient pas pu la repérer. Ils l'auraient prise pour un oiseau ou un phoque bondissant hors de l'eau. Holly vit bientôt le sous-marin se dresser devant elle.

Les Russes étaient en train d'évacuer le *Nikodim*. Ils

descendaient l'échelle extérieure du kiosque avec une telle précipitation que leurs pieds rataient parfois des échelons. A terre, c'était la même chose. Des hommes sortaient de leurs abris, écrasant les broussailles gelées. Le commandant avait dû allumer la bombe éclairante. Les Êtres de Boue se lançaient dans une course folle pour trouver leur précieux argent qui disparaîtrait de lui-même dans soixante-douze heures exactement. Ils auraient tout juste le temps de le remettre à leur chef et il y avait tout à parier que celui-ci ne serait pas très heureux de recevoir des billets qui allaient se volatiliser tout seuls.

Protégée des radiations par son casque et sa combinaison, Holly frôla la coque du sous-marin. Au dernier moment, elle reprit de l'altitude, dissimulée par le kiosque qui empêchait qu'on la voie de la côte. Elle ramena la manette en position de vol stationnaire, s'immobilisant au-dessus du trou de glace dans lequel l'humain était tombé. Le commandant lui parlait dans son écouteur mais Holly ne répondit pas. Elle avait un travail à faire et pas le temps de bavarder.

Les fées ont horreur du froid. Une véritable horreur. Certaines d'entre elles sont tellement allergiques aux basses températures qu'elles refusent même de manger des crèmes glacées. Holly n'avait pas la moindre envie de mettre ne serait-ce que le bout de l'orteil dans cette eau glaciale et radioactive. Mais que pouvait-elle faire d'autre ?

– Nom de nom ! grommela-t-elle avant de se laisser tomber dans la mer.

Les microfilaments de sa combinaison atténuaient le froid mais n'arrivaient pas à le neutraliser entièrement. Holly savait qu'il ne lui restait que quelques secondes avant que la chute de température ne commence à ralentir ses réflexes puis la plonge en état de choc.

Au-dessous d'elle, l'humain inconscient avait la pâleur d'un fantôme. Holly serrait ses manettes. Si elle accélérait un peu trop, ses ailes la propulseraient à une trop grande profondeur. Si son accélération était insuffisante, elle n'irait pas assez loin pour atteindre sa cible. Et à de telles températures, on n'avait droit qu'à un seul essai.

Holly actionna la commande des gaz. Le moteur vrombit, l'envoyant à dix mètres de fond. Parfait. Elle saisit Fowl senior par la taille et l'attacha aussitôt à la Cordelune où son corps flasque resta suspendu. Il avait besoin d'une bonne transfusion de magie et le plus tôt serait le mieux.

Holly leva les yeux. Il lui semblait que le trou dans la glace se refermait déjà. Se pouvait-il qu'autre chose encore aille de travers ? Le commandant lui criait dans l'oreille mais elle débrancha l'écouteur. Il lui fallait concentrer ses efforts sur un seul objectif : regagner la terre ferme.

Des cristaux de glace s'entremêlaient d'un bord à l'autre du trou comme les fils d'une toile d'araignée. La mer paraissait décidée à les prendre au piège.

« C'est ce qu'on va voir », pensa Holly. Elle pointa sa tête casquée vers la surface et ouvrit à fond la manette des gaz. Attachés l'un à l'autre, Holly et Artemis senior fracassèrent la couche de glace, s'envolèrent en décrivant un arc puis atterrirent sur le pont avant du sous-marin.

Le visage de l'humain avait la même couleur que le paysage environnant. Holly s'accroupit sur sa poitrine tel un prédateur, exposant la fausse blessure à l'air de la nuit. Il y avait bel et bien du sang sur le pont, mais c'était celui d'Artemis junior ; il venait d'une cartouche à Hydrosion remplie à moitié du sang qu'Artemis avait fait couler de son bras. Au moment de l'impact, le Pétilleur avait violemment projeté Artemis senior contre son ravisseur en envoyant une giclée de sang tournoyer dans les airs. Très convaincant. Bien entendu, ils n'avaient pas du tout prévu que le Russe jetterait son otage dans les eaux glacées.

La cartouche n'avait pas pénétré la peau mais Mr Fowl n'était pas hors d'affaire pour autant. Le capteur thermique de Holly indiquait un rythme cardiaque dangereusement lent et faible. Elle posa les mains sur sa poitrine.

– Guérison, murmura-t-elle. Guérison.

Et la magie courut le long de ses doigts.

Artemis n'arrivait pas à voir Holly. Avait-elle fait ce qu'il fallait ? Et si la cartouche à Hydrosion avait pénétré dans la chair ? Comment pourrait-il jamais regarder à nouveau sa mère dans les yeux ?

– Oh, non, dit Butler.

Artemis se précipita à côté de lui.

– Qu'est-ce qui se passe ?

– Votre père est tombé à la mer. Un des Russes l'a jeté par-dessus bord.

Le jeune homme poussa un grognement douloureux. Ces eaux étaient aussi mortelles qu'une balle de fusil. Il avait craint que se produise un imprévu de ce genre.

Root suivait lui aussi la tentative de sauvetage.

– Ça va, elle est au-dessus du point de chute. Vous le voyez, Holly ?

Pas de réponse. Juste des parasites dans l'écouteur.

– Votre situation, capitaine ? Répondez.

Rien.

– Holly ?

« Elle ne répond pas parce qu'il est trop tard, songea Artemis. Elle ne peut plus rien faire pour sauver mon père et c'est entièrement ma faute. »

La voix de Root interrompit ses pensées :

– Les Russes évacuent le sous-marin, dit-il. Holly est au-dessus du trou. Elle plonge. Holly, qu'est-ce que vous voyez ? Holly, voyons, répondez.

Rien. Le silence parut interminable.

Holly surgit enfin de la glace, tel un dauphin mécanique. Elle décrivit brièvement un arc dans la nuit arctique puis retomba sur le pont du sous-marin.

– Elle ramène votre père, annonça le commandant.

Artemis enfonça le casque des FAR sur sa tête, espérant entendre la voix de Holly dans les écouteurs. Il agrandit l'image transmise par la visière jusqu'à ce qu'il ait l'impression de pouvoir toucher son père et regarda Holly s'accroupir sur sa poitrine, des décharges magiques courant le long de ses doigts.

Quelques instants plus tard, Holly releva la tête et regarda Artemis dans les yeux, comme si elle savait qu'il l'observait.

– J'ai réussi, dit-elle d'une voix haletante. L'Être de Boue est vivant. Pas beau à voir, mais il respire.

Artemis se laissa tomber à terre, des sanglots de soulagement secouant ses maigres épaules. Il pleura ainsi pendant une bonne minute. Puis il reprit contenance.

– Bravo, capitaine. Et maintenant, filons d'ici avant que Foaly ne déclenche accidentellement une de ses capsules d'incinération.

Dans les entrailles de la terre, le centaure se redressa de la console sur laquelle il était penché.

– Ne me tentez pas, murmura-t-il en pouffant de rire.

UN OU DEUX ÉPILOGUES

TARA

Artemis avait repris le chemin du collège Saint-Bartleby. C'était là qu'il lui faudrait être lorsque les services médicaux d'Helsinki auraient identifié son père à l'aide du passeport artificiellement usé que Foaly lui avait fabriqué.

Holly avait fait de son mieux pour le blessé, soignant l'hématome provoqué par l'impact de la cartouche à Hydrosion et rendant même la vue à son œil crevé. Mais il était trop tard pour lui rattacher sa jambe. D'ailleurs, ils ne l'avaient pas.

L'état d'Artemis senior nécessitait des soins médicaux prolongés et il fallait commencer le traitement dans un endroit où sa présence pourrait s'expliquer de façon rationnelle. Holly l'avait donc emmené à Helsinki par la voie des airs grâce à ses ailes mécaniques et avait déposé l'homme inconscient à l'entrée de l'hôpital universitaire.

Un portier avait remarqué l'homme volant mais il ne se souvenait plus de rien grâce à un effacement de mémoire parfaitement réussi.

Lorsqu'Artemis senior reprendrait conscience, les deux années précédentes se brouilleraient dans sa mémoire et il n'en garderait plus qu'un dernier bon souvenir : le moment où il avait pris congé de sa famille dans le port de Dublin. Grâce, une fois encore, à Foaly et à l'efficacité de sa technologie en matière d'effacement de mémoire.

– Au fond, je devrais aller vivre avec vous, dit le centaure d'un ton narquois à leur retour au centre de police. Je m'occuperais aussi du repassage pendant que j'y suis.

Artemis sourit, ce qui lui arrivait souvent ces temps-ci. Ainsi, quand Holly était partie pour Helsinki, leur séparation s'était mieux passée qu'il ne l'avait craint. Elle ne lui avait pas tenu rigueur d'avoir donné l'ordre de tirer sur son propre père. Artemis fut parcouru d'un frisson. Il s'attendait à passer de nombreuses nuits sans sommeil en repensant aux risques qu'il avait pris.

Le capitaine les escorta jusqu'à Tara, Butler et lui, et les fit sortir par l'image holographique d'une haie. Il y avait même un hologramme de vache qui ruminait une herbe virtuelle pour détourner les humains de la piste des fées.

Artemis avait remis l'uniforme de son école, miraculeusement remis à neuf par des méthodes fééeriques. Il renifla le revers de son blazer.

– Cette veste a une drôle d'odeur, dit-il. Pas désagréable mais bizarre.

– Elle est d'une totale propreté, répondit Holly avec un sourire. Foaly l'a fait passer dans trois cycles de machine pour la débarrasser…

– De toute trace d'Être de Boue, acheva Artemis.

– Exactement.

Au-dessus d'eux brillait une pleine lune étincelante criblée de petits trous comme une balle de golf. Holly sentait sa magie résonner en elle comme une musique.

– Foaly m'a dit qu'en raison de l'aide que vous nous avez apportée, il a décidé de mettre fin à la surveillance exercée sur le manoir des Fowl.

– C'est bon à savoir, répondit Artemis.

– J'espère que nous n'aurons pas à le regretter ?

Artemis réfléchit.

– Non, dit-il. Le Peuple n'a rien à craindre de moi.

– Tant mieux. Parce qu'un bon nombre des membres du Grand Conseil voulaient vous faire subir un effacement de mémoire. Et avec tous les souvenirs qu'il y avait à supprimer, votre QI aurait pu en prendre un coup.

Butler tendit la main.

– Capitaine, j'imagine que nous n'aurons plus l'occasion de nous revoir.

Holly lui serra la main.

– Si vous me revoyez un jour, ce sera trop tard.

Le capitaine Short se tourna vers le fort de fée.

– Je ferais bien d'y aller. Le jour va bientôt se lever. Je ne veux pas être vue sans bouclier par un satellite espion. Je n'ai pas du tout envie que ma photo se retrouve partout sur Internet. Surtout au moment où on me réintègre dans le service de Détection.

Butler donna un petit coup de coude à son employeur.

– Ah, Holly... heu... hé, capitaine Short.

Heu, hé ? Artemis n'arrivait pas à croire qu'il avait vraiment dit « heu, hé ». Ce n'était même pas un mot.

– Oui, l'hum... Oui, Artemis ?

Artemis regarda Holly droit dans les yeux, comme Butler le lui avait recommandé. C'était bien beau de se montrer poli mais beaucoup plus difficile qu'on ne pouvait le penser.

– Je voudrais... je veux dire... Ce que je veux dire, c'est...

Nouveau coup de coude de Butler.

– Merci. Je vous dois tout. Grâce à vous, j'ai retrouvé mes parents. Et puis vous avez piloté cette navette d'une façon absolument extraordinaire. Et dans le train... Enfin, bref, j'aurais été incapable de faire ce que vous...

Troisième coup de coude. Pour mettre un terme au bavardage, cette fois.

– Excusez-moi. Vous avez compris l'idée générale.

Le visage d'elfe de Holly avait une étrange expression. Quelque chose qui oscillait entre la gêne et – était-ce possible ? – le ravissement. Elle reprit très vite contenance.

– Peut-être que je vous dois aussi quelque chose, l'humain, dit-elle en dégainant son pistolet.

Butler faillit réagir mais il décida d'accorder à Holly le bénéfice du doute.

Le capitaine Short sortit une pièce d'or de sa ceinture et la jeta à vingt mètres au-dessus d'elle, dans le ciel éclairé par la lune. D'un mouvement souple et agile, elle leva son arme et tira une seule fois. La pièce fut propulsée vingt mètres plus haut puis retomba vers la terre en tournant sur elle-même. Artemis parvint à la rattraper au vol. Le premier geste vraiment cool de sa jeune existence.

– Joli coup, dit-il.

Le disque de métal avait à présent un trou minuscule en son centre.

Holly tendit la main, révélant la cicatrice encore à vif de son doigt.

– Sans vous, j'aurais raté ma cible. Aucune prothèse ne permet ce genre de précision. Alors, je dois sans doute vous dire merci à mon tour.

Artemis lui tendit la pièce.

– Non, dit Holly. Gardez-la pour vous souvenir.

– Me souvenir ?

Holly le regarda droit dans les yeux.

– Vous souvenir que loin au-dessous des turpitudes se cache une étincelle de probité. Vous pourriez peut-être souffler sur cette étincelle à l'occasion.

Artemis serra la pièce entre ses doigts. Il sentait sa tiédeur contre sa paume.

– Oui, peut-être, dit-il.

Un petit avion de tourisme passa en vrombissant au-dessus de leurs têtes.

Artemis jeta un regard vers le ciel. Lorsqu'il baissa à nouveau les yeux, Holly avait disparu. A sa place, au-dessus de l'herbe, il y avait un léger scintillement, semblable à une brume de chaleur.

– Au revoir, Holly, dit-il d'une voix douce.

Le moteur de la Bentley démarra au quart de tour. En moins d'une heure, ils arrivèrent devant le portail de Saint-Bartleby.

– Vérifiez que votre portable est branché, dit Butler en lui ouvrant la portière. Les officiels d'Helsinki ne vont pas tarder à obtenir les renseignements demandés à Interpol. Le dossier de votre père a été réactivé dans leur ordinateur central grâce, une fois de plus, à Foaly.

Artemis acquiesça et s'assura que son téléphone était en état de marche.

– Essayez de savoir où se trouvent maman et Juliet avant que la nouvelle soit annoncée. Je n'ai pas envie d'être obligé d'aller les chercher dans toutes les stations balnéaires du Sud de la France.

– Bien, Artemis.

– Et vérifiez que mes comptes bancaires sont bien dissimulés. Pas la peine que mon père sache exactement ce que j'ai fait au cours de ces deux dernières années.

Butler sourit.

– Bien, Artemis.

Artemis avança de quelques pas en direction du portail puis il se retourna.

– Encore une chose, Butler. A propos de ce qui s'est passé dans l'Arctique...

Artemis n'arrivait pas à poser la question mais son garde du corps connaissait de toute façon la réponse.

– Oui, Artemis, dit-il avec douceur. Vous avez fait ce qu'il fallait. Il n'y avait pas d'autre moyen.

Artemis hocha la tête. Il resta devant les portes du collège jusqu'à ce que la Bentley eût disparu au bout de l'avenue. Désormais, la vie serait différente. Avec ses deux parents au manoir, ses machinations exigeraient une mise au point beaucoup plus minutieuse. Oui, il avait promis de ne plus se mêler des affaires du Peuple. Il leur devait bien ça. Mais il restait Mulch Diggums... Ce qui était bien différent. Il y avait tant d'endroits protégés par des systèmes de sécurité perfectionnés et si peu de temps pour s'en occuper.

BUREAU DU CONSEILLER PÉDAGOGIQUE, ÉCOLE DE GARCONS SAINT-BARTLEBY

Non seulement le docteur Po avait gardé son emploi à Saint-Bartleby mais ses démêlés avec Artemis semblaient avoir renforcé sa position. Ses autres patients étaient des cas relativement simples dont les affections allaient des crises de colère à la timidité chronique en passant par le stress consécutif aux examens. Et il ne s'agissait là que des professeurs.

Artemis s'installa sur le canapé en faisant bien attention de ne pas éteindre accidentellement son portable.

Le docteur Po consulta son ordinateur en hochant la tête.

– Monsieur le directeur m'a communiqué votre e-mail. Charmant.

– J'en suis navré, marmonna Artemis, surpris de s'apercevoir que c'était vrai.

D'ordinaire, contrarier les autres ne le contrariait nullement.

– Je me trouvais dans une situation de conflit. J'ai donc reporté mes angoisses sur vous.

Po faillit pouffer de rire.

– Oui, oui, très bien, exactement ce qui est écrit dans le manuel.

– Je sais, répondit Artemis.

Il était bien placé pour le savoir puisque le docteur F. Roy Dean Schlippe avait écrit lui-même l'un des chapitres du manuel en question.

Le docteur Po reposa son stylo, un geste qu'il n'avait encore jamais fait.

– Vous vous souvenez que nous n'avons toujours pas résolu la question de la séance précédente ?

– Quelle question, docteur ?

– Celle du respect.

– Ah oui, cette question-là.

Po joignit les doigts.

– Je voudrais que vous fassiez semblant de me trouver aussi intelligent que vous et que vous me donniez une réponse honnête.

Artemis pensa à son père, allongé dans un hôpital d'Helsinki, au capitaine Short qui avait risqué sa vie pour l'aider et, bien sûr, à Butler sans qui il ne serait jamais sorti vivant des Laboratoires Koboï.

Il leva les yeux et surprit le sourire que lui adressait le docteur Po.

– Alors, jeune homme, avez-vous trouvé quelqu'un qui soit digne de votre respect ?

Artemis lui rendit son sourire.

– Oui, répondit-il. Je crois.

FIN

TABLE DES MATIÈRES

Eoin (prononcer Owen) **Colfer** est né en 1965 à Wexford, en Irlande. Enseignant, comme l'étaient ses parents, il vit avec sa femme Jackie et son jeune fils dans sa ville natale, où sont également installés son père, sa mère et ses quatre frères. Tout jeune, il s'essaie à l'écriture et compose une pièce de théâtre pour sa classe, une histoire dans laquelle, comme il l'explique, « tout le monde mourait à la fin, sauf moi ». Grand voyageur, il a travaillé en Arabie Saoudite, en Tunisie et en Italie avant de revenir en Irlande. Eoin Colfer avait déjà publié plusieurs livres pour les moins de 10 ans et il était, même avant la publication d'*Artemis Fowl*, un auteur pour la jeunesse reconnu dans son pays. Il est aujourd'hui un auteur au succès international et son jeune héros est devenu en peu de temps l'un des héros les plus célèbres de la littérature jeunesse. *Mission polaire* est le deuxième et avant-dernier volume des aventures d'Artemis Fowl.

Du même auteur, vous pouvez également lire *Que le diable l'emporte...*, publié dans la collection Folio junior chez Gallimard Jeunesse.

Avez-vous lu le premier volume des aventures d'ARTEMIS FOWL ?

NGUYEN était terrorisé, à présent. C'était généralement l'effet que produisait Artemis sur ses interlocuteurs. Un adolescent au teint pâle, parlant avec l'autorité et le vocabulaire d'un adulte sûr de son pouvoir. Nguyen avait déjà entendu le nom de Fowl auparavant – qui pouvait l'ignorer dans la pègre internationale ? – mais il pensait qu'il aurait affaire à Artemis senior, pas à ce garçon. Quoique le mot « garçon » ne fût pas le mieux choisi pour définir ce personnage émacié. Quant au géant, Butler... il était évident qu'avec ses mains herculéennes, il serait capable de briser comme une simple brindille la colonne vertébrale de n'importe qui. Nguyen commençait à se dire qu'aucune somme d'argent ne valait la peine de passer une minute de plus en cette étrange compagnie.

– Et maintenant, parlons affaires, dit Artemis en posant un minimagnétophone sur la table. Vous avez répondu à notre annonce Internet.

Nguyen acquiesça d'un signe de tête, priant soudain que son information soit exacte.

– Oui, heu... monsieur Fowl. Ce que vous cherchez... Je sais où le trouver.

– Vraiment ? Et je suis censé vous croire sur parole ? Vous pourriez très bien m'amener tout droit dans un piège. Ma famille n'est pas exempte d'ennemis.

Butler attrapa en plein vol un moustique qui s'était aventuré près de l'oreille de son employeur.

– Non, non, il n'y a pas de piège, répondit Nguyen en sortant son portefeuille. Regardez.

Artemis examina le Polaroid. Il s'efforça de maîtriser son rythme cardiaque. La photo semblait prometteuse mais, de nos jours, on pouvait faire tous les trucages possibles avec un ordinateur et un scanner. L'image montrait une main émergeant de l'ombre. Une main verte et tachetée.

– Mmmm, murmura Artemis. Expliquez-moi ça.

– Cette femme. C'est une guérisseuse, du côté de la rue Tu Do. Elle se fait payer en alcool de riz. Elle est tout le temps ivre.

Artemis hocha la tête d'un air approbateur. La boisson. L'un des quelques rares faits indiscutables que ses recherches avaient permis de découvrir. Il se leva, lissant les plis de son polo blanc.

– Très bien. Conduisez-nous là-bas, Mr. Nguyen.

Nguyen essuya la sueur qu'on voyait perler parmi les poils de sa moustache filandreuse.

– Il s'agit d'un simple renseignement. Nous étions bien d'accord là-dessus. Je ne veux pas prendre un mauvais sort sur la tête.

D'un geste expert, Butler saisit l'informateur par la nuque.

– Je suis navré, Mr. Nguyen, mais l'époque où vous aviez une certaine liberté de choix est depuis longtemps révolue...

(Extrait de ***Artemis Fowl***, premier volume de la trilogie)

Loi n°49-956
du 16 juillet 1949
sur les publications
destinées à la jeunesse

Maquette : Aubin Leray

ISBN 2-07-053678-5
Numéro d'édition : 13673
Numéro d'impression : 60791
Imprimé en France
sur les presses de la Société
Nouvelle Firmin-Didot
Dépôt légal : septembre 2002